Judith Pfingstl

Die Mäuse von Deptford

DAS DÜSTERE PORTAL

Robin Jarvis

Die Mäuse von Deptford

Das düstere Portal

Ins Deutsche übertragen von
Johanna Ellsworth

KOSMOS

INHALT

DIE MÄUSE

ALBERT BROWN
Liebevoller Vater und Ehemann. Albert ist eine Maus mit gesundem Mäuseverstand, die selten etwas Unvernünftiges tut.

ARTHUR BROWN
Der mollige und fröhliche Arthur mag Herausforderungen, doch er zieht immer den Kürzeren.

AUDREY BROWN
Eine Träumerin. Sie putzt sich gern mit Spitze und Bändern heraus. Audrey kann bei einem Streit den Mund nicht halten und sagt oft mehr, als gut wäre.

GWEN BROWN
Die sanfte Frau von Albert und liebevolle Mutter von Arthur und Audrey. Ihre Liebe hält die Familie zusammen und macht sie stark.

ARABEL CHITTER
Dumme alte Klatschtante, die allen hinter den Wandleisten auf die Nerven geht.

OSWALD CHITTER
Arabels Sohn ist ein Albinomischling. Oswald ist etwas schwächlich und darf an den raueren Spielen der anderen nicht teilhaben.

PICCADILLY
Ein frecher Mäusejunge aus der Stadt, der keine Eltern mehr hat und sehr unabhängig ist.

THOMAS TRITON
Thomas ist eine pensionierte Schiffsmaus und ein alter Held. Er mag keine Dummköpfe.

WILLIAM SCUTTLE, AUCH »TWIT« GENANNT
Twit ist eine Feldmaus und zu Besuch bei seiner Tante Arabel Chitter. Er ist »blauäugig« und sagt nie etwas Böses über andere.

ELDRITCH UND ORFEO
Zwei Fledermaus-Brüder, die in die Zukunft sehen können. Der Rat von Fledermäusen ist sehr verwirrend, da sie einem nur Bruchstücke von dem verraten, was sie wirklich wissen.

DIE GRÜNE MAUS
Eine geheimnisvolle Figur in der Mäusemythologie. Sie ist der Geist des Frühlings und des neuen Lebens.

DIE RATTEN

MADAME AKKIKUYU
Eine schwarze Ratte aus Marokko. Sie ist eine herumreisende Wahrsagerin, die ihren gutgläubigen Kunden alle möglichen Zaubertränke und seltsamen Dinge andreht.

FINN
Ein schlauer und ziemlich gewitzter, alter Arbeiter, dem in einem Kampf ein Ohr abgerissen wurde.

FLETCH
Eine schmutzige alte Ratte mit Mundgeruch und Pickeln auf der Nase.

DER EINÄUGIGE JAKE
Er ist bei seinen Kollegen ziemlich beliebt und plant, Morgan seine Position wegzunehmen.

JUPITER
Der große finstere Herrscher der Abwasserkanäle. Er lebt in dem düsteren Portal und besitzt Zauberkräfte. Alle haben Angst vor ihm.

DER SCHLITZÄUGIGE MACKY
Eine Ratte mit einem widerwärtigen Blinzeln im Gesicht. Er und der Saure Pete sind gute Kumpel.

MORGAN
Eine gescheckte Ratte aus Cornwall und Jupiters Leutnant. Morgan traut keinem über den Weg und erledigt Jupiters Drecksarbeit.

SKALPY
Eine Ratte mit einem Messer am Armstumpf.

SMILEY
Eine riesengroße Ratte, die in der Mine arbeitet.

DER SAURE PETE
Er lächelt nie, hat ständig eine verdrossene Miene und tuschelt oft mit dem schlitzäugigen Macky.

DAS GITTER

Von Geburt an muss eine Maus ums Überleben kämpfen. Sie hat viele Feinde – Eulen, Füchse und natürlich Katzen; doch Mäusen drohen noch jede Menge weitere Gefahren. Ich habe von einer ganzen Familie netter, freundlicher Mäuse gehört, die durch Giftköder getötet worden ist – vier Generationen starben und nur die jüngste Maus überlebte, weil sie noch zu klein war, um feste Nahrung zu sich zu nehmen.

Mäuse stammen alle von ländlichen Familien ab und sind traditionsbewusst, egal wo sie leben. Sie verehren den grünen Geist des Landes genauso, wie der Mensch es einmal tat, und feiern jeden Frühling das erwachende neue Jahr, indem sie die Grüne Maus bitten, den Weizen reifen zu lassen und ihnen Schutz zu gewähren.

In einem Vorort von London, der Deptford heißt, lebte eine Mäusegemeinde. Ein leer stehendes altes Haus, in dem sie sich ein gemütliches Leben geschaffen hatten, war ihre Heimat. Sie wurden nie von den Fallen der Menschen gestört und da alle Fenster mit Brettern zugenagelt waren, sahen sie auch nie eine Katze.

Und so lebten sie dort glücklich und zufrieden. Im Winter besuchten sie das Nachbarhaus, in dem eine blinde alte Dame wohnte, und versorgten sich aus ihrer Speisekammer. Der alten Frau machte das nichts aus; ihre Neffen brachten ihr immer so viel Kuchen und Schokolade vorbei, dass sie gar nicht alles allein aufessen konnte. Die Mäuse nahmen sich sowieso nur so viel, wie sie brauchten. Außerdem hingen an den Büschen, die am Haus wuchsen, viele Beeren, und ein paar der jüngeren Mäuse wagten sich hinaus und sammelten sie ein.

Die einzige Gefahr in ihrem sorglosen Leben waren die Abwasserkanäle – oder vielmehr die Ratten, die dort unten lebten. Diese waren ein Haufen von Verbrechern und Piraten. Die mageren, hässlichen Ratten schnalzten genussvoll mit den Lippen, wenn sie sich eine Maus zum Abendessen vorstellten. Sie töteten sie und zogen ihr das Fell über die Ohren – und wenn es eine Feinschmeckerratte war, röstete sie den Mäusebraten auf dem Feuer. Nicht, dass die Ratten je aus den Kanälen gekommen wären: Sie hatten genügend Dreck und Schleim, um zufrieden zu sein. Nein, das Einzige, was den Mäusen Sorgen machte, war *das Gitter*.

Dieses schöne Stück viktorianischer Schmiedekunst befand sich im Keller des alten Hauses. Dahinter lag ein Gang, der direkt zu den Abwasserkanälen führte. Jede einzelne Maus beschäftigte sich in Gedanken damit. Das Gitter mit seinem Blattmuster aus Eisen war alles, was sie von dem Rattengesindel und ihren finsteren Göttern trennte. Es war der Eingang zur Unterwelt, die Schranke zwischen Leben und Tod. Nur im Flüsterton unterhielten die Mäuse sich über die Kanäle, um ja keine dunklen Mächte durch ein lautes Wort zu wecken. Sie wussten, dass tief unter ihnen, hinter dem Gitter, etwas lauerte, das sogar von den Ratten gefürchtet wurde. Niemand hinter den Wandleisten wagte es, davon zu sprechen – ein Wort genügte, um jede Unterhaltung verstummen und ein fröhliches Beisammensein ganz plötzlich ernst werden zu lassen.

Und dennoch schien das Gitter die Mäuse anzuziehen. In einer Ecke war sogar ein winziges Loch, wo das Eisen durchgerostet war. Hier konnte sich eine Maus durchzwängen, wenn sie dumm genug war, es zu versuchen.

Albert Brown war eine solche Maus. Im Nachhinein konnte er nicht verstehen, was ihn dazu bewogen hatte, etwas so Verrücktes zu tun – aber er hatte sich eines Tages tatsächlich durch das Gitter gezwängt.

Albert hatte eine Frau namens Gwen und zwei Kinder, Arthur und Audrey; er hatte also alles, wofür es sich lohnte zu leben. Er war mit seiner Familie glücklich und zufrieden. Er hatte überhaupt keinen Grund, sich durch das Gitter zu wagen, und er ärgerte sich über seine eigene Dummheit. Schaudernd fielen ihm die Warnungen wieder ein, die er an seine eigenen Kinder weitergegeben hatte: »Haltet euch vom Gitter fern!« Albert war nie besonders mutig oder neugierig gewesen – warum also hatte das Gitter ihn an einem Frühlingsmorgen angezogen und warum nur hatte er den zwingenden Drang verspürt, es näher zu untersuchen?

DER ALTAR DES JUPITER

Die Abwasserkanäle waren dunkel, bedrückend und – was am schlimmsten war – sie stanken. Albert war schon ein gutes Stück gelaufen, bevor er sich schüttelte und ihm plötzlich klar wurde, wo er sich eigentlich befand. Rasch unterdrückte er den Aufschrei, der aus seinem Bauch hochstieg und ihm aus dem Maul entschlüpfen wollte. Dann setzte er sich hin und betrachtete seine Umgebung genauer.

Er befand sich auf einem schmalen Vorsprung in einem hohen, breiten Tunnel. Unter ihm floss das dunkle Abwasser. Albert verfluchte die verrückte Idee, die ihn plötzlich gepackt und in die Gefahr hatte rennen lassen.

Aber jetzt bin ich hier, dachte er voller Reue und fragte sich, wie weit er schon gelaufen war. Doch er konnte sich noch nicht einmal daran erinnern, wann er die Wandleisten, hinter denen die Mäuse wohnten, verlassen hatte. Albert saß einsam in der Dunkelheit und bemühte sich, die Panik zu unterdrücken, die in ihm aufkam. Er presste sich die Pfoten auf den Bauch und atmete so tief ein und aus, wie er konnte.

»Ich muss hier raus! Ich muss zurück nach Hause!«, sagte er laut, doch seine Stimme klang gepresst und quietschend und hallte gespenstisch in dem Tunnel wider. Was ihm jedoch am meisten Angst machte, war, dass hier unten die Ratten lebten. Vielleicht lauerte hinter der nächsten Ecke eine Bande von ihnen, die seine lächerlichen

Angstschreie hörte und sich über seine Panik ins Fäustchen lachte. Vielleicht waren sie sogar mit Messern und Stöcken bewaffnet. Und was war, wenn sie sich schon absprachen, wer von ihnen ihm das Fell über die Ohren ziehen würde? Was war, wenn ...?

Albert holte wieder tief Luft und wischte sich den Schweiß von der Stirn. Das Einzige, was er tun konnte, war, ruhig zu bleiben: Wenn er seiner Angst nachgab, könnte er sich nicht mehr von der Stelle rühren und dann würden die Ratten ihn mit Sicherheit finden. Er stand auf und biss entschlossen die Zähne zusammen. »Wenn ich ruhig bleibe und meinen Verstand benutze, brauche ich nur meine eigenen Fußspuren zurückzuverfolgen und finde den Weg zum Gitter wieder«, sagte er sich.

Es waren viele Stunden vergangen, als Albert sich erneut auf einen Steinvorsprung setzte und weinte. Die ganze Zeit hatte er versucht, den Rückweg nach oben zu finden; doch bisher hatte er nichts wiedererkannt, was ihm verriet, dass er sich auf dem richtigen Weg befand. Gab es noch Hoffnung, dass er je zu seiner Familie zurückkehrte? Er seufzte und fragte sich, wie spät es wohl war. Hatte der nächste Tag schon begonnen? Er hoffte, dass es nicht so war, denn plötzlich fiel ihm etwas ein: Das große Frühlingsfest stand vor der Tür und er würde es verpassen. Er würde die Spiele, die Tänze und die Zeremonie versäumen. Albert stöhnte. Seine eigenen Kinder, Arthur und Audrey, wurden dieses Jahr in die Gesellschaft eingeführt; sie waren nun alt genug und würden ihr Mäusemedaillon erhalten. Es war der größte

Tag ihres Lebens und er würde ihn verpassen. Wieder weinte Albert. Traurig berührte er mit der Pfote sein eigenes Mäusemedaillon, das ihm an einem Band um den Hals hing.

Es war ein kleiner runder Reif aus Messing, der genau in seine Pfotenfläche passte. In der Mitte des golden glänzenden Kreises waren drei ineinander verschlungene Mäuseschwänze zu sehen. Es war ein Symbol des Lebens und zugleich sein Familienwappen. Albert schöpfte neue Hoffnung, als er das Zeichen mit den Pfotenspitzen abtastete – es erinnerte ihn daran, dass es noch freundlichere Orte als diesen düsteren Kanal gab, und er beschloss, weiter zu suchen, bis er entweder sein Zuhause oder den Tod fand.

Er lief den Vorsprung entlang; seine rosa Füße machten kaum ein Geräusch. Er ging sehr vorsichtig, denn er war sich der Gefahren bewusst, und hielt sich ganz dicht nahe an der Wand und dem feuchten Gestein. Plötzlich hörte er ein leises Trippeln hinter der nächsten Biegung. Jemand kam direkt auf ihn zu.

Rasch wandte Albert sich um und suchte nach einem Versteck. Doch da war nur die nackte Wand und kein Fluchtweg. Sein Herz klopfte wild; er drückte sich ganz dicht gegen die Mauersteine und bemühte sich, mit dem Schatten zu verschmelzen. Albert hielt den Atem an und wartete ängstlich.

Hinter der Biegung tauchte ein Schatten auf – er fiel auf den Steinvorsprung und wurde dann von der Dunkelheit des Tunnels verschluckt. Als der Urheber des Schattens schließlich um die Ecke bog, keuchte Albert vor Aufregung. Es war eine Maus.

All seine Ängste und Sorgen waren verflogen und er war so erleichtert, dass er den Fremden spontan umarmte.

»Hey, lass mich los!«, wehrte die Maus ab. Albert trat einen Schritt zurück, doch er fuhr fort, die Pfote des anderen zu schütteln.

»Ach, du hast keine Ahnung, wie froh ich bin, hier einer anderen Maus zu begegnen«, sagte Albert.

Der Fremde stieß einen Seufzer der Erleichterung aus. »Ich auch, aber ich hab mich furchtbar erschreckt, als du so plötzlich auf mich losgegangen bist. Ich bin Piccadilly. Freut mich und so.« Er zog die Pfote zurück und fuhr sich durch seine Stirnfransen. »Wie heißt du?«

»Albert«, war die Antwort. »Wie bist du hierher gekommen?«

Der Mäuserich erzählte ihm kurz seine Geschichte, während Albert ihn aufmerksam musterte. Piccadilly war noch eine junge Maus, etwas älter als Alberts eigene Kinder, denn er trug schon sein Mäusemedaillon. Er war grau, was in Deptford selten vorkam, und hatte ein ziemlich freches Mundwerk. Der Grund dafür war wohl, dass Piccadilly seine Eltern früh verloren hatte: Sie waren von der U-Bahn überfahren worden.

Piccadilly hatte an einer der Fressjagd-Partys in der Stadt teilgenommen, hatte dabei seine Kumpels aus den Augen verloren und war, wie Albert, in die Abflusskanäle geraten.

»Und da bin ich nu«, schloss er seinen Bericht ab. »Keine Ahnung, wo das sein soll.«

Albert seufzte. »Ich habe leider auch keine Ahnung. Vielleicht befinden wir uns unter Greenwich oder Lewisham – oder sonst wo ...« Er verstummte und sah nachdenklich aus.

»Stimmt was nich, Alby?«

»Ja, und sei nicht so frech!« Albert kratzte sich am Ohr und sah den jungen Mäuserich ernst an. »Abgesehen davon, dass ich die Einführung meiner Kinder in die Mäusegesellschaft und die Überreichung ihrer Mäusemedaillons verpassen werde, habe ich noch keine Spur eines Rattenschwanzes hier unten gesehen, also ist es nur noch eine Frage der Zeit, wann wir ihnen über den Weg laufen.«

Piccadilly lachte. »Ratten! Diese Schleimscheißer! Hast du etwa Angst?« Er hielt inne und stützte die Pfoten in die Hüften. »Also, mit denen werde ich schon fertig, Opa! Ein paar coole Sprüche von mir und die machen die Fliege.«

Albert schüttelte den Kopf. »Die Ratten hier unten sind anders. Das sind nicht die schwächlichen Speckschwartenfresser, die ihr in der Großstadt habt, Piccadilly. Nein, die hier sind viel schlimmer. Sie fressen einander auf und uns sowieso. Sie haben böse gelbe Augen und einen brennenden Hass auf alle anderen Lebewesen.«

»Die jag ich zum Teufel!«, stieß Piccadilly verächtlich hervor. »Da gibt's keinen Unterschied, Alby – Ratten sind überall gleich!«

Albert schloss die Augen und senkte die Stimme. »Jupiter«, flüsterte er. »Sie haben Jupiter.«

Der junge Mäuserich machte den Mund auf, doch diesmal gab er keine flapsige Antwort. »In der Stadt erzählen sie Gerüchte über Jupiter«, stammelte er schließlich. »Der große Gott der Ratten, der Herr der Fäulnis und der Dunkelheit ... ist er etwa hier?«

»Hier irgendwo«, erwiderte Albert unglücklich.

»Also sind die Geschichten über ihn wahr?«, fragte

Piccadilly. »Hat er wirklich zwei hässliche, große Köpfe, einen mit roten und einen mit gelben Augen?«

»Keine Maus hat ihn je zu Gesicht bekommen«, sagte Albert, »aber ich glaube, die Ratten auch nicht. Ich habe gehört, dass er in einem dunklen Loch lebt, das er nie verlässt. Ich wette, Morgan hat ihn schon gesehen.«

»Wer issen das?«

»Ach, Morgan ist sein erster Gehilfe, sozusagen seine rechte Pfote. Der ist schlauer als ein Sack Lügen. Er macht für Jupiter die Drecksarbeit.«

Piccadilly sah sich verstohlen um. Die Dunkelheit schien ihn jetzt mehr zu beunruhigen als vorher. »Die Ratten hier unten sind also besonders bösartig?«

Albert nickte. »Meinst du nicht, dass wir versuchen sollten, hier herauszukommen?«, schlug er vor.

Gemeinsam machten sie sich auf den Weg, liefen suchend durch die unterirdischen Gänge und drangen dabei immer tiefer in den pechschwarzen Tunnel ein. Die beiden Mäuse gingen Pfote in Pfote und fanden die Gesellschaft des anderen tröstlich; doch beide hatten größte Angst. Alles, was sie hörten, war ein ständiges Tropfen und immer wieder mal ein Rauschen in den Abwasserkanälen. Manchmal waren sie gezwungen umzudrehen, wenn der Gestank unerträglich wurde und ihr Schnurrbart zu jucken anfing. Oder ein Gang endete plötzlich in einer Sackgasse und sie mussten ihre Spuren bis zur letzten Abbiegung zurückverfolgen.

Die Mauervorsprünge der Abwasserkanäle waren gefährlich, denn in der Dunkelheit lauerten alle möglichen Fallen: Schlaglöcher, Steine und glitschiges Moos. Albert und Piccadilly bewegten sich sehr langsam und vorsichtig voran.

Draußen stieg der Neumond in den nächtlichen Maihimmel auf und nur die hellsten Sterne waren im hellroten Schein der grellen Großstadtlichter zu sehen. Alberts Familie konnte vor Sorgen um ihn nicht schlafen.

»Schon wieder eine Sackgasse!«, sagte Albert verzweifelt. Piccadilly tastete mit der Pfote die Mauer ab, die ihnen den Weg versperrte, und rieb sich dann die Augen.

»Glaubst du, dass wir hier je wieder rauskommen?«, fragte er leise.

Trotz der nebelhaften Finsternis sah der ältere Mäuserich, dass Piccadillys Augen feucht waren und er anfing zu schniefen. Albert nahm ihn an der Pfote und setzte sich mit ihm hin. »Natürlich werden wir das! Ich habe Mäuse gekannt, die mit erhobenem Schwanz aus viel misslicheren Lagen herausgekommen sind. Zum Beispiel Twit!«

»Wer ist Twit?«, fragte Piccadilly.

»Ein Freund meiner Kinder – ungefähr in deinem Alter. Der hat auch schon sein Medaillon: eine Weizenähre vor einem Halbmond.«

»Dann ist er 'ne Landmaus?«, fragte Piccadilly schon ein wenig fröhlicher. Die Hoffnung auf eine kleine Geschichte von draußen munterte ihn auf.

»Ja, Twit ist eine Feldmaus; der kleinste Bursche, den ich je mit einem Medaillon gesehen habe. Mitten im tiefsten Winter kam er hinter die Leisten, um seinen Cousin zu besuchen.«

»Mitten im Winter, bei Schnee und so?«

»Ja, bei Schnee und Eis«, sagte Albert. »Es war eine sehr anstrengende Reise und er hat viel erlebt.« Er machte eine kleine Pause, um die Spannung zu erhöhen.

»Unterwegs ist er Füchsen, Eulen und Wieseln begegnet. ›Der Fuchs ist gerissen‹, hat Twit uns erzählt. Vor dem muss man sich in Acht nehmen. Er hat ihn ›altes Schlitzohr‹ genannt.«

Piccadilly lachte. »Twit ist ein komischer Name«, sagte er nachdenklich.

Albert nickte. »Das kommt davon, wenn man einen an der Speckwaffel hat – du verstehst, was ich meine?«

»Und, hat er das?«

»Ach, der ist komisch: Auf den ersten Blick sieht man es nicht, aber dann merkt man es doch.« Albert spitzte die Lippen und überlegte. »Wenn ich mir eine Meinung über ihn bilden sollte«, meinte er schließlich, »dann würde ich sagen, dass Twit naiv ist. Er glaubt immer an das Gute. Nicht, dass er beschränkt ist – dann hätte er es nie geschafft, von seinem Feld wegzukommen. Nein, ich glaube eher, er hat etwas, was die anderen Tiere spüren und weswegen sie ihn in Ruhe lassen. Twit ist auf eine unheimlich liebe Art ... blauäugig, so blauäugig wie ein Kornblumenfeld, so frisch und unschuldig wie ...«

»Wie die Grüne Maus«, sagte Piccadilly.

»Genau! Das ist ein besserer Vergleich. Wie die Grüne Maus in ihrem Mantel aus Blättern und Früchten.«

»Ich würde Twit gern mal kennen lernen«, sagte Piccadilly. »Ich meine, falls wir hier jemals rauskommen.«

»Er und Oswald sind unzertrennlich.«

»Wer ist Oswald?«

»Twits Cousin.«

»Erzähl mir von ihm«, bat Piccadilly.

»Ein anderes Mal«, sagte Albert und stand auf; ihm war plötzlich wieder klar geworden, in was für einer gefährlichen Situation sie sich befanden. Die Dunkelheit legte sich wie eine schwere Decke um ihn.

»Steh auf, mein Junge. Es ist Zeit zu gehen – und diesmal werden wir es schaffen, okay?« Er zog Piccadilly hoch. Ein Gefühl der Unruhe stieg in ihm hoch, doch er wollte nicht, dass der junge Mäuserich dies spürte.

Wieder machten sie sich auf den Weg. Piccadilly tastete sich beim Laufen an den Steinen entlang. »Ich glaube, es ist wohl so 'ne Art Abenteuer«, sagte er. »Man sollte es glatt genießen.« Dann blieb er stehen und stieß einen Schrei aus.

»Hey, Alby! Ich glaub, ich hab was gefunden! Komm her, hier ist ein kleines Loch in der Mauer.«

Albert spähte durch das Loch, das Piccadilly entdeckt hatte. Keine Brise regte sich und seltsamerweise lag auch kein Geruch in der Luft. Albert zuckte mit den Barthaaren und versuchte zu schnuppern, ob er irgendetwas riechen konnte, das ihm verriet, was hinter der Öffnung lag. Doch er roch nichts.

Das Loch war zwar tiefer und schwärzer als die Dunkelheit, an die sie sich mittlerweile gewöhnt hatten. Doch was blieb ihnen übrig? Wenigstens war es etwas Neues. Sie waren es überdrüssig, ständig auf den Steinvorsprüngen entlangzulaufen, und wenn das Loch sich als neue Sackgasse herausstellen sollte, konnten sie immer noch umkehren.

Die Öffnung war gerade groß genug, dass sie sich hindurchzwängen konnten. Sobald die beiden Mäuse drin waren, stellten sie fest, dass sie bequem stehen konnten, auch wenn die Pechschwärze ihnen Angst einjagte und sie immer wieder über unsichtbare Hindernisse stolperten.

Während Albert Piccadillys Pfote festhielt und vorausging, kamen ihm die seltsamsten Gedanken. Es war ihm, als würden sie einen Abgrund durchschreiten und in ein tiefes, schwarzes Loch hinabsteigen. Er konnte noch nicht einmal die Pfote vor den Augen erkennen und in der Finsternis tauchten Bilder seiner Fantasie auf: seine Frau Gwen und seine Kinder Arthur und Audrey, die ihn ständig zu sich winkten, ohne dass er sie erreichen konnte. Er wurde von Verzweiflung ergriffen, aber er behielt seine Trauer schweigend für sich.

Piccadilly klammerte sich an Alberts Pfote und folgte ihm blind. Eine solche Dunkelheit hatte er noch nie erlebt, noch nicht einmal in den U-Bahn-Tunneln der Stadt. Seine Sinne hatten ihn gänzlich verlassen; er konnte weder etwas sehen noch etwas riechen, und sogar die Geräusche wurden von der erstickenden Nachtschwärze verschluckt. Er bemühte sich, nicht an seinen Geschmackssinn zu denken, denn er hatte schon lange nichts mehr gegessen. Das Einzige, was ihm blieb, war der Tastsinn. Jedes Mal, wenn er sich die Zehen an den Steinen anschlug und er auf rauen Beton trat, wurde er schmerzlich daran erinnert. Die Dunkelheit schien ein lebendiger Feind zu sein, eine Kreatur, die ihn verschlungen hatte. Es kam ihm so vor, als würde er jetzt die Kehle des Biests hinunterschliddern.

Alberts Pfote war das einzig Klare hier. Die schmerzhaften Stolpersteine und die Wände waren verschwommen – unwirkliche Zusammenstöße, die ihn schwindlig werden ließen.

Sie hatten schon lange kein Wort mehr gesprochen, und Piccadilly fragte sich allmählich, ob Albert vielleicht durch ein fremdes Monster ausgetauscht worden war, das ihn an einen unbekannten Ort des Schreckens führte. Diese Vorstellung wurde immer bedrohlicher und er bekam Panik. Die Panik griff mit einer kalten Hand nach ihm und verwandelte sich in eisige Todesangst. Piccadilly riss sich von der Pfote los, die ihm plötzlich wie eine eiserne Klaue vorkam, die ihn in ein grauenhaftes Schicksal zerrte.

Und dann war er frei und allein. Ganz allein.

Aus der anfänglichen Erleichterung wurde ganz schnell Furcht, als er spürte, wie das Unbekannte ihn einhüllte und von der Wirklichkeit trennte. Er konnte seine Angst nicht länger verbergen. Er verging fast vor Panik. Er machte die Augen zu, doch die Dunkelheit blieb, als wäre sie in seinen Kopf eingedrungen.

»Piccadilly?«, ertönte Alberts sanfte Stimme aus dem Nichts und verscheuchte die Angst. »Wo ist deine Pfote? Komm schon, Junge. Ich glaube, ich kann da vorne einen Lichtschimmer sehen.«

Ein schwacher, grauer Umriss war am Ende des Ganges zu sehen; erleichtert eilten sie darauf zu.

»Man muss bloß an die Große Grüne Maus glauben. Ich hab doch gewusst, dass alles gut wird.«

Am Ende des Tunnels spähten sie mit blinzelnden Augen hinaus. Vor ihnen lag eine große Kammer mit zahlreichen Öffnungen, die in die Dunkelheit führten. Auf einem Steinvorsprung in der Nähe brannten zwei Kerzen. Die Mäuse blieben im Tunnel, bis sie sich an das Licht gewöhnt hatten.

Zwischen den flackernden Kerzen hockte eine Gestalt in unterwürfiger Haltung. Es war eine Ratte; eine große, hässliche, gescheckte Kreatur mit einem Ring im Ohr und einem ewigen Grinsen im Gesicht. Sie hatte kleine, runde, rote Augen, die nervös hin und her schossen.

Die beiden Mäuse wichen mit hämmernden Herzen weiter in den Tunnel zurück. Die Ratte hatte einen verstümmelten Schwanz, an den ein alter Lumpen gebunden war. Sie wedelte ihn mit plumpen, unausgewogenen Bewegungen hin und her.

Es war Jupiters Leutnant Morgan.

Obwohl Albert schreckliche Angst hatte, bemühte er sich zu sehen, was die Ratte tat. Morgan schien vor jemandem zu kauern. Hinter der gelblichen Flammenspitze der Kerze konnte Albert einen Steinbogen erkennen, in dessen Schatten zwei feurige rote Augen blitzten, die riesengroß und sehr bösartig wirkten. Als Albert klar wurde, was das Ganze zu bedeuten hatte, hielt er sich erschrocken mit der Pfote das Maul zu. Piccadilly und er waren geradewegs in das Herz des Rattenreichs spaziert. Sie befanden sich in Flüsterweite von Jupiters Altar.

Albert hoffte von ganzem Herzen, dass er und Piccadilly nicht zu riechen waren. Trotzdem blieb er wie erstarrt stehen, um kein Geräusch zu machen. Ihm fielen all die Grausamkeiten des Rattenvolkes ein und ein Schauer lief ihm über den Rücken. Piccadilly brauchte nicht erst zu fragen, wer sich hinter den funkelnden Augen verbarg: Die starke, teuflische Energie, die sie ausstrahlten, sagte ihm eindeutig, dass es sich um Jupiter handeln musste.

Morgan hob den Kopf und sprach mit dünner, belegter Stimme zu dem Schatten.

Albert lauschte, um seine Worte zu verstehen, doch das war schwierig. Jupiters Stimme klang sanft und bedrohlich; sie wirkte beruhigend und gleichzeitig abstoßend.

»Und warum ist mit dem Graben noch nicht begonnen worden?«, fragte er aus der Finsternis.

Wieder verbeugte Morgan sich. »Oh Herr!«, winselte er. »Sie wissen doch, wie die Jungs drauf sind. ›Wozu sollen wir das tun?‹, fragen sie und sagen: ›Gib mir 'ne Maus!‹ Tatsache ist, dass sie sich langweilen und sauer sind. Sie wollen Action – und zwar jetzt.« Die Ratte blickte auf und blinzelte in den Feuerschein der funkelnden Augen. »Ein schnelles Abenteuer – pack sie und weg – und davor ein kleiner Kampf.« Er fuhr sich mit der Zunge über die langen gelben Zähne.

»Meine Leute müssen tun, was ich ihnen sage«, erwiderte Jupiter nüchtern. »Lieben sie mich etwa nicht?«

»Oh, sie lieben Eure herrliche Düsternis in Anbetung und Verehrung – mehr als sie sich selbst lieben.«

»Und dennoch habe ich sie um etwas ganz Einfaches gebeten und höre nur dauerndes Gejammer. Ich fürchte, sie lieben mich doch nicht besonders.« Seine Stimme hob sich ein wenig und er klang leicht beleidigt.

»Nie im Leben, Eure Herrlichkeit! Warum würden sie Euch sonst ihre Beute bringen: die Käseplätzchen – letzte Woche waren es beinahe eine halbe Tüte voll? Und die Packung ranzigen Speck! Es hat ihnen fast das Herz zerrissen, den Speck zu opfern, aber sie haben es trotzdem getan. Alles aus Liebe zu Euch, oh großer Herr! Aus Verehrung zu Euch, oh Stimme in der Finsternis!«

Zur Unterstreichung seiner Worte rang Morgan die Hände und ließ den Kopf hängen.

»Liebe, ha!«, stieß Jupiter verächtlich aus. »Das machen sie bloß aus Angst.« Seine Stimme schnappte über und hallte durch die große Kammer.

»Ich bin Jupiter! Ich bin der düstere Gedanke in ihren wachen Stunden, ich dringe in ihren Schlaf ein und bringe ihnen Albträume! Ich bin das Grauen der Nacht, der Schrecken, der hinter der Ecke lauert, das Echo in ihrem Rücken! Sie haben Angst vor mir!«

Morgan sank auf den Boden. Die Flammen schossen in die Höhe und berührten die Decke der Kammer.

Piccadilly drückte sich an die Tunnelwand und wusste, dass dies ihre einzige Chance war zu fliehen, doch fasziniert von dem Schauspiel blieben die beiden Mäuse wie erstarrt stehen.

Jupiter fuhr mit seiner Rede fort. »Gut, dass du dich mir unterwürfig zeigst«, sagte er zu Morgan. »Vielleicht vergisst du sonst meine Macht und versuchst, mich mit den honigsüßen Worten deiner Lügen hinters Licht zu führen. Vergiss nie, dass du mein Diener bist!« Plötzlich flackerten die Kerzenflammen und färbten sich so rot, dass Morgan wie in Blut getaucht wirkte.

»Oh Herr, seid barmherzig mit mir!«, quiekte er und verbarg die Schnauze in seinen schmutzigen Pfoten. »Sie murren und verbünden sich, und ich bin mittendrin gefangen. Was soll ich machen?«

Die Flammen schrumpften und nahmen wieder ihre normale Farbe an.

»Schick ein paar der Unruhestifter zu mir. Sie sollen mir dienen, hier im Nichts auf dieser Seite der Kerzen. Sag den anderen, die sich gegen mich verbünden, dass ich ihr Murren höre – in Gedanken stehe ich neben jedem meiner Untertanen.«

Morgan stand auf und wartete auf die Erlaubnis, gehen zu dürfen.

»Noch besser: Bring sie alle her«, fuhr Jupiter fort. »Wenn ich ihnen meine Unzufriedenheit zeige, sollte dies ihre aufrührerischen Herzen besänftigen. Ich werde ihnen geben, was sie für ihre Arbeit begehren. Geh jetzt.«

Die Ratte verbeugte sich und huschte in eine der Öffnungen, die von der Altarkammer abgingen. Das Augenpaar verschwand in der dunklen Nische. Doch die Stimme war immer noch leise zu hören, während Jupiter über seine Pläne Selbstgespräche führte.

Piccadilly zog an Alberts Ellbogen. »Lass uns jetzt die Fliege machen«, zischte er, »solange es noch geht.« Doch Albert starrte immer noch auf die Stelle hinter den Kerzen und versuchte, die Schatten zu durchdringen.

»Was hat er vor?«, fragte er leise.

»Das ist mir egal und dir sollte es auch egal sein«, flüsterte Piccadilly. »Das sind Rattenangelegenheiten – hat nichts mit uns zu tun – irgendwelche dreckigen Dinge – Abwasserschmutz.«

»Nein, mein Junge«, sagte Albert und trat einen Schritt vor. »Hier ist irgendetwas Teuflisches im Gange, was uns alle betrifft – Ratten, Mäuse und die übrige Welt.« Er sah den Mäusejungen an, ohne ihn wahrzunehmen, denn in Gedanken war er ganz woanders. Er ahnte sein schreckliches Schicksal und wusste, dass er es würde ertragen müssen. Rasch blickte er auf. »Ich muss hören, was er sagt. Bleib hier.«

Piccadilly bekam große Angst. Der Ältere schlich sich in die Altarkammer und ging an der ersten Kerze vorbei, bis er unter dem dunklen Torbogen stand. Er hielt sich die Pfote ans Ohr und lauschte Jupiters Reden.

Piccadilly lief rastlos im Tunnel hin und her. War der

Mäuserich verrückt geworden? Gleich würde eine ganze Armee von Ratten in die Kammer stürmen. Er kratzte sich am Kopf und sah zu Albert hinüber. Anscheinend konnte Albert den Rattengott hören, und es schienen keine guten Nachrichten zu sein.

Der ungläubige Ausdruck in Alberts Gesicht verwandelte sich in Schrecken. Piccadilly versuchte, ihn zu warnen, doch er brachte nur ein gequältes Quieken heraus. Es war zu spät. Albert spürte einen furchtbaren Schmerz in den Schultern, als er von scharfen Krallen gepackt wurde.

Morgan hatte ihn fest im Griff und ließ nicht mehr los.

»Ha, oh Herr!«, schrie die Ratte. »Seht nur, was ich, Morgan, gefunden habe: einen Spion!«

Piccadilly sah Albert in Morgans Klauen verzweifelt zappeln.

»Alby!«, rief er und rannte aus dem Tunnel.

»Noch ein Spion!«, rief Morgan bissig.

Albert wand sich in Morgans Krallen, während Hunderte von Ratten in die Kammer drängten. Er hörte, wie Jupiter wieder die Kammer betrat. Es gab keine Hoffnung auf Flucht. Die Maus spürte Morgans stinkenden, heißen Atem im Nacken.

»Piccadilly! Vergiss es«, rief er. »Renn, so schnell du kannst!« Albert zerrte an dem Mäusemedaillon, das ihm um den Hals hing. »Für Gwennie!«, sagte er und warf dem Mäusejungen den Glücksbringer zu.

»Zögere nicht, mein Junge!«, rief er und wandte sich dann Morgan zu. »Ich wette, du hast keine Ahnung, was Jupiter für euch bereithält! Ihr werdet alle Höllenqualen erleiden!«

Piccadilly klammerte sich an dem Medaillon fest; ihm

klopfte das Herz bis zum Hals und seine Pfoten waren schwer wie Blei. Die wilde Rattenmeute stürzte sich auf ihn und er rannte los.

»Schau dich nicht um, Kleiner! Richte Gwennie aus, dass ich sie liebe!«

Mitten in der allgemeinen Verwirrung ertönte plötzlich Jupiters donnernde Stimme. »Fangt die Maus und bringt sie mir!« Die Ratten, die an der Jagd Spaß hatten, stießen Jubelschreie aus. »Und jetzt«, sagte Jupiter zu Morgan, »händige mir den Spion aus – ich werde ihm persönlich das Fell über die Ohren ziehen.«

Während Piccadilly blindlings die dunkle Passage entlang rannte, hörte er Alberts Schrei. Er übertönte den Lärm der Feinde, die ihm auf den Fersen waren – dann verstummte er.

Weinend drückte Piccadilly sich das Medaillon an die Brust und rannte weiter.

AUDREY

Audrey fraß ein mageres Frühstück; sie hatte keinen großen Appetit. Sie knabberte an einem Kräcker und dachte über den Tag nach, der vor ihr lag. Hinter den Wandleisten würde heute viel los sein. Die Vorbereitungen für das große Frühlingsfest waren in vollem Gange. Sie stützte den Kopf mit der Pfote ab und seufzte. Ihr Bruder Arthur hatte schon eine doppelte Portion heruntergeschlungen und war fortgeeilt, um beim Schmücken zu helfen. Audrey jedoch war nicht nach einem Fest zumute. Wo war ihr Vater?

Albert war seit einem Tag und einer Nacht verschwunden – keiner hatte ihn durch das Gitter schlüpfen sehen und so wusste auch keiner, wo man nach ihm suchen sollte.

Am Morgen hatte Gwen die Kinder wie gewöhnlich geweckt und sich bemüht, eine tapfere Miene aufzusetzen. Immer wenn Albert erwähnt wurde, stockte sie und sagte, dass er wahrscheinlich auf Hamstertour sei und jedem von ihnen ein tolles Geschenk mitbringen würde. Doch Audrey hatte ihre Mutter nachts weinen gehört; das Schluchzen hatte sie wach gehalten und jetzt war sie müde und unglücklich.

»Komm, Audrey«, sagte ihre Mutter. »Heute ist dein großer Tag; du musst etwas essen.« Gwen Brown hatte eine rundliche Figur, die ahnen ließ, wie hübsch sie in ihrer Jugend gewesen sein musste. Ihr Fell war von satter kastanienbrauner Farbe und sie hatte lockiges Haar. Heute wirkten ihre sonst so glänzenden braunen Augen jedoch stumpf, ihr Gesicht fahl und sie ließ die Schultern hängen.

»Ich habe keinen Hunger, Mutter«, sagte Audrey und schob das Essen weg. »Wann kommt Vater zurück?«

Gwen setzte sich neben ihre Tochter und schlang die Arme um ihren Hals. »So lange ist er noch nie weggeblieben«, gab sie zu. »Vielleicht müssen wir uns auf eine schlechte Nachricht gefasst machen – oder auf gar keine.« Sie streichelte Audreys Haar und hielt sie fest.

»Heute bekomme ich mein Medaillon.« Audrey sah ihre Mutter an. »Dann bin ich eine erwachsene Maus.« Sie hielt inne und berührte das Medaillon, das um Gwens Hals hing. Es war das respektable Zeichen der Hausmaus – die Abbildung eines Käsestücks in dem gelben Messing. »Mutter, weißt du, welches Zeichen ich bekomme?«

»Nein, Liebling, das weiß niemand – noch nicht einmal die Maus im grünen Gewand, die es dir überreichen wird. Es ist Schicksal. Was immer du erhältst, es ist genau das Richtige für dich.«

»Dann hoffe ich, dass ich nicht dein Zeichen kriege«, bemerkte Audrey. »Ich will nicht für immer eine Hausmaus sein.«

»Aber das bist du doch, Liebling«, sagte Gwen. »Geh jetzt und hilf Arthur und den anderen beim Schmücken des Flurs, während ich aufräume.«

Audrey verließ den Tisch und ging in das Zimmer, das sie mit Arthur teilte. Sie setzte sich auf ihr Bett, nahm ein rosa Band von einem der Bettpfosten und band sich ihr Haar zu einem Krönchen hoch.

Sie hatte zarte Gesichtszüge, die fast einer Elfe glichen. Wenn du dir eine Elfenmaus vorstellen könntest, wäre das Audrey, auch wenn sie dir eine solche Bemerkung übel genommen hätte. Sie hatte wunderschöne große Augen, eine lange Schnauze, die in einem kleinen Maul endete, von langen Barthaaren geziert, die sie sorgfältig von Krümeln frei hielt – ganz anders als ihr Bruder, der immer voll gekleckert aussah.

Audrey vermisste ihren Vater schrecklich; sie hatte eine engere Beziehung zu ihm als ihr Bruder.

»Ach, warum bist du nicht hier?«, stieß sie zornig aus. Sie war wütend auf ihn, weil er weg war. Es war ein ganz neues Gefühl für sie und sie schämte sich dessen. Aber wo steckte er bloß? Sie hatte sich schon so lange auf diesen großen Tag gefreut – doch ohne ihren Vater bedeutete er ihr nichts mehr.

Alle Mäuse waren draußen vor den Leisten eifrig mit Schmücken beschäftigt. Sie hatten im Garten Hagedornblüten und dicht belaubte Zweige gepflückt. »Weiß für die Dame und grün für die Landgeister«, riefen sie, während sie Girlanden flochten. In einer Ecke waren die Kammern des Sommers und des Winters eingerichtet. Jedes Jahr wurden sie sauber gemacht, entstaubt und für das Fest des Mäusemedaillons dekoriert. Heute arbeiteten nur Mäuse, die ihr Medaillon schon empfangen hatten, darin. Die Jugendlichen durften die Kammern nicht betreten.

Zwei alte Mäusejungfern nähten bunten Schmuck auf die Blattfiguren des Eichejungen und des Hagedornmädchens. Drei stämmige, schwitzende Ehemänner hatten in der Mitte des Flurs den Maibaum aufgestellt und von der

Spitze flatterten schon Bänder in vielen Farben für den Tanz.

Meister Altschnauze kam mit einem seltsamen Flechtwerk aus Stroh in die Kammern – gefolgt von Twit, der voller Aufregung mit einem großen Strauß Blüten und Blättern kämpfte.

Arthur genoss alles in vollen Zügen. Er befand sich mitten im Trubel und hängte blühende Hagedornzweige auf. Der Blütenduft hatte ihn schon immer fasziniert, da der süße Geruch das Ende der tristen Wintermonate und den Anfang des Sommers anzeigte.

Oswald Chitter bemühte sich, ihm beim Schmücken zu helfen, doch er war eher ein Hindernis.

»Könntest du mir bitte die Nadel reichen, Oswald? – Autsch!« Während Arthur sich das Blut vom Finger saugte, fielen die Zweige hinunter, die er gerade aufgehängt hatte.

»Oje, tut mir Leid.«

»Macht nichts, Oswald«, sagte Arthur seufzend.

Oswald war ein Albinomischling; das bedeutete, dass er außer seinen rosa Augen ein ganz weißes Fell hatte. Es bedeutete auch, dass er ein wenig schwächlich war, so dass er bei den raueren Spielen nicht mithalten konnte. Er war jedoch sehr hoch gewachsen – eigentlich zu groß für eine Maus. Seiner ungewöhnlichen Größe war er sich schmerzhaft bewusst und hatte deswegen eine krumme Haltung, worüber seine Mutter sich gerne aufregte.

»Was für ein Medaillon bekommst du wohl, Arthur?«, fragte er.

»Keine Ahnung. Sicher nichts Aufregendes.«

»Man kann nie wissen, was die Große Grüne Maus

bereithält«, sagte Oswald voller Spannung. »Ich kann es kaum erwarten, bis ich dran bin – aber das dauert noch ein ganzes Jahr.«

»Was die Grüne Maus bereithält, weiß ich nicht«, erwiderte Arthur, »aber vorhin habe ich den ollen Altschnauze mit einem Sack voller klimpernder Sachen in eine der Kammern gehen sehen.«

»Ach, der!«, protestierte Oswald. »Der führt das Ganze doch bloß für die Grüne Maus aus.«

»Aber er macht die Medaillons.«

»Macht er nicht!«

»Doch, er macht sie! Ich hab selbst gesehen, wie er sie in seiner Werkstatt gehämmert und poliert hat.«

»Kann sein, aber er weiß nicht, wer welches Medaillon kriegt! Das ist Glückssache und funktioniert immer; es passt immer zu der Maus, die es bekommt – also muss was dran sein.«

Arthur hatte alle Hagedornzweige aufgehängt. »Komm«, sagte er. »Wir wollen Twit suchen gehen.«

Oswald schüttelte den Kopf. »Vetter Twit ist mit Meister Altschnauze reingegangen – aber da drüben sind deine Mutter und Audrey.«

»Oje«, warnte Arthur, »wie ich sehe, ist *deine* Mutter auch da.«

Mrs Chitter hatte Gwen Brown entdeckt und eilte schnurstracks auf sie zu.

»Meine Lieben«, säuselte sie. »Sicher trauert ihr entsetzlich!«

Audrey runzelte die Stirn. Selbst in bester Stimmung mochte sie Mrs Chitter nicht besonders.

»Wieso?«, fragte sie trotzig.

Oswalds Mutter fuhr beharrlich fort: »Na, wegen deines lieben Vaters natürlich – er ist schon so lange verschwunden.« Tröstend streckte sie Gwen Brown die Pfote hin und schüttelte sie mitleidig.

Audrey sah ihre Mutter an. In Gwens Augen standen wieder die Tränen. Was bezweckte diese doofe Maus eigentlich?

»Es tut mir Leid, Mrs Chitter, aber Vater ist eigentlich noch nicht so lange verschwunden, dass wir schon um ihn trauern müssten – ich jedenfalls nicht«, sagte Audrey wütend.

»Wie du meinst, meine Liebe, du kennst deine Gefühle sicher am besten.« Mrs Chitters Barthaare zuckten verlegen, doch dann tauchten Arthur und Oswald auf. »Hallo, Jungs, wie ich gerade gesagt habe –«

»Ach, Mutter«, unterbrach Oswald sie, »hast du Mrs Brown schon erzählt, was du gestern Abend gehört hast?«

Mrs Chitters Miene hellte sich sofort auf. Ein ganz neues Klatschthema tat sich vor ihr auf. »Aber nein! Gwen, hast du das schon mitbekommen? Diese Reisende ist wieder da – du kannst dich doch noch an diese schreckliche Rattenfrau mit dem Schal erinnern, die letztes Jahr hier war? Die mit dem ausländischen Namen?«

Arthur zog Audrey weg. »Gut so«, sagte er. »Jetzt wird sie Mutter stundenlang über diese Madame Akkikuyu die Ohren voll quatschen – vielleicht lenkt das Mutter ein bisschen ab.«

»Das ist eine ganz dumme, dickhäutige Klatschmaus!«, sagte Audrey zornig. »Hör dir bloß ihr Gezwitscher an. Ich weiß nicht, wie Mutter das aushält. Ich würde sie am liebsten in ein Loch stoßen und auf ihrem silberweißen

Kopf herumspringen. Es ist okay, sie kann mich nicht hören. Na warte, bis Vater wieder da ist!«

Albert sah seine Schwester an. »Audrey, er ist schon zu lange weg. Ich habe ihn auch lieb, aber er ist schließlich nicht hier, oder? Wenn er könnte, würde er heute da sein. Du weißt genau, dass er diesen Tag um nichts auf der Welt versäumen würde.«

»Er wird da sein«, sagte sie. »Ich weiß es einfach.«

Und dann war alles vorbereitet; die Girlanden waren aufgehängt, der Maibaum errichtet und die Kammern des Sommers und des Winters fertig. Twit hatte ein Musikertrio zusammengestellt; er selbst spielte die Rohrpfeife, Algy Kaltpfote die Bartfidel und Tom Cockle die Rindentrommel. Gemeinsam stimmten sie eine fetzige Melodie an und aus einer der Kammern trat Meister Altschnauze. Gewöhnlich war er der Lehrer der Kinder, doch heute verkörperte er die Grüne Maus. Er steckte in einem Geflecht aus Stroh, das mit Blättern und Blüten ausstaffiert war und an dem kleine Glocken hingen, die klingelten, als er anfing zu tanzen. Er trat als Grüne Maus verkleidet in der Menge auf und spielte mit den Mäusejungen Fang-mich. Alle sangen und klatschten. Das Fest hatte begonnen.

Gwen Brown wurde von Oswalds Mutter in eine Ecke gezogen. »Die Rattenhexe hat eine besondere Begabung, weißt du«, fuhr Mrs Chitter fort. »Sie hat eine Kristallkugel, in der sie alle möglichen Dinge sehen kann, und sie verkauft Liebestränke und andere Zaubertränke und Heilmittel. Eigentlich bin ich die Letzte, die in Riechweite einer Ratte geht, aber sie ist keine Kanalratte, sie ist aus dem Ausland und die sind doch anders, oder?«

»Auf alle Fälle«, meinte sie dann, »solltest du dir überlegen, ob du Madame Akkikuyu nicht auch mal aufsuchen willst, Gwen. Stell dir vor: Vielleicht kann sie dir sagen, wo dein Albert steckt.«

»Ach, ich weiß nicht recht«, sagte Gwen. »Ich habe noch nie was mit Ratten zu tun gehabt und ich habe keine Lust, jetzt damit anzufangen.«

»Das ist aber schade, weil sie wie gesagt keine von den Kanaltypen ist«, beharrte Mrs Chitter.

»Nein, wirklich, wenn ich mir die Zukunft vorhersagen lassen will, dann gehe ich doch lieber zu den Fledermäusen auf dem Dachboden.«

»Igitt – und kommst mit einem halben Dutzend alberner Rätsel zurück, die weder du noch sonst jemand lösen kann. Also für mich wäre das nichts, nein danke!«

Audrey blieb am Rande der Tanzfläche stehen. Sie beobachtete ihre Freunde, die viel Spaß hatten, doch es war ihr nicht danach zumute, mitzumachen. Arthur wich Oswalds ungeschickten Schritten aus. Die Musiker spielten immer schneller. Sogar Mrs Chitter wippte mit dem Fuß im Takt. Überall schwangen Mäuseschwänze wie rosa Getreide hin und her. Twit blickte von seiner Rohrpfeife auf und fing Audreys geistesabwesenden Blick auf. Als das Lied zu Ende war, gab er seine Pfeife an Algy Kaltpfote weiter, was alle schwer enttäuschte.

»Spiel noch eins!«, rief jemand.

»Ja, spiel ›Egon und seine Herzensdame‹«, rief ein anderer.

»Nein, lieber ›Des Verehrers Tanz‹.«

»Spiel ›Die Nacht, als der alte Mick ertränkt wurde!‹«

Twit winkte höflich ab und sagte, er müsste sich dringend etwas hinter die Barthaare kippen und dass Algy genauso gut spielen könnte wie er. Man hörte noch ein paar Mäuse murren, doch sie schwiegen, sobald Meister Kaltpfote ›Die Rätsel der Fledermäuse‹ anstimmte.

»Guten Tag!«, unterbrach Twits Stimme Audreys Gedankenfluss. »Tanzt du nicht mit?«

»Wie bitte? Entschuldige, ich war gerade in Gedanken ganz woanders ... Was hast du gesagt?«

»Tanzt du nicht mit?«

Audrey verneinte. »Vielleicht später.«

»Na ja, jetzt kommen die Spiele und dann werden die Medaillons ausgeteilt.«

Twit schien einen Einfall zu haben und grinste plötzlich. Er sagte kurz »Augenblick!« und rannte mitten in das Gewühl der tanzenden Mäuse.

Trotz ihrer traurigen Stimmung konnte Audrey nicht umhin zu lächeln, als sie sah, wie Twits kleine rötlich-goldene Gestalt sich in die Menge stürzte und gleich darauf wieder auftauchte. Dann stand er mit zwei kleinen silbernen Glöckchen in der Pfote wieder vor ihr.

»Die sind von Meister Altschnauzes Grüne-Maus-Kostüm«, erklärte er. »Ich dachte, vielleicht gefallen sie dir.« Während er Audrey die Glöckchen überreichte, zwinkerte er schüchtern.

»Oh, vielen Dank, Twit!«, rief sie aus. »Die sind ja wunderhübsch! Hör mal: Sie klingen, wie Sterne klingen würden.«

Am liebsten hätte sie Twit umarmt, doch seine Ohren waren knallrot angelaufen. Er nickte kurz und rannte zu Algy und Tom zurück.

Audrey ermahnte sich im Stillen. Ihr Vater wurde vermisst und das war auch alles. Bestimmt war er irgendwo in Sicherheit und versuchte alles, um zu ihnen zurückzukommen. Sie durfte nicht zu früh um ihn trauern, sonst wäre sie auch nicht besser als Mrs Chitter. Das Mäusemädchen beschloss, den Tag zu genießen.

Twit übernahm wieder die Rohrpfeife.

»Schau doch nur«, sagte Mrs Chitter und stieß Gwen Brown an. »Endlich tanzt Audrey auch mit.«

Als der Tanz vorbei war, zogen die älteren Mäuse sich außer Atem zurück. »Der Maibaum!«, riefen die Jüngeren voller Erwartung.

Bänder in den Pfoten haltend tanzten die Mäusekinder – darunter auch Audrey – um den Baum und flochten sie beim Tanzen um den Stamm, bis er ein Kleid aus geflochtenem Stoff erhalten hatte. Lautes Gelächter erschallte und dann riefen die Älteren nach dem nächsten Spiel.

Kichernd trugen die beiden alten Jungfern die Blattfiguren hinein. Sie waren in Lebensgröße gefertigt: ein Mäusejunge aus Eichenblättern und ein Mäusemädchen aus Hagedorn. Kleine Geschenke waren lose angenäht worden, um abgerissen zu werden. Allen Kindern wurden die Augen verbunden und als das Signal ertönte, stürzten sie sich auf die Figuren und balgten sich um die Spielsachen.

Arthur kämpfte mit unsichtbaren Wettstreitern, die ihm im Weg waren; er konnte kein Geschenk finden. Oswald jedoch ergatterte als Erster etwas. Irgendwie wusste er immer, wo er suchen musste – es war wie ein sechster Sinn, der den Rest seiner Schwächen wieder gutmachte. Audrey erwischte ihr Geschenk nach einem kurzen Handgemenge mit ihrem Bruder, auch wenn keiner von beiden den anderen erkannte. Als die Aufregung vorbei war und alle Sachen verschwunden waren, nahm Arthur seine Augenbinde ab und starrte missmutig auf die Blattfiguren – er war der Einzige, der nichts abbekommen hatte.

»Ätsch!«, sagte Audrey lachend.

Alle fragten sich, was als Nächstes kommen würde. Die Spannung brodelte und das Murmeln der Stimmen ließ nicht nach. Meister Altschnauze gab den Musikern ein Zeichen und sie stimmten eine ernste Melodie an.

»Kommt vor zur Grünen Maus, ihr jungen Erwachsenen, und nehmt ihre Gaben und euer Schicksal entgegen«, rief er der Menge feierlich zu. »Aber ... äh ... bitte einer nach dem anderen«, fügte er hinzu.

Meister Altschnauze verschwand in einer der Kammern, während mehrere Mäuse rasch umherliefen und sich vor die seltsamen Hebel und Schnüre stellten, welche außerhalb der beiden Räume angebracht waren.

Audrey setzte sich neben ihre Mutter und wartete darauf, bis sie an der Reihe war. Gwen drückte ihre Pfote. »Liebling, bist du aufgeregt?«

»Nein, Mutter.«

»Gut. Dies ist ein großer Tag für Arthur und dich. Ich bin so stolz auf euch.«

Arthur betrat die erste Kammer; er grinste nervös. Ihre Innendekorationen verkörperten die düsteren Wintermonate und die harten Zeiten, die sie mit sich brachten. Grimmige, groteske Masken hingen an der Decke. Traurige Gespenster aus Papier flatterten hörbar in düsteren

Ecken. Papierbänder hingen unsichtbar in der Dunkelheit herunter und berührten ihn. Skelette richteten sich stöhnend auf und rasselten mit Ketten. Arthur fand es toll. Er wusste, dass die Mäuse draußen an Schnüren zogen und Schalter und Hebel in Gang setzten. Doch als etwas Unsichtbares an seinem Gesicht vorbeiflog, wich er trotzdem zurück und hielt erschrocken den Atem an. Dann ging er lachend durch das weit aufgerissene Maul einer Pappkatze und betrat den zweiten Raum.

Dies war die Kammer des Frühlings und des Sommers. Lächelnde Gesichter strahlten ihn freundlich vom Boden aus an, frische Blüten schmückten die Wände und ein schwerer, süßer Duft hing in der Luft. Auf der einen Seite befand sich eine große, goldene, strahlende Sonne. Über seinem Kopf hingen Maispuppen zwischen verschiedenen Sorten von Käse und Getreide. Arthur betrachtete sie und fragte sich, ob er sie zu fassen kriegen würde. Doch da rief eine strenge Stimme: »Meister Arthur Brown. Warum bist du gekommen?«

Arthur riss sich rasch zusammen und gab die richtige Antwort. »Um das zu empfangen, was nun meines ist, und um mein Schicksal entgegenzunehmen.«

»Egal, ob es gut oder schlecht, großartig und gefährlich oder bescheiden und sinnlos ist?«

»Was immer der Wille der Grünen Maus sei.«

»Dann roll die Sonne weg«, forderte die Stimme ihn nun auf.

Arthur ging zu dem goldenen Bildnis der Sonne und rollte es zur Seite. Dahinter stand Meister Altschnauze in dem prächtigen Kostüm der Grünen Maus, umgeben von kleinen Kerzen.

Er sah Arthur aus seinem Blätterkäfig an. »Nimm es dir, Arthur«, sagte er und hielt ihm einen schwarzen Leinensack hin.

Arthur machte die Augen zu und wählte das erste Medaillon, das er berührte – wie es der Brauch wollte. Als er seine Augen wieder aufmachte, hielt er erstaunt den Atem an.

»Hey, das ist ja dasselbe wie das Medaillon meines Vaters«, sagte er erfreut.

»Das Zeichen des Lebens und deiner eigenen Familie«, bestätigte Meister Altschnauze nickend. »Ein gutes Zeichen – sehr zuverlässig.«

»Drei ineinander geflochtene Schwänze«, stimmte Arthur zu. »Ich danke Ihnen.«

»Also, dann geh und sag deiner Schwester, dass sie die Nächste ist. Und beim Hinausgehen: Finger weg von dem Käse!«

Als Arthur seiner Schwester das Mäusemedaillon zeigte, bewunderte sie es und fragte sich wieder einmal, wie ihres aussehen würde. Gespannt betrat sie die erste Kammer.

Als ihre Augen sich an das schummrige Licht gewöhnt hatten, konnte sie die unheimlich bemalten Masken sehen, die überall herumhingen. Eine leichte Brise schien sie zu bewegen und als Audrey sie betrachtete, schienen ihre Augen sie anzustarren.

Sie hörte ein Lachen. Sie wusste, dass die Mäuse draußen Spaß daran hatten, die Schnüre und Hebel zu bedienen. Aber dieses Lachen war anders als die bekannten Stimmen. Es klang dumpf und verächtlich.

Sie blieb eine Weile am Eingang stehen und zögerte weiterzugehen. Allmählich verstummten die Geräusche ihrer Freunde außerhalb der Kammer– doch es wurde nicht still. Es schien vielmehr, als wäre die Außenwelt weit weggerückt, und auch wenn die Mäuse immer noch lärmten, war die Entfernung zu groß, als dass Audrey sie deutlich hätte hören können.

Sie versuchte, sich zusammenzureißen. »Das ist lächerlich«, sagte sie sich. »Irgendwas stimmt hier nicht.«

Ein merkwürdiges, kaltes blaues Licht flackerte um das Mäusemädchen herum auf. Was war los? Die Masken schienen plötzlich niedriger zu hängen; ihre Gesichter wirkten beinahe lebendig. Ja, sie verzogen sich zu grauenhaften, verächtlichen Mienen und gierigen, zuckenden Mäulern. Sie schlossen Audrey ein; sie drückten sich mit blassen, schmalen, blinkenden Augen an sie und leckten dabei ihre scharfen Hauzähne. Audrey spürte ihren Atem, der ihr ins Gesicht schlug.

»Aufhören!«, schluchzte sie und wedelte wild mit den Pfoten in der Luft herum.

Etwas berührte sie.

Die Papierbänder, die Arthur zu spüren bekommen hatte, fühlten sich an wie Zweige, die nach ihr griffen. Sie rissen an ihrem Haar und kratzten mit scharfen Nägeln auf ihrem Kopf herum.

Stimmen riefen ihren Namen und sagten ihr, sie solle zurückgehen; die Masken, die wie eine Traube vor ihr hingen, drohten ihr stumm und versperrten ihr den Weg.

Audrey wusste, dass sie sich das nicht bloß einbildete. Kleine Gestalten sprangen aus den Schatten; verhungerte Kreaturen zwickten sie schmerzhaft im Vorbeihuschen.

Jetzt blies auch ein beharrlicher, kalter Wind – der Winter zog ein. Er packte und schüttelte sie mit einer so eisigen Kälte, dass sie zitterte und schauderte.

»Geh zurück!«, riefen die Stimmen im Wind.

»Komm her!«, zischten die Mäuler.

Audrey hörte nicht auf sie. Sie hatte zahllose Augenpaare entdeckt, die sie aus der Dunkelheit anfunkelten – hungrige Augen.

Dies war das Herz des Winters – die magere Zeit, in der die Mägen leer sind und die Wölfe verzweifelt nach Beute jagen. Als der tiefe Winter seine Flügel um Audrey herum ausbreitete, lief ihr ein Schauer über den Rücken. Die Dämonen der Kälte lauerten in der Finsternis auf sie. Sie spürte ihre Bisse.

Audrey war ihre Beute.

Sie rannte los.

Da tat sich in der bitteren Finsternis vor ihr plötzlich die Kammer des Sommers auf. Sie stürzte durch den Eingang.

Weinend rieb Audrey sich die blauen Flecken an den Armen und Beinen. Dann spürte sie Wärme – die Kälte war verschwunden und neues Leben erwachte in ihr.

Audrey hob den Kopf. Vor ihr war das Bild der Sonne. Seine Oberfläche blendete sie und Hitze strömte von ihm aus. Um sie herum war alles am Wachsen. Grünzeug schoss in die Höhe; sie spürte die Freude der jungen Blätter, die sich reckten und dehnten und ihr neues Leben genossen. Knospen schwollen und zerbarsten; sie explodierten in Regenbögen aus bunten Blüten: Kirsche, Orange, Apfel. Ihr süßer Duft erfüllte die Luft.

Audrey staunte. Überall strahlte das Grün und die

Sonne funkelte durch die Blätter. Blüten fielen in einem Schneesturm der Farbenpracht auf den Boden und wurden durch Früchte ersetzt, die rasch wuchsen und anschwollen. Äpfel blähten sich auf und blitzten rot und grün; Birnen nahmen eine sinnliche Gestalt an und hingen schwer und wuchtig an den Ästen. Eicheln und Haselnüsse bräunten in der Sonne, bevor sie zu Boden fielen. Audrey konnte ganze Kornfelder sehen, die wie exotische gelbe Meere hin und her wogen. Träumte sie? Wie war das alles möglich?

Das grüne Licht hüllte sie jetzt ganz ein und ihre Gedanken wanderten zu den Blumen, deren Leben von der Sonne abhing und deren Gesichter ihr zugewandt waren. Audrey spürte, wie sie unter ihren Füßen wuchsen: Gänseblümchen, Ringelblumen, Löwenzahn – alles Sonnensymbole, die ihre schönen Köpfchen der Großen entgegenstreckten.

Und als Audrey sich vor Freude ganz trunken fühlte, fragte eine Stimme: »Meisterin Audrey Brown. Warum bist du gekommen?«

»Um das zu empfangen, was nun meines ist, und um mein Schicksal entgegenzunehmen«, antwortete sie.

»Egal, ob es gut oder schlecht, großartig und gefährlich oder bescheiden und sinnlos ist?«

»Was immer der Wille der Grünen Maus sei.«

»Dann roll die Sonne weg!«

Audrey berührte das strahlende Bildnis – es war nicht heiß, aber es schien aus dem reinsten Gold zu sein, das wie ein Spiegel glänzte. Sanft drückte sie dagegen und die Sonne rollte auf die Seite.

Dahinter stand Meister Altschnauze mit völlig verwirrter Miene. Er starrte auf die lebendige grüne Landschaft hinter Audrey und vor Staunen klappte sein Maul auf. Er versuchte etwas zu sagen, doch er brachte nur ein schwaches Quietschen hervor. Die Ungläubigkeit war ihm ins Gesicht geschrieben, als er auf Audrey hinabsah. Und dann veränderte er sich plötzlich.

Er war nicht mehr da. Nur das Blätterkostüm blieb übrig – und es begann zu zappeln und zu wachsen, während es Leben annahm. Aus dem Kostüm wuchsen blühende Zweige.

Audrey trat einen Schritt zurück, als die Blätter zu wuchern anfing. Es hatte ein eigenes Licht, das im Kern aufflackerte, schimmerte und sich ausbreitete, bis Blätter wie Lampen und Blüten wie Feuerreifen glühten.

Dann tauchten zwei Augen über ihr auf und im Rauch formte sich ein verschwommenes Gesicht. Es war alt und streng, gütig und freundlich. Über den Augenbrauen saß eine Krone aus Blättern und Weizen.

Es war die Grüne Maus.

Audrey sank vor der majestätischen Gestalt auf die Knie, doch sosehr sie sich auch bemühte, sie konnte den Blick nicht von den Augen abwenden. Sie erzählten von zahllosen Jahrhunderten des Lebens; sie waren dunkelgrün mit vielen grünen Farbabstufungen. Das Hellgrün neuen Lebens strahlte aus ihnen, doch es war befleckt mit den dumpfen, dunklen Tönen des Mooses, das auf den Friedhöfen wächst. Der Tod ist nie weit vom Leben entfernt, sagten die Augen ihr.

Das üppige Blätterwerk war ein Mantel, der sich mit der Gestalt bewegte. Jetzt schimmerte er mit dem Licht des Lebens. Die Blüten fielen in einem heftigen Sommerschauer ab und an ihrer Stelle wuchsen exotische Früchte. Zuerst waren sie klein und fest, doch als sie sich öffneten und anschwollen, nahmen sie alle erdenklichen Formen an. Es waren gelbe Mäusemedaillons.

Audrey hielt den Atem an und das Gesicht lächelte ihr zu. Dann tauchte eine grüne Hand aus dem Mantel auf und pflückte ein Medaillon aus den Blättern.

»Nimm es an, Audrey«, sagte eine tiefe, wohlklingende Stimme.

Eingeschüchtert hob das Mäusemädchen die Pfote, um das Geschenk zu ergreifen, doch sie zuckte zurück, als sie sah, wie verzaubert das Amulett funkelte. Wieder lächelte das Gesicht und das grüne Stirnfell legte sich in gütige Falten. Doch Audrey hatte Angst.

»Ich trau mich nicht«, flüsterte sie ehrfürchtig. »Nie im Leben.«

Da spürte sie plötzlich, wie sich ein Arm tröstend um ihre Schultern legte.

»Hab keine Angst, Audrey, Liebling.«

Sie sprang auf und sah sich suchend um – das war doch die Stimme ihres Vaters!

»Wo bist du?«, rief sie und trat einen Schritt zurück. Doch der unsichtbare Arm führte sie sanft zu der Grünen Maus zurück.

»Nimm es und trage es immer«, sagte Alberts Stimme zu ihr.

»Aber Vater, ich kann dich nicht sehen. Wo warst du? Wir haben dich so vermisst!«

»Audrey – das Mäusemedaillon!«

»Wann kann ich dich wiedersehen?«

Alberts Stimme wurde immer leiser. »Ich verspreche

dir, du wirst mich vor dem Ende wiedersehen, mein Liebling. Geh jetzt, die Grüne Maus wartet auf dich.«

Audrey blickte wieder in die Augen der Grünen Maus und nahm das Medaillon entgegen.

»Seltsam«, sagte Meister Altschnauze. »Ich kann mich nicht daran erinnern, so eins in den Sack getan zu haben.«

Audrey sah ihn mit großen Augen an. Die Grüne Maus, das Licht – alles war verschwunden.

Audrey betrachtete das Mäusemedaillon in ihrer Pfote. Es glich einem Katzengesicht mit schmalen Augen und Barthaaren. Verwirrt drehte sie sich um. »Aber mein Vater war mit der Grünen Maus hier drin.«

Meister Altschnauze bemühte sich, sie zu beruhigen. »Ganz ruhig, das ist bloß die Aufregung an diesem großen Tag.

Audrey starrte ihn wütend an. »Aber haben Sie das alles denn nicht gesehen?«

»Nein. Und jetzt geh zu deiner Mutter und zeige ihr, was du bekommen hast. Ach ja, und schicke bitte den Nächsten herein.«

Audrey verließ die Kammern; sie war sicher, dass ihr Vater lebte und irgendwo war. Aber wie konnte sie zu ihm gelangen? Wer wusste, wo er zu finden war?

»Ach, das ist aber hübsch, Liebling«, sagte ihre Mutter, als sie das Medaillon am Hals ihrer Tochter funkeln sah.

»Oh, das Schutzzeichen vor Katzen«, mischte Mrs Chitter sich ein. »So was habe ich schon lange nicht mehr gesehen.«

»Mrs Chitter«, fing Audrey an. »Was haben Sie vorhin über Madame Akkikuyu gesagt?«

»Also, wenn die nicht die beste Wahrsagerin ist, die wir haben – sie weiß alles Mögliche und verwendet entweder Karten oder die Kristallkugel, um in die Zukunft zu sehen.«

»Waren Sie bei ihr?«

»Äh ... meinst du, dass ich mit ihr persönlich gesprochen habe? Na ja, nicht direkt. Aber andere haben mir von ihren Erfahrungen mit der berühmten Zukunftsseherin berichtet.«

»Wo, glauben Sie, ist sie wohl jetzt?« Audrey bemühte sich, so beiläufig wie möglich zu klingen.

»Also, Kind, das kann ich dir nicht sagen. Ich fürchte, du hast die Gelegenheit verpasst: Gestern Abend war sie im Garten, doch jetzt nimmt sie wahrscheinlich die Abkürzung zu ihrem nächsten Ziel – durch die Abwasserkanäle.«

»Hinter dem Gitter?«

Mrs Chitter nickte weise. »Ja, auf der anderen Seite, wohin sich keiner von uns hier wagt. Ach, sieh doch nur, Gwen – die Kinder bemalen die Wände der Grotten. Das hast du ganz verpasst, Audrey. Was zeichnet Arthur da? Du liebe Güte – eine Ratte mit zwei Köpfen, acht Beinen und drei Schwänzen! Ich glaube, so etwas Schreckliches habe ich noch nie gesehen. Gwen, du solltest deinen Sohn im Auge behalten. Was schreibt er darunter? Kannst du es lesen, Audrey?«

»Jupiter«, flüsterte Audrey.

DIE WAHRSAGERIN

Der Mond stand hoch am Himmel, als Audrey aus dem Bett schlüpfte. Sie zog sich leise an, um Arthur nicht zu wecken. Schläfrig gähnte sie und flocht sich ein rosa Band ins Haar. Im Mondschein sahen die silbernen Glöckchen wie kleine blaue Weltkugeln aus. Audrey hob sie vorsichtig auf, damit sie kein Geräusch machten. Sie steckte sie ans Ende ihres Schwanzes und schlich sich lautlos aus den Leisten.

In der Dunkelheit wirkte der Flur wie eine andere Welt. Schatten krochen die Wände hoch und verwandelten sie in Landkarten blassen Mondlichts und schwarzer Höhlen, dunkler Formen und sanften Mondschimmers. Audrey konnte die wirklichen Gegenstände nicht von den Schatten unterscheiden.

Erleichtert sah sie, dass alle Dekorationen des Festes schon weggeräumt worden waren. Ihr fielen die grauenhaften Masken und der unsagbare, eiskalte Schrecken wieder ein. Sie überquerte die Halle, holte tief Luft und presste die Krallen in ihre Pfotenflächen. Die langen Schatten des Treppengeländers brannten sich mit dunklen, diagonalen Streifen in ihren Weg.

Audrey blieb einen Augenblick stehen: Der Eingang zum Keller tat sich vor ihr auf. Sie sah sich nervös um; ihr Instinkt drängte sie umzukehren. »Hüte dich vor dem Gitter«, war ihr immer gesagt worden, und: »Vertraue bloß keiner Ratte!«

Die Tür stand einen Spalt weit offen. Sogar das Mondlicht schien Angst zu haben, ihre Schwelle zu überschreiten. Dahinter lag eine tiefe Schwärze.

»Komm schon«, sagte sie sich. »Die Wahrsagerin ist deine einzige Hoffnung, Vater zu finden.« Das Mäusemädchen biss sich auf die Lippen und stieg hinunter in den Keller. Sie lief die Steinstufen hinab und war erstaunt, unten Licht zu sehen: Ein merkwürdiger gelber Schimmer fiel von der Straße über ihr durch ein Loch in der Decke herein.

Der Keller war voller großer Holzkisten, seltsamer Gegenstände und Rollen von Papier, die modrig rochen. An der Wand gegenüber war eine leere Stelle. Schweigend starrte Audrey sie an. Das Gitter gähnte ihr wie ein großes, offenes Maul entgegen.

Sie sah sich im Dämmerlicht um. Das Blattmuster aus Eisen und die verrostete Ecke waren genau, wie die Älteren das Gitter immer beschrieben hatten, wenn sie vor dem Winterfeuer kauerten und im Flüsterton davon erzählten. Seltsame Glücksbringer waren an die Wände um das Gitter herum gemalt – Schutzbilder vor dem Abwasservolk, die mutige Mäuse vor langer Zeit gezeichnet hatten. An einer Seite des Gitters sah sie ein neueres Kunstwerk: ein Bildnis des schrecklichen zweiköpfigen Jupiters. Audrey lächelte wehmütig. Hier hatte ihr Bruder Arthur sich verewigt.

Irgendwo hinter diesem Tor lauerte der finstere, teuflische Gott. Wie das Abwasser floss seine Macht durch die Kanäle.

Plötzlich blickte sie auf. Ohne es zu merken, war sie direkt auf das Gitter zugegangen. Sie schüttelte den Kopf.

Welche unheimlichen Kräfte strömten durch das Gitter, um die Unvorsichtigen zu locken und den gesunden Mäuseverstand der Weisen zu rauben? Wieder dachte Audrey an ihren Vater, der einsam und verloren war. Sie bückte sich und kroch durch den rostigen Spalt.

Madame Akkikuyu stärkte sich mit einem Schluck des starken Schnapses, den sie selbst gebraut hatte. Genussvoll warf sie den Kopf in den Nacken und schluckte das Getränk langsam hinunter. Sie spürte, wie erst ihre Kehle und dann ihr Magen zu brennen anfingen. Die letzten paar Tage waren ziemlich enttäuschend gewesen. Keine Geschäfte, kein Gewinn. Sie hoffte, dass ihr nächstes Ziel ihr mehr einbringen würde. Vielleicht war es eine gute Idee, noch ein paar Heiltränke mehr herzustellen.

Madame Akkikuyu packte ihren Rucksack aus und fragte sich, was sie zusammenbrauen sollte. Ihre Kräutertaschen waren fast leer.

»Oje«, murmelte sie, »nicht mehr viel, fast nix mehr. Die armen kleinen Mäuschen brauchen was für Gesundheit. Ein Heiltrank macht sie stark und glücklich.« Sie lachte. »Macht sie manchmal auch ein kleines bisschen mausetot.«

Sie war eine große schwarze Ratte, eine Vertreterin auf Reisen, die mit allem und jedem handelte. Als sie noch eine ganz junge Rattenjungfer gewesen war, war sie auf einem Frachtschiff aus Marokko gekommen und jetzt wanderte sie umher und verkaufte Heiltränke. Madame Akkikuyu liebte es, vor ihren Kunden eine Show abzuziehen. Ein tätowiertes Gesicht schmückte ihr rechtes Ohr und ein roter Schal mit weißen Punkten lag um ihre

Schultern. Sie holte ihren Topf heraus und füllte ihn mit Abwasser. »Ach ja, die Kraft der Elemente – Feuer und Wasser«, sagte sie, trank einen Schluck aus dem Topf und fuhr sich mit der Zunge über die Zähne. Vor langer Zeit war ihr ein Zahn abgebrochen, als ein Liebestrank sich als tödlich erwiesen und der trauernde Vater ihrer Klientin sie mit Steinen verjagt hatte.

Sie konnte nicht zaubern; sie wusste nur das Nötigste über Gifte. Natürlich tat sie all ihren Kunden gegenüber so, als hätte sie ›Zauberkraft‹, doch das war bloß Schwindel. Ach, aber wie sehr sie sich danach sehnte und wie oft sie davon träumte! Wissen und Macht über das Böse waren das, was sie sich immer gewünscht, doch nie besessen hatte. Schließlich hatte sie sich damit abgefunden, nur eine drittklassige Schwindlerin zu sein, aber das tat weh.

Akkikuyu hob den Topf auf eines der Rohre, die unter dem Vorsprung an der Wand entlang verliefen. Sie wusste zwar nicht, wie es funktionierte, doch sie hatte vor langer Zeit das Geheimnis des nie ausgehenden Feuers entdeckt. Mit einem Messer stach sie so lange auf das Rohr ein, bis aus dem Loch Dampf zischte. Leise summend rieb sie zwei Steine aufeinander, bis die Funken eine blaue Flamme entzündeten.

»Sehr gut«, murmelte die Ratte. Sie wartete darauf, dass das Wasser zu kochen anfing, und suchte unterdessen in ihren Taschen nach Blättern und Pulvern. »Das hier bringt's«, sagte sie, betrachtete ein exotisches getrocknetes Etwas und warf es in den Topf. Beim Suchen brachte Akkikuyu ekelhafte Dinge ans Licht: geschrumpfte Froschfüße, den Kopf eines Kätzchens, das nach der

Geburt ertränkt worden war, das Herz einer Lerche, eingewickelt in Zeitungspapier, und ein Hasenauge, in dem Nadeln steckten. Sie machte sich nie Gedanken darüber, was in ihren Topf wanderte. Schließlich trank sie ihre selbst gebrauten Heilmittel nicht.

Sie schüttete etwas gelbes Pulver ins Wasser und zog einen langen Knochen aus dem wirren, zotteligen Haar. Damit rührte sie die Mixtur eifrig um.

Dicker Rauch, so gelb wie Senf, stieg aus dem Topf empor. Sie setzte sich zufrieden hin und ließ die Brühe eine Weile köcheln.

Akkikuyu mochte die Abwasserkanäle. Die Dunkelheit machte ihr keine Angst – und Jupiters Ratten auch nicht. Sie besaß eine harte Linke und hatte ihr Messer immer im Gürtel stecken. Schon vielen Ratten hatte sie gezeigt, wo es langging, und deswegen ließen die meisten sie in Ruhe.

Sie wühlte in einer Tasche und holte Erdnüsse und einen halben feuchten Keks heraus. Sie kaute daran und überlegte, wohin sie als Nächstes gehen sollte. »Vielleicht sollte ich Greenwich versuchen«, überlegte sie laut. »Die wuscheligen jungen Eichhörnchen sollten jetzt aus ihrem Winterschlaf aufgewacht sein. Stimmt, ich weiß noch, dass sie sich gern ihre Zukunft voraussagen lassen. Aber sei vorsichtig, Akkikuyu! Die Alte ist schlau wie ein Bauer und schlitzohrig wie ein Fuchs.« Die Ratte lächelte unangenehm und dachte, wie hübsch ein Eichhörnchenschwanz auf ihren Schultern aussehen würde. »Hmmmm, dort gehen ich hin«, beschloss sie.

Akkikuyu lehnte sich an die Kanalmauer und seufzte. Es war Zeit für ein Mittagsschläfchen. Sie gähnte und schloss die Augen. Ein langer Weg lag vor ihr und im Augenblick fühlte sie sich entspannt. Noch ein Schluck Schnaps, dann schloss sie ihren Frieden mit der Dunkelheit und lauschte dem Echo im Kanal. Das Wasser, das unter ihr entlang gluckerte, das regelmäßige Tropfen – was für ein stiller, kühler Ort. Langsam versank Madame Akkikuyu in einen entspannenden Tiefschlaf, der reich an angenehm bösen Träumen war.

Sie kam langsam wieder zu sich; ihre langen Barthaare zuckten. Irgendwas lag in der Luft. Akkikuyu machte ein Auge auf und knurrte. Jemand kam näher. Sie hörte leise Schritte.

»Das ist keine Ratte«, dachte sie, »zu leise, zu nervös – ach, vielleicht ein Mäuschen! Und so ganz allein. Aber warum? Kleine Mäuschen haben hier nichts zu suchen. Vielleicht kommt sie, um Madame Akkikuyu einen Besuch abzustatten? Wie mutig und abenteuerlich«, kicherte die Ratte. »Und wie dumm!«

Audrey sah einen blauen flackernden Lichtschein vor sich. Sie war noch nicht weit gegangen, doch weit genug, um sich mit dem Abwasserkanal vertraut zu machen: den gefährlichen Tümpeln aus Schlamm und dem ekelhaften Gestank. Sie hatte erwartet, hier unten Horden von Ratten herumstreunen zu sehen – doch irgendwie war die leere Einsamkeit noch schlimmer. Die Quelle des blauen Lichts befand sich hinter der nächsten Ecke. Audrey hatte keine Ahnung, was das Licht zu bedeuten hatte. War das Jupiter? In sämtlichen Geschichten, die sie über ihn gehört hatte, konnte er Feuer spucken. Sie roch auch etwas Schreckliches, als würde irgendetwas Ekliges gekocht. Sie blieb stehen und fragte sich, ob sie es wagen sollte, um die Ecke zu biegen und nachzusehen, wer oder was sich dort aufhielt. Vielleicht war es zum Umdrehen ja noch nicht zu spät.

»Hab keine Angst vor mir!«, rief eine belegte, laute Stimme ihr zu. Audrey zuckte überrascht zusammen. »Komm zu mir und lass dich ansehen, Mäuselchen.«

»Sind Sie das, Madame Akkikuyu?«, stammelte Audrey und blieb regungslos stehen.

»Ach, ein Mäusemädel! Wie mutig und tapfer du bist, und wie verzweifelt du sein musst!«

Audrey spähte um die Ecke. Madame Akkikuyu stand hinter ihrem köchelnden Topf. Der Feuerschein flackerte und tanzte über ihrer Gestalt, und in dem Dunst und Rauch schien sie zu strahlen. Sie wirkte wie eine Figur aus einer anderen Welt.

»Ich bin Akkikuyu«, sagte sie. »Du hast große Gefahren auf dich genommen, um mich aufsuchen.«

»Ja, das stimmt«, sagte Audrey überrascht. »Woher wissen Sie das?«

»Ich bin Akkikuyu«, wiederholte die Ratte. »Ich kenne viele der Geheimnisse, die die Zukunft vor anderen verbirgt.«

»Ich will meinen Vater finden. Ich weiß nicht, wo er ist«, wagte Audrey sich vor.

»Nicht so schnell, Mäusemiss! Akkikuyu brauchen erst ihre Bezahlung, bevor sie die Schatten durchbohren kann.« Die Ratte sah Audrey gierig an.

»Ich habe nichts«, erwiderte die Maus.

Madame Akkikuyu trat zu ihr und berührte das Mäusemedaillon. »Hübsches Anhänger würde Akkikuyu reichen. Er schützt vor Katzen, nicht wahr?«

Audrey wich zurück. »Den kann ich Ihnen nicht geben«, sagte sie. »Den muss ich immer tragen. Das hat man mir gesagt.«

»Ach!«, schnaubte die Ratte verächtlich. »Du musst zahlen, sonst bleiben Papa, wo er ist.« Sie griff in eine Tasche und holte den Kopf des ertränkten Kätzchens heraus. »Schützt dich dein Anhänger vielleicht vor dieses Katze?« Sie hielt das schreckliche Ding Audrey unter die Nase. »Ach, armes Kätzchen – schützen vor vielen Dings: vor finstere Träume und vor Wasserscheu. Hübsch, nicht?«

Audrey schüttelte den Kopf. »Der ist grauenhaft; stecken Sie ihn wieder weg.«

Madame Akkikuyu legte den schrecklichen Gegenstand weg. »Keiner wie armer Tiddles. Ach ja, er leisten mir Gesellschaft. Akkikuyu haben Glück, ihn zu haben.« Sie hielt inne und sog die Luft durch die Zähne. »Was hast du noch? Ich will keine Bänder und zartes Spitze – kann nix gebrauchen.«

Audrey sank das Herz. Dies war ihre einzige Hoffnung und sie spürte, wie sie dahinschwand. Was konnte sie der Ratte anbieten? Madame Akkikuyu unterbrach ihre Gedanken.

»Was sind das für Klingelings?« Sie zeigte auf die silbernen Glöckchen an Audreys Schwanz. »Akkikuyu können die gebrauchen.«

Audrey nahm sie vorsichtig vom Schwanz ab und übergab sie traurig der Ratte.

Gierig riss Madame Akkikuyu ihr die Glöckchen aus der Pfote und verstaute sie eilig in einer ihrer Taschen. Dann wandte sie sich wieder zu Audrey um.

»Komm jetzt. Akkikuyu zeigen Mäusekind viele Dings.«

Audrey beobachtete die Ratte misstrauisch, während diese in ihren Taschen kramte. Sie holte einen Satz vergilbter Karten heraus und setzte sich. Dann legte sie die Karten in einem Fächer auf dem Boden aus. »Sitz dich hierher, Mäuschen.« Sie klopfte auf die Stelle neben sich.

Audrey näherte sich, doch sie setzte sich ihr gegenüber. Madame Akkikuyu starrte sie mit zusammengekniffenen Augen an. »Dein Vater ist weg. Sind er reiselustig?«

»Er ist einfach verschwunden«, sagte Audrey und gab den Blick trotzig zurück.

Die Wahrsagerin betrachtete die Karten und wedelte mit den Armen. »Dunkle Dings werden dich umgeben, Mäuschen, wenn du suchst weiter.«

Sie beäugte Audreys Spitzen und Bänder.

»Deine Mutter liebt dich?«

»Ja.«

»Ich glaube nicht, dass sie wissen, dass du hier bist. Sie machen sich Sorgen um dich, und deine Brudern und Schwestern auch.«

»Ich habe keine Schwestern«, sagte Audrey während sie sich bemühte, die grellen Bilder und geheimnisvollen Zeichen auf den Karten zu erkennen.

»Hmmm«, sagte die Ratte nachdenklich, »die Karten sagen mir viel.«

»Über meinen Vater?«

»Geduld, Mäusemädel, dein Papa weit, weit weg, dauert lange zu finden. Ach, ich sehe einen Freund für dich.«

»Ich will bloß meinen Vater finden!«

Akkikuyu hustete und hob die Karten auf. Sie hatte das Interesse an dieser nervigen Maus verloren und hielt es für angebracht, ein wenig professionelle Augenwischerei anzuwenden. Sie würde dem naiven Mäuschen eine gute Story erzählen, um es loszuwerden. »Ich hole Kristallkugel. Nichts gibt es, was Akkikuyu nicht sehen, wenn sie Kugel anschauen.« Die Ratte wühlte in ihrer größten Tasche und zauberte eine Glaskugel hervor. »Mein Kristallkugel«, sagte sie feierlich.

Es war ihr wertvollster Besitz. Audrey betrachtete die Kugel voller Bewunderung. Die Farbspirale in der Mitte versprach alle möglichen seltsamen Kräfte.

Madame Akkikuyu legte die Kugel auf einen Spezialständer, den sie aus einer anderen Tasche geholt hatte, und strich mit ihren Krallen über die glatte Oberfläche. Sie freute sich: Das Mäusemädchen war wie verzaubert und ein bisschen eingeschüchtert. Etwas Schauspielkunst als Begleitung ihrer Geschichte, und bald wäre sie die Maus los.

»Ich schauen in das Kristallkugel«, sagte sie ernst. »Die Wolken der Unendlichkeit lösen sich auf. Verrate mir die Geheimnisse unbekannter Orte, oh Kristallkugel!«

Madame Akkikuyu beugte sich über die Kugel und schaute ins Innere. Sie warf Audrey einen verstohlenen Blick zu und sah, dass die Maus atemlos in die Glaskugel starrte. Dann fuhr sie mit ihrer Schauspielerei fort. Sie klapperte mit den Augendeckeln und wollte sich gerade etwas einfallen lassen, als sie überrascht den Atem anhielt.

Die Farben im Glasinnern bewegten sich; sie tanzten wie Regenbogenflammen. Fetzen flackerten rundum, bildeten erst seltsame Muster und dann klare Bilder.

Da war der Altar des Jupiter; die Flammen der Kerzen schossen in die Höhe und zwei funkelnde Augen blitzten in dem dunklen Torbogen auf. Vor ihnen stand eine riesige Truppe von Ratten, die sich verbeugten. Dann sah Akkikuyu die Truppe losmarschieren; es gab Krieg und die Kugel füllte sich mit Blut. Die Visionen gingen weiter. Jetzt waren die Ratten in ihrem Sichtfeld; sie kämpften, mordeten und plünderten. Plötzlich schien ein Licht im Herzen der Kristallkugel – ein helles, klares Licht, das durch die grauenhaften anderen Bilder hindurchstrahlte. Das war Audreys Mäusemedaillon, dem sie folgte. Die Ratten wurden von ihr in den Schatten gestellt und unter ihren zierlichen rosa Füßen zertrampelt.

Es wurde dunkel in der Kugel. Doch Akkikuyu konnte erkennen, dass die Visionen noch nicht zu Ende waren. Sie sah Nacht. Hohe Getreideähren schwangen unter dem Sommermond hin und her und ein Nachtvogel schlug am Himmel Saltos. Unnatürliche Geschöpfe bewegten sich unter den Sternen und verbreiteten Angst und Schrecken auf der Erde. Und plötzlich brach ein Feuer aus. Wütende, zerstörende Flammen brannten im Inneren der Kristallkugel und schienen sich auf Akkikuyu zu stürzen und sie zu blenden.

Schwankend wich die Ratte zurück, als wäre sie von einem unsichtbaren Schlag getroffen worden. Ihr Gesicht wirkte zerfallen und gealtert. Audrey hielt erschrocken den Atem an.

»Hast du gesehen? Kind, hast du gesehen?«, fragte Akkikuyu voller Panik.

»Nein, was ist passiert? Was haben Sie gesehen? Haben Sie meinen Vater gesehen?«

Akkikuyu rang eine ganze Zeitlang um Atem. Sie hatte in ihrem ganzen Leben noch nie einen echten Blick in die Zukunft erhascht.

»Dein Vater ist tot«, krächzte sie schließlich.

Audrey schüttelte störrisch den Kopf. »Das ist nicht wahr!«, schrie sie. »Sie lügen. Sie können ja gar nicht in die Zukunft sehen! Ich habe keine Schwestern und mein Vater ist nicht tot!« Sie trommelte mit den Pfoten auf die schwarze Ratte ein.

»Geh jetzt! Verschwinden!«, zischte Akkikuyu und schüttelte die Maus ab. »Deinen Papa gibt's nix mehr. Glauben mir!«

Audrey biss sich auf die zitternden Lippen. Sie glaubte der Wahrsagerin kein Wort. Sie drehte sich um und rannte weg.

Madame Akkikuyu ließ sie gehen. Sie war verwirrt – die Erinnerung an ihre Visionen erschreckte sie. Was sollte sie tun? Sie war sicher, dass alles, was sie gesehen hatte, wahr würde. Bedeutete dies den Anbruch einer neuen Zeit für sie? Sie wandte sich zu der Kristallkugel um und sah sie misstrauisch an. Vorsichtig stieß sie die Kugel an, als sei sie eine schlafende Schlange. Nichts rührte sich. Sie nahm die Kugel wieder in die Pfoten und starrte hinein. Alles blieb dunkel. Egal, wie verzweifelt sie sich bemühte, es gab keine weiteren Visionen. Langsam hob die Ratte den Blick. Vielleicht hatte es etwas mit der Maus zu tun. Akkikuyu verstaute die Kristallkugel in einer ihrer vielen Taschen und hängte sie sich über die Schulter. Dann lief sie los, um Audrey zu suchen.

Audrey war eine lange Strecke gerannt. Als ihr Herz laut hämmerte und ihr Körper vom Schluchzen ganz erschöpft war, musste sie anhalten. Sie lehnte sich gegen die Mauer und versuchte Atem zu schöpfen. Warum sollte sie Akkikuyu glauben? Sie war sicher, dass ihr Vater lebte – schließlich hatte sie seine Stimme gehört. Warum glaubten alle, er sei tot?

Audrey schnaufte laut. Plötzlich merkte sie, welchen Lärm sie machte. Hier unten im Abwasserkanal war das ein großer Fehler. Sie legte die Pfote auf das Maul, um das Geräusch zu mindern, doch es war schon zu spät. Jemand oder *etwas* näherte sich.

Sie erstarrte. Sie hatte Angst, sich zu rühren, und traute sich kaum hinzusehen. Was immer es war, es kam näher. Sie hatte die Augen halb geschlossen und konnte nicht viel erkennen. Vielleicht würde es an ihr vorbeilaufen, ohne sie zu sehen. Sie senkte den Blick und sah, dass unter dem Steinvorsprung, auf dem sie stand, ein zweiter Vorsprung verlief. Vielleicht konnte sie hinunterspringen; es sah nicht sehr tief aus. Dies schien ihre einzige Fluchtmöglichkeit zu sein. Audrey stürzte aus dem Schatten, drückte sich an der Gestalt vorbei und sprang vom Steinvorsprung.

Piccadilly heulte vor Angst auf. Er war mit gesenktem Kopf herumgewandert und hatte nach schlüpfrigen Stellen auf dem Boden Ausschau gehalten, als er ohne Vorwarnung von einem Fremden, der an ihm vorbeirannte, einen scharfen Stoß in den Magen erhielt. Er krümmte sich und bekam keine Luft mehr. Er drehte sich rasch um und sah gerade noch, wie Audrey unter dem Vorsprung verschwand. Piccadilly schleppte sich an die Steinkante und rief: »Hey! Was fällt dir ein?«

Audrey blieb stehen. Keine Ratte hatte so eine klare, hohe Stimme. Sie wandte sich um und sah den jungen Mäuserich, der auf sie heruntersah.

»Das hat ganz schön wehgetan«, sagte Piccadilly.

»Geschieht dir recht, wenn du so in der Gegend herumschleichst«, gab Audrey zurück.

Piccadilly grinste. »Ich hab dir Angst eingejagt, stimmt's?«

»Nicht im Geringsten! Ich hab zwar gedacht, du seist eine Ratte, aber ich hatte keine Angst vor dir«, sagte sie schmollend.

Piccadilly wurde ernst. Er hatte es mit knapper Not geschafft, den Ratten zu entkommen. Sie waren im Augenblick nicht gerade sein Lieblingsthema. Er streckte die Pfote aus, um Audrey hinaufzuhelfen.

»Danke«, sagte sie, als sie wieder auf dem Steinvorsprung stand. »Was machst du überhaupt hier unten?«

»Ich versuche, hier rauszukommen«, antwortete Piccadilly grimmig. »Und red nicht so laut!«

»Ich habe, seit ich hier unten bin, noch keine Ratten gesehen«, sagte Audrey, »außer der unechten Wahrsagerin.«

Piccadilly schüttelte den Kopf. »Also, ich schon, und sie sind schrecklich, das kannste mir glauben!«

Audrey musterte den Mäusejungen. Sie hatte noch nie einen »Grauen« gesehen. Doch abgesehen von seinen albernen Stirnfransen gefiel er ihr schon. »Woher kommst du?«, fragte sie.

»Aus der Stadt. Übrigens heiße ich Piccadilly.«

»Audrey Brown«, stellte sie sich lächelnd vor.

Piccadillys Miene verdüsterte sich. Das kam so überraschend, dass Audrey dachte, er hätte etwas Schreckliches hinter ihrem Rücken entdeckt. Sie drehte sich um, doch da war nichts.

»Wenn du Audrey Brown bist, dann ist das hier wohl

für dich«, sagte er langsam und band ein Mäusemedaillon von seinem Gürtel ab.

Verwirrt nahm Audrey es entgegen und sah es erschrocken an. »Wo hast du das her? Es gehört meinem Vater.«

»Albert hat mir aufgetragen, es Gwennie zu geben, aber ...« Er verstummte traurig.

»Warum? Wann hast du ihn gesehen?«

Piccadilly blickte zur Seite. Er wusste nicht, was er antworten sollte.

Audrey bebte am ganzen Körper. »Was ist los?«

Der Mäuserich sah ihr direkt in die Augen. »Er hat es mir gegeben, bevor er ... bevor er gefangen wurde.« Totenstille trat ein. »Es tut mir so Leid, Audrey. Ich glaube, dein Vater ist ...«

»Nein, das ist er nicht!« Audrey ließ ihn nicht zu Ende reden. Sie wollte das Wort nie wieder hören. »Die Ratten haben ihn gefangen und du bist weggerannt, stimmt's? Du hast den Schwanz eingekniffen, als er deine Hilfe brauchte.«

»Das stimmt nicht – so war es nicht. Er hat mir gesagt, ich solle gehen. Es gab keine Hoffnung, ihn zu retten.«

Audrey funkelte ihn erbost an. »Ich hasse dich! Du bist ein Feigling. Du hast meinen Vater allein bei den Ratten zurückgelassen. Aber er ist nicht tot. Ich habe ihn gestern Nachmittag mit eigenen Ohren gehört.«

»Gestern?« Piccadilly versuchte, die Stunden zurückzurechnen. »Aber das ist unmöglich, Audrey. Ich war gestern mit ihm zusammen.«

»Hör zu!«, sagte Audrey bissig. »Ich weiß zwar nicht, warum du solches Zeug behauptest, aber wir gehen jetzt zu den Leisten zurück und dann sehen wir mal, was meine Mutter von deinen Lügen hält.« Sie lief ein Stück in den Tunnel hinein.

Piccadilly rannte ihr hinterher. »Warum glaubst du mir nicht? Albert wurde gefangen genommen, weil er Jupiters Pläne gehört hatte – ich konnte gerade noch entkommen.«

»Ich glaube dir kein Wort.«

»Es ist wahr«, protestierte Piccadilly. »Er hat mir gesagt, ich soll an die Grüne Maus glauben und ...« Er wischte sich über die Augen, als die Erinnerungen an die Angst und Trauer zurückkehrten. »Wie konnte sie das mit Albert bloß zulassen? Ich hasse die Grüne Maus!«, schrie er. »Die gibt es gar nicht.«

Madame Akkikuyu, die auf dem unteren Vorsprung hockte, lauschte interessiert – vor allem, als sie den Teil über Jupiter hörte. Sicher würde der Herr der Abwasserkanäle dankbar sein, wenn er erfuhr, wo diese Maus dort oben steckte. Madame Akkikuyu grinste breit und fuhr sich mit der Zunge über die langen, gelben Zähne.

DREI IM DUNKELN

Tief unten im Kanal kroch Madame Akkikuyu auf einem Steinvorsprung auf Jupiters Altar zu. Der Fluss des schwarzen Wassers unter ihr wurde von einem undichten Schleusengitter gehemmt, das in die Mauer eingebaut war. Die Wahrsagerin ging um eine der beiden Kerzen herum und warf einen Blick auf das düstere Portal über ihr. Sie wollte gerade den Gott rufen, da tauchte Morgan hinter ihr aus der Dunkelheit auf.

»Was willst du hier, olle Schelle?«, zischte er.

Akkikuyu schnüffelte verächtlich. »Ich bin gekommen, um mit dem großen Herrn zu reden, nicht mit dir, Stummelchen.«

Morgan packte sie. »Niemand außer mir redet mit ihm. Und jetzt hau ab, du dumme Schüssel.«

»Ach, du geschecktes Stummelschwanz«, gab die Wahrsagerin lachend zurück. »Wie lange bleibst du wohl noch Obertrottel, frag ich mich.« Sie kniff die Augen zusammen. »Ich habe Neuigkeiten für den großen Herrn, Neuigkeiten über dein Versagen. Wagen du, mich daran zu hindern?«

Morgan grunzte verächtlich. »Und woher hast du deine Neuigkeiten, Kakerlakengesicht?«

Akkikuyu senkte die Stimme und sagte feierlich: »Sie sind mir von der Kristallkugel verraten worden. Ich haben sehr viel erfahren.«

»Komm mir bloß nicht mit diesem Schwachsinn, Entenmaul«, sagte Morgan höhnisch. »Das zieht bei mir nicht. Ich weiß, was du warst, bevor du dafür zu alt und hässlich geworden bist. Und jetzt tummle dich!«

Sie wurden von einem lauten Rumpeln unterbrochen.

»Jetzt steckst du in der Jauche, alte Hexe«, flüsterte Morgan wütend. »Er kommt!«

Jupiters laute Schritte hallten vom Torbogen zu ihnen hinunter und dann glühten zwei feurige Punkte im Schatten auf.

Die gescheckte Ratte verbeugte sich, bis ihre Schnauze den Boden berührte. »Oh große Herrlichkeit«, stammelte Morgan.

»Warum hast du meinen Schlaf gestört?«, fragte Jupiter.

Morgan erzitterte. »Nein, das war ich nicht, Eure finstere Majestät. Das war die Lumpenhexe hier. Sie hat sich angeschlichen, um hier rumzuschnüffen. Soll ich ihr den Kopf von den Schultern abtrennen – ganz langsam und behutsam?«

Die ganze Zeit über war Madame Akkikuyu stolz und aufrecht dagestanden. Jetzt ergriff sie das Wort.

»Oh Herr über alle«, begann sie und verneigte sich graziler, als man vermutet hätte. »Heute habe ich in meiner Kristallkugel Dings gesehen, die ich nicht verstehen kann.«

»Halt die Klappe, Rattenhexe!«, quiekte Morgan.

Die flammenden Augen brannten noch heller.

»Lass uns allein, Morgan«, befahl Jupiter.

»Aber mein Herr! Oh Prinz der Sterbenden!«, stieß die Ratte aus. »Sie ist eine Lügnerin.

Die Stimme aus der Dunkelheit knurrte ihn an und Morgan verließ hastig den Altar.

»Und nun, Akkikuyu«, fuhr Jupiter mit süßer und gleichzeitig bedrohlicher Stimme fort, »sage mir alles.«

Madame Akkikuyu schluckte schwer und erzählte ihm alles, was sie in der Kristallkugel gesehen hatte – das Rattenimperium, geführt von Jupiter, und das junge Mäusemädchen mit dem glänzenden Medaillon.

Die Finsternis im Portal hörte sich alles an und verschlang jedes Wort. Schließlich sprach Jupiter.

»Akkikuyu, ich glaube, dass alles, was du gesehen hast, eintreffen wird, doch die Mäuse müssen aus der Geschichte entfernt werden. Kann ich dir diese Aufgabe anvertrauen?«

»Ja, ich verpatzen sie nicht wie Meister Ohne-Schwanz.«

»Ausgezeichnet«, fuhr Jupiter fort. »Und dennoch spüre ich, dass du mehr von mir erwartest.«

Wieder verneigte sie sich.

»Ihr seid so weise, allmächtiger Herr. Ich werde tun, was ich, Akkikuyu, gesagt habe. Ich schwören immer Treue.«

»Und was willst du?«

Sie holte die Kristallkugel aus ihrer Tasche.

»Diese Kugel biete ich Euch, damit sie Euch dienen mag, mein Herr – ich konnte sie nur heute richtig gebrauchen. Wie gern will ich sie nie wieder sehen.«

Jupiter lachte; es klang schrecklich schrill und unangenehm. Er merkte, was sie vorhatte.

»Ach, das ist es also. Morgan will bloß Macht, aber du verlangst nach viel mehr. Du willst etwas von meinem Zauber! Ich spüre die Begierde in deinem Blut. Ha! Ich glaube, du wirst einen besseren Leutnant abgeben als er, wenn der richtige Zeitpunkt gekommen ist. Ja, das amüsiert mich. Ich nehme deine Kristallkugel an, doch erst, wenn du mir das Mäusemädchen Audrey *und* Piccadilly gebracht hast, werde ich dir ein paar meiner schwarzen Kräfte verleihen.«

Akkikuyu trat zurück und verneigte sich.

»Euer Wille wird geschehen«, sagte sie und erhielt die Erlaubnis zu gehen.

Auf dem Weg nach draußen traf sie Morgan. Er packte sie am Schulterriemen.

»Ärgere mich nicht«, warnte er sie. »Für den Augenblick mag er dich als sein neues Spielzeug ansehen, aber sobald du ihn langweilst, bist du dran.«

Akkikuyu sah ihn kalt an.

»Deine Zeit ist aus, Stummelchen. Du bist nicht mehr aktuell. Ich werden ihn nix enttäuschen.«

Beunruhigt schüttelte Morgan sie.

»Er braucht mich, um die Jungs dazu zu kriegen, für ihn zu graben. Er braucht mich.«

Akkikuyu schüttelte ihn ab.

»Bald werden ich deinen Platz einnehmen«, stichelte sie. »Mach lieber Fluchtpläne.«

Sie drehte ihm den Rücken zu und ging weiter. Morgan sah ihr hinterher; der Rest seines Schwanzes drosch wütend auf den Boden ein.

»O ja, ich habe Pläne, das ist wahr«, murmelte er. »Komm mir bloß nicht in die Quere, Hexe!« Er spuckte verächtlich aus.

Arthur drehte sich um. Die frühen Morgenstrahlen der Sonne fielen schräg auf sein Bett. Er murmelte etwas und versuchte, wieder einzuschlafen. Eine Weile lag er da, atmete leise und wartete darauf, wieder in seine Träume eintauchen zu können. Es war sinnlos: Er war hellwach. Der Mäuserich machte ein Auge auf.

Draußen war heller Morgen, einer dieser seltenen, wunderschönen Maimonate war gerade angebrochen. Arthur streckte sich, kratzte sich und reckte sich wieder. Er warf einen Blick auf Audreys leeres Bett. Sie war früh aufgestanden, dachte er. Er stieg aus dem Bett und stand im Sonnenschein. Der aufgewirbelte Staub schwebte durch die Sonnenstrahlen und ließ sie wie feste Balken aussehen. Die Wärme auf seinem Gesicht erfrischte ihn für seinen Tagesanfang.

Arthur stand gern früh auf; er hatte nur Schwierigkeiten beim Aufwachen. Dennoch war es ungewöhnlich für seine Schwester, vor ihm aufzustehen. Audrey blieb gerne länger im Bett liegen, um »Über alles« nachzudenken, wie sie es nannte. Er hatte keine Ahnung, was dieses »Alles« war. Sie war verträumt, wie jeder wusste. Arthur fragte sich, wo sie war. Er verließ ihr gemeinsames Zimmer und machte sich auf die Suche nach dem Frühstück.

»Hallo, Mutter.«

Gwen lächelte ihn an. »Guten Morgen. Steht Audrey auch langsam auf?«

»Aber sie ist doch schon auf. Als ich aufgewacht bin, war sie nicht mehr im Zimmer«, sagte Arthur.

Seine Mutter, die das Frühstück vorbereitete, hielt inne. »Wo kann sie sein? Sie hat noch nichts gegessen.«

Arthur zuckte mit den Schultern. »Du kennst sie doch, Mum. Was gibt's zum Frühstück?«

»Arthur, bevor du was isst, geh bitte Audrey suchen.«

»Ach, Mum«, fing er an, doch dann merkte er, wie beunruhigt sie war. »Okay – warte mit dem Frühstück, bis ich sie gefunden habe. Ich bin noch im Wachstum, ich brauche mein Frühstück, auch wenn meine Schwester keines braucht.«

Arthur verließ die Leisten.

Er fand Oswald und Twit im Flur vor.

»Morgen, Arthur«, begrüßte Oswald ihn. »Ist es nicht ein herrlicher Tag? Vetter Twit meint, dass er sich heute nach draußen wagen will, und vielleicht gehe ich mit.«

»Habt ihr Audrey heute schon gesehen?«, fragte Arthur. Sie schüttelten die Köpfe.

»Typisch Audrey, die dumme Nuss verschwindet, ohne irgendjemandem ein Wort zu sagen.«

»Vielleicht ist sie auch nach draußen gegangen«, sagte Twit. »Vielleicht sollten wir sie dort suchen.« Arthur stimmte zu.

Die drei Freunde liefen durch den Flur in die Küche des alten Hauses.

Der Boden war mit glattem Linoleum belegt, das jedoch nicht so stark poliert war, dass sie darauf ausgerutscht wären. An der Stelle, wo die Holzdielen an eine Wand angrenzten, gab es einen Spalt, durch den die Mäuse manchmal hinaus in den Garten schlüpften. Im Winter musste der Ausgang zugestopft werden, um einen starken Luftzug zu verhindern, der sonst durch die Leisten pfiff. Er war erst am Tag zuvor wieder geöffnet worden, um die Hagedornzweige hineinzubringen, und das Papier, mit dem er zugestopft worden war, lag noch auf dem Boden herum.

»Warst du schon mal draußen?«, fragte Arthur Oswald.

Der schüttelte den Kopf.

»Du weißt doch, dass ich noch nie draußen war.«

Twit sah seinen Cousin an. »Du brauchst nicht mitzukommen, wenn du nicht willst«, sagte er großzügig.

Doch Oswald wies das Angebot, zurückzubleiben, weit von sich.

Arthur war selbst erst ein Mal draußen gewesen, und das war im Herbst mit seinem Vater gewesen, als an den Bäumen keine Blätter mehr hingen, unter denen sich die Feinde verstecken konnten. »Natürlich«, sagte er zögernd, als er auf der Schwelle des Ausgangs stand, »wissen wir nicht wirklich, ob Audrey hier hinausgegangen ist.«

Arthur machte sich keine ernsthaften Sorgen um seine Schwester. Er glaubte, sie könnte irgendwo oben sein und später wieder auftauchen. Im Augenblick genoss er die Spannung des Abenteuers, ohne einen ernsthaften Gedanken an irgendeine tatsächliche Gefahr zu verschwenden. Die drei Mäuse wussten, dass der Garten sicher genug war, solange sie sich vorsichtig verhielten. Arthur erwartete nicht wirklich, dass Audrey hier draußen war, doch die Suche nach ihr war eine gute Ausrede, um den Garten mit seinen Freunden erkunden zu können.

Also gingen sie durch den dunklen Zwischenraum, jagten einander in der Dunkelheit aus Spaß einen Schrecken ein und dann waren sie draußen. Instinktiv rannten sie ins hohe Gras und brachten sich in Deckung.

Eigentlich war es mehr ein Hof als ein Garten; in seiner Mitte war eine Asphaltplatte. Doch da er schon lange nicht mehr gepflegt worden war, hatte die Natur überhand genommen. Die Brombeerbüsche wucherten, die Nesseln schossen in die Höhe und der Hagedorn breitete sich ungehemmt aus. Im Asphalt waren Risse, durch die Unkraut wuchs. Der Hof war verwildert.

Oswalds rosa Augen blinzelten im grellen Licht. Sie waren schwach und taten ihm weh.

Dennoch war es sehr aufregend, die Brise in seinen Barthaaren zu spüren und überall um ihn herum das neue Wachstum des Frühlings zu sehen. Der Duft der Hagedornblüten war so herrlich, dass er mehrere Male tief Luft holte.

Twit war in seinem Element. Er war fast den ganzen Winter über in den Leisten eingesperrt gewesen und daran war er nicht gewöhnt. Unter freiem Himmel zu sein, wirkte wie ein Heilmittel auf ihn, und jetzt wurde er wieder richtig lebendig. Er fand ein Büschel Wiesenschaumkraut und kletterte im Nu hinauf. Dort blieb er zwischen dem sternchenförmigen weißen Blütenmeer bewegungslos sitzen und dachte an sein Feld zurück. In Gedanken war er wieder von goldenen Ähren umgeben, deren Köpfe wie blasse Flammen nickten und hin und her schwangen. Twit berührte sein Mäusemedaillon, eine Weizenähre vor einer Mondsichel, und in ihm stieg Wehmut auf. Wie er sich nach seiner Heimat sehnte, dem Leben auf dem Land! Er kehrte aus seinen Träumen in die Wirklichkeit zurück und blickte hinunter auf seine Freunde. Schweigend und voller Trauer hörte er den Ruf des Landes. Ihm war klar, dass er sie bald verlassen und nach Hause zurückkehren musste. Er kletterte langsam wieder hinunter. Die Sonnenstrahlen suchten sich das Gold in seinem Fell heraus und ließen es glänzen.

»Das ist ein Supertrick«, rief Arthur. »Kannst du mir den beibringen?«

Twit lachte, als er sich vorstellte, wie Arthurs stämmige Gestalt eine Getreideähre hinaufkletterte.

Er war wieder guter Stimmung. Twit hatte eine einfache, sonnige Mäusenatur. Nichts konnte ihn lange betrüben.

Die drei Mäuse hatten ganz vergessen, dass sie eigentlich Audrey suchen sollten. Die Landmaus zeigte den beiden anderen die gewundenen Schnörkel der Wurmhüllen und die Kreaturen, die unter feuchten Steinen lebten. Oswald quiekte erschrocken, als ein großer, glänzender schwarzer Käfer über seinen Schwanz huschte.

Nach einer Weile legten sie sich erschöpft auf die Erde. Oswald keuchte schwer und legte den Schal, den seine Mutter ihm heute aufgezwungen hatte, auf seine Augen, um sie vor dem grellen Sonnenlicht zu schützen.

Eigentlich war Oswald der Kuckuck im Nest der Chitters. Es war gut, dass Mrs Chitters so eine anständige Maus war, sonst hätte es unangenehme Vermutungen über seine Herkunft geben können. Er war so groß und – na ja, so rattig. Doch keiner war so gemein, das je auszusprechen; es hätte den Albino zutiefst verletzt. Als er wieder bei Atem war, fragte er: »Ist es in deinem Feld auch so wie hier, Twit?«

»Das Feld ist größer und das Getreide ist höher«, sagte die Feldmaus.

»Und die Sonne?«

»Ach, die ist gleich.« Sie lachten.

Sie hätten noch lange hier draußen bleiben können, doch Arthurs Magen knurrte.

Als sie zurück in der Küche waren, konnte Oswald seine Augen wieder richtig aufmachen.

»Es muss längst Mittagszeit sein«, sagte Arthur sauer. »Ich spüre schon, wie mein leerer Magen in meinem Bauch rumflattert. Na warte, wenn ich Audrey erwische! Ich wette, sie hat schon gegessen.«

Doch Audrey war immer noch nicht aufgetaucht, und Mrs Brown machte sich jetzt große Sorgen. Sie umarmte Arthur, als er hineinkam; sie hatte schon befürchtet, auch er würde verschwinden.

»Plötzlich geht meine ganze Familie verloren«, sagte sie unglücklich. »Erst Albert und jetzt auch noch Audrey. Ich weiß gar nicht mehr, was ich tun soll.«

Arthur tröstete seine Mutter und fing an, sich ernsthafte Gedanken um Audrey zu machen. Auch wenn sie sehr verträumt war, würde sie nicht zwei Mahlzeiten versäumen, das wusste er genau. Wohin konnte sie nur gegangen sein?

Gwen Brown beschäftigte sich, indem sie das Essen machte. Twit und Oswald standen schüchtern in der Ecke, bis sie die beiden bemerkte.

»Ach, tut mir Leid, Jungs«, entschuldigte sie sich. »Möchtet ihr zum Essen bleiben?«

Die beiden Mäuse lehnten höflich ab und sagten, dass Mrs Chitter schon mit dem Mittagessen wartete und dass sie sich unterwegs nach Audrey erkundigen würden. Also verschwanden sie, nachdem Arthur ihnen gesagt hatte, dass er später zu ihnen hinüberkommen würde.

»Wir haben oben noch nicht nachgesehen, Mutter«, tröstete er sie. »Sicher streunt sie irgendwo im Obergeschoss herum.«

Er aß erst sein Frühstück und machte sich dann ans Mittagessen.

Als Arthur sich später mit Twit und Oswald traf, hatten die schon ohne Erfolg alle Familien, die in den Leisten wohnten, nach Audrey gefragt. Also fingen sie an, oben zu suchen. Aus irgendeinem unerklärlichen Grund schauten die Mäuse, die am oberen Treppengeländer wohnten, auf die Familien herab, die in den Leisten wohnten. Arthur nannte es »hochschnäuzig«, und in Wahrheit hätte Mrs Chitter lieber oben gewohnt. Doch trotz ihrer Hochschnäuzigkeit waren die Mäuse voller Mitgefühl, als sie von Audreys Verschwinden hörten, und alle boten ihre Hilfe bei der Suche nach ihr an.

»Wisst ihr«, sagte Arthur schließlich, »es gibt einen Ort, an dem wir noch nicht nach ihr gesucht haben: den Keller.«

Oswald riss erschrocken die Augen auf.

»Aber da kannst du nicht runtergehen, Arthur, das darfst du nicht!«

Twits Interesse war geweckt. Er hatte von den Älteren sämtliche Geschichten über das Gitter gehört und erinnerte sich daran, wie sie beim Erzählen geschaudert hatten. Sogar seine Mutter, Mrs Chitters Schwester, hatte die Geschichten über die Abwasserkanäle hinaus aufs Land getragen und Wiegenlieder daraus gemacht, die sie ihm vorgesungen hatte, als er noch ein Baby war. Jetzt funkelten die Augen der Feldmaus.

»Ach kommt, lasst uns runtergehen. Das wird sicher gut.«

Doch Oswald fürchtete sich.

»Keiner, kein Einziger traut sich da hinunter! Arthur, vergiss es!«

»Es ist okay. Es ist nicht so schlimm; ich war schon mal

unten«, sagte Arthur ziemlich angeberisch. »Außerdem haben wir wirklich schon überall nach ihr gesucht.«

Er war fest entschlossen und Twit platzte vor Neugier. Oswald trottete hinter ihnen her und brachte gute Gründe vor, die dagegen sprachen, doch sie hörten nicht auf ihn. Sie suchten sich ein paar kräftige Stöcke »nur für alle Fälle« und näherten sich der Kellertür. Doch Oswalds Beine zitterten, als sie die hohe Tür erreicht hatten. Er wollte auf keinen Fall weitergehen.

»Ich komme nicht mit«, weigerte er sich.

»Wie du willst«, erwiderte Arthur, »aber verrate niemandem, wo wir sind.«

»Ich verspreche, euch nicht zu verraten, aber ihr werdet echt Schwierigkeiten kriegen. Twit, du solltest da wirklich nicht runtergehen.«

»Pass einfach auf, dass keiner uns dort reingehen sieht, und halte Wache. Wenn wir nicht bald zurück sind, komm uns nicht hinterher.«

»Keine Angst, das werde ich nicht.«

Arthur betrachtete die Tür.

»Also, bis dann, Oswald. Komm, Twit.« Er schlüpfte durch den Spalt in die Dunkelheit und Twit folgte ihm.

Oswald kam sich vor wie ein schrecklicher Feigling, aber er hatte Todesangst vor dem Keller und dem Gitter. Würde er seine Freunde jemals wiedersehen? Er verfluchte seine Schwächen und wollte ihnen gerade alles Gute wünschen, als er Schritte hörte, begleitet von Meister Altschnauzes affektiertem Hüsteln. Oswalds Angst war plötzlich verschwunden und das Verlangen, sich zu verstecken, nahm überhand. Es gab nichts Schlimmeres, als hier erwischt zu werden.

Deshalb gab Oswald Twit, der vor ihm war, einen Schubs und sprang durch den Türspalt. Er stolperte, stürzte und flog durch die Luft. Dabei stieß er seinen Cousin um. Gemeinsam fielen sie die Stufen hinunter und rissen Arthur mit sich.

Drei Mäuse voller blauer Flecken lagen in einem Haufen vor der untersten Kellerstufe. Arthur rührte sich als Erster.

»Du ungeschickter Riesentrottel!«, fauchte er Oswald an. Er richtete sich unsicher wankend auf und schüttelte sich den Staub von den Schultern.

Oswald stöhnte. »Tut mir Leid, aber Altschnauze tauchte plötzlich auf. Twit, hast du dir wehgetan? Was ist los?«

»Er lacht«, sagte Arthur.

Twit riss sich zusammen.

»Mir ist nichts passiert. Ich hab mich nicht verletzt; ich bin auf Arthurs Bauch gelandet.«

»Ha, ha«, sagte Arthur trocken.

Oswald stand auf und schaute sich um. Er roch den Modergeruch der feuchten Papierrollen und rümpfte die Nase. Der Keller war mit langen Holzstangen und großen Kisten voll gestopft. Die Mäuse fragten sich, wofür einige der Gegenstände wohl verwendet worden waren. Oswald machte einen Schritt nach vorne und fuhr erschrocken zusammen.

»Arthur! Hilfe, irgendwas hat mich gepackt!«

Arthur drehte sich um und verdrehte verächtlich die Augen.

»Das ist bloß dein Schal, der an einem Nagel hängen geblieben ist! Sei nicht albern. AUDREY!«, rief er.

»Nicht so laut«, mahnte Oswald.

Twit zwängte sich in alle möglichen Zwischenräume und suchte das Innere der Papierrollen ab, doch von Audrey war nichts zu sehen.

Oswald stand vor dem Gitter. Ein Luftzug stieg aus den tiefen Kanälen empor und zerzauste sein Fell. Wie gefangen von dem Sog, der aus der Dunkelheit strömte, schwankte er leicht. Hinter dem Gitter lagen Schatten und Verzauberung. Ein eiskalter Schauer kroch langsam unter Oswalds Haut und packte ihn von der Schwanzwurzel bis zum Nacken, bis er Gänsehaut bekam.

Allmählich versammelten sich auch die anderen vor dem Gitter.

Sie starrten lange auf das gusseiserne Blattmuster, verfolgten das gewundene, sich ausbreitende Blätterwerk mit den Augen, bis sie merkten, dass sie alle auf das verrostete Loch in der Ecke starrten.

»Es ist schon echt beeindruckend«, bemerkte Twit. Alle spürten, welche Größe und böse Macht von der Ecke ausgingen.

»Euch ist doch wohl klar, dass Audrey, wenn sie weder hier noch irgendwo in den Leisten ist ...«

»Nein, Arthur, nicht da durch«, fing Oswald an, doch seine Stimme versagte, als der lockende, ziehende Sog des Gitters auf ihn einzuwirken begann. Bald nickte auch er zustimmend. Ohne ein weiteres Wort zu verlieren, schlüpften die drei Mäuse durch das Gitter und wurden von der Finsternis verschluckt.

Die Abwasserkanäle blieben immer gleich – immer dunkel, immer schleimig und immer gefährlich.

Oswalds Stimmung war sehr trübe. Er wusste genau,

was seine Mutter sagen würde, wenn sie ihn hier sehen könnte – ihre erschrockenen Schreie und ihr wütendes Gekreische würden ihm wochenlang in den Ohren hallen, und dennoch wäre er lieber in den Leisten und würde das Gezeter ertragen, als hier unten in der Dunkelheit.

Twit spähte hinter Arthur hervor, der vor ihm ging. Die Tunnel verzweigten sich endlos.

»Ich hätte nie gedacht, dass es so ist«, sagte Arthur. »So düster und feucht.«

Sie gingen eine Weile weiter, umklammerten ihre Stöcke und sahen sich vorsichtig um, bemüht, sich den Rückweg zu merken. Arthur führte, Twit folgte ihm und Oswald bildete das Schlusslicht. Alles, was sie hörten, waren Echos und das Rauschen des Kanalwassers. Es gab kein Anzeichen von Audrey.

»Sollen wir nach ihr rufen?«, schlug Arthur vor.

»Bitte nicht!«, erwiderte Oswald. »Denk bloß an all die dunklen, schleimigen Kreaturen, die aus den Mauern schlüpfen werden. Ekelhafte, glitschige, kleine Monster.«

Doch Twit ließ sich davon nicht abschrecken. Er legte die Pfoten zu einem Trichter um den Mund und rief so laut er konnte: »AUDREY!« Der Ruf hallte durch den Tunnel. Dann war alles still.

»Ach, Twit«, jammerte Oswald, »jetzt hast du alles verdorben!«

Und er behielt Recht.

Sofort ertönten Freudenschreie. Aus der Dunkelheit kam eine Horde von drei Ratten auf sie zugerannt.

»Nichts wie weg!«, schrie Arthur. Halb rennend und halb rutschend sausten die Mäuse den Steinvorsprung entlang. Oswald quietschte immer wieder vor Angst.

Die Ratten waren an die Kanäle gewöhnt und deswegen schneller. Twit sah sich um. Sie kamen immer näher.

Er hatte in seinem ganzen Leben noch nie so etwas Grauenhaftes gesehen. Die Ratten waren groß und hässlich. Eine trug eine Augenklappe und hielt eine scharfe Eisenspitze in der Kralle; eine andere knirschte mit ihren abgebrochenen gelben Zähnen – sie stieß die lautesten Freudenschreie aus und genoss die Jagd voller Schadenfreude. Doch der dritten Ratte fehlte eine ihrer Krallen, wie Twit voller Schrecken bemerkte; stattdessen war an ihrem Pfotenstumpf etwas festgebunden, das die Feldmaus so laut wie seinen Vetter quieken ließ: ein Schälmesser.

»Ha!«, schrien die Ratten.

»Auf sie, Kumpels!«

Und: »Ich krieg den Dicken!«

Arthur wurde klar, dass sie den Ratten nie entkommen würden.

»Wir müssen umdrehen und kämpfen«, rief er den anderen zu.

»Was? Wie?«, quiekte Oswald.

»Benutzt eure Stöcke!«

Als die Mäuse eine Ecke im Tunnel erreicht hatten, drehten sie sich um und stellten sich dem Feind; sie schwangen ihre Stöcke so drohend wie möglich. Doch wo waren ihre Verfolger?

»Vielleicht sind sie weggerannt«, meinte Oswald hoffnungsvoll.

»Nein, sie spielen mit uns«, sagte Arthur. »Sie beobachten uns und warten auf eine Gelegenheit, uns aus dem Hinterhalt anzuspringen, wenn wir nicht darauf vorbereitet sind.«

Sie hörten ein lautes Lachen und dann sprang die Ratte mit der Augenklappe auf einen Stein hinter ihnen. Sie schwenkte die scharfe Eisenspitze über ihrem hässlichen Kopf. Arthur schwang seinen Stock, doch der Gegner war zu schnell für ihn, duckte sich immer wieder, während der Mäuserich vergeblich versuchte, ihn zu treffen.

Dann schlug die Ratte zu – stieß Arthur in den Arm und verpasste ihm eine Schnittwunde am Ohr. Arthur biss die Zähne zusammen und verzog vor Schmerzen das Gesicht, während ihm aus der Wunde Blut ins Ohr rann. Er nahm den Stock in die andere Hand und machte weiter.

Twit hatte seine eigenen Probleme. Erst tauchte eine Kralle an der Kante des Steinvorsprungs auf und dann ein riesiger großer Rattenkopf. Die Feldmaus hob ihren Stock und ließ ihn fallen, als die Ratte mit ihrem anderen Arm über die Kante griff und das Schälmesser zeigte. Twit wich weiter an die Mauer zurück, während die Ratte sich ihm näherte.

Oswald sprang entsetzt auf und ab. Er sah, dass Arthur langsam müde wurde und dass seine Wunden schmerzten. Er wusste, dass die Ratte mit der Augenklappe bald Hackfleisch aus ihm machen würde. Er erstarrte voller Panik und blinkte mit seinen Albinoaugen, als er das Schälmesser ganz nah vor seinem Vetter sah. Dann tauchte die dritte Ratte hinter ihm auf und packte ihn.

Oswald sprang erschrocken hoch, trat mit den Füßen und wedelte so wild mit den Armen, dass die Ratte einen Augenblick aus dem Gleichgewicht gebracht wurde, und bevor das knurrende Biest wusste, was passierte, hielt es nichts als einen grünen Schal in den Krallen.

Doch Oswald konnte nirgendwo entkommen. Die drei Freunde waren in die Ecke getrieben worden. Die Mauer im Rücken und eine Ratte links und rechts, wussten die Mäuse, dass das Spiel vorbei war. Arthurs Stock wurde ihm aus den Pfoten geschlagen und jeglicher Widerstand war zwecklos. Oswald hielt sich die Hände vors Gesicht.

»Was für ein Fang!«, sagte Skalpy. »Kommt, wir machen ›blutige Knochen‹ aus ihnen.«

»Besser als Buddeln!«, kicherte der einäugige Jake.

Die dritte Ratte lachte. »Ein ›roher Kopf und blutige Knochen‹ ganz allein für uns – nicht für Jupiter. Leute, ich geh nie mehr in die Mine zurück.«

»Wir auch nicht – wir töten sie und das is das Ende vom Lied.«

Skalpy kroch auf die Mäuse zu; er leckte sich die Zähne, während er überlegte, wen er als Ersten töten sollte. Die Mäuse konnten hören, wie die Magensäfte in den Rattenbäuchen in Fahrt kamen; sie gluckerten und gurgelten grauenhaft unter dem schmuddeligen Fell.

Twit machte die Augen zu. Er war auserwählt worden.

»Wie wär's mit diesem hübschen Pelz?«, höhnte Skalpy.

Die Feldmaus wartete auf den ersten Schlag.

Doch plötzlich passierte alles auf einmal. Skalpy wurde vom Vorsprung geschubst und fiel ins Wasser. Jemand sprang auf Jakes Rücken und biss ihm so fest in sein Ohr, dass er vor Schmerz aufschrie und die Eisenspitze fallen ließ.

Die drei Freunde blieben erstaunt stehen, als eine fremde graue Maus die Waffe aufhob und sie auf die Ratte mit den gesplitterten Zähnen richtete, die sich umdrehte und flüchtete. Zur gleichen Zeit klammerte sich Audrey –

denn es war sie – an Jakes Hals und packte sein Ohr mit ihren Zähnen, bis auch er die Flucht ergriff.

Sie rannte zurück und wischte sich den Mund ab.

»Igitt«, sagte sie, »Ratten schmecken ekelhaft.«

»Kommt«, drängte Piccadilly, »lasst uns verschwinden, solange sie sich noch nicht von ihrer Überraschung erholt haben.«

Also rannten sie los; Oswald führte an, da er sich den Rückweg am besten gemerkt hatte.

Sie hatten keine Zeit zum Reden – keine Zeit für Erklärungen. Arthur hatte viele Fragen. Was machte Audrey hier unten und wer war die graue Maus? Er musste warten, bis sie wieder sicher im Keller waren, bevor er seine Fragen stellen konnte.

Audrey weigerte sich, Erklärungen abzugeben.

»Hör zu, Arthur, ich habe Vater gesucht. Kein anderer hat sich die Mühe gemacht.«

»Das ist nicht fair, Audrey«, schnappte Arthur. »Hast du bei all dem an Mutter gedacht? Sie dreht vor Sorgen fast durch.«

Audrey funkelte ihn wütend an. »Ich musste gehen. Ich musste es versuchen. Warum glauben alle immer gleich das Schlimmste, wenn jemand verschwindet?«

»Weil sie sich Sorgen machen, du Schneckenhirn!«

Eine Pause entstand. Oswald hustete verlegen.

»Ach, Audrey«, seufzte Arthur und schüttelte traurig den Kopf, »du musst endgültig akzeptieren, dass unser Vater tot ist.«

Da war wieder dieses Wort. Audrey erstarrte. »Das hier ist Piccadilly. Du solltest dir anhören, was er zu sagen hat.«

Piccadilly war das Ganze sehr unangenehm. Er sagte

»Hallo« zu allen und fügte hinzu: »Könnte ich bitte Mrs Brown sprechen? Ich glaub nich, dass ich meine Geschichte zweimal erzählen kann.«

Arthur nickte und meinte, sie sollten sich lieber den Staub abklopfen, bevor sie aus dem Keller auftauchten. Während Audrey ihren Kragen zurechtrückte, merkte sie, dass etwas nicht stimmte. Ihr Mäusemedaillon hing nicht mehr um ihren Hals. Sie hatte es in den Abwasserkanälen verloren.

DIE RÜCKKEHR

Eine stille, bedrückte kleine Truppe kletterte die Kellertreppe hinauf und durchquerte den Flur, schlüpfte in die Leisten und versammelte sich vor Mrs Brown. Gwen stürzte auf Audrey zu und umarmte sie schluchzend. Arthur warf Twit und Oswald einen kurzen Blick zu; sie hatten verstanden und schlichen sich leise hinaus. Als Gwen sich vergewissert hatte, dass Audrey wirklich wieder da war, wischte sie sich die Augen ab und schimpfte ihre Tochter aus. Audrey nahm es schweigend hin; es tat ihr Leid, dass sie ihrer Mutter so viele Sorgen bereitet hatte. Schließlich sagte sie: »Mutter, das ist Piccadilly – er muss dir etwas sagen.«

Das war sein Stichwort. Piccadilly räusperte sich und fing an zu erzählen. Gwen Brown hörte geduldig zu. Audrey sah, wie ihre Mutter die Geschichte gefasst aufnahm; ihre Augen blieben trocken und ihr Gesicht ruhig.

Als Piccadilly fertig war, gab er ihr Alberts Mäusemedaillon. »Und das Letzte, was er mir hinterhergerufen hat, war, dass er Sie liebt«, fügte er hinzu.

»Also, ich glaube ihm kein Wort«, sagte Audrey tonlos. »Es ist eindeutig, dass er weggerannt ist, als Vater ihn gebraucht hat.«

Gwen presste das Medaillon an ihr Herz. »Audrey«, sagte sie leise, »es ist vorbei, und ich will euer Versprechen – deines und Arthurs –, dass ihr euch nie wieder in die Abwasserkanäle begebt.«

Audrey wusste, dass der Ton ihrer Mutter keine Widerrede duldete, und sie versprach es.

Dann fiel ihr ihr eigenes Mäusemedaillon ein und ihr Herz krampfte sich zusammen. Wie würde sie es jetzt zurückbekommen?

Gwen Brown kochte Tee. Piccadilly hatte einen Mordshunger und stürzte sich mit großem Appetit auf alles, was vor ihm aufgetischt wurde. Sogar Audrey brachte etwas herunter, auch wenn sie so tat, als hätte sie keinen Hunger.

»Und du, Piccadilly«, sagte Mrs Brown, als sie fertig gegessen hatten, »was wird nun aus dir? Du hast gesagt, du hast keine Familie und die Stadt ist weit weg. Willst du bei uns bleiben? Wir würden uns sehr freuen.«

Bevor er antworten konnte, murmelte Audrey etwas und verschwand, bevor sie entlassen wurde. Ihre Mutter ließ sie gehen.

»Es ist am besten, wenn sie es in Ruhe verdauen kann. Sie kann erst dann wieder glücklich sein, wenn sie um ihn geweint hat.«

Arthur sagte, dass seine Schwester bescheuert sei, doch er musterte Piccadilly misstrauisch. Auch er hatte noch nie einen »Grauen« gesehen.

»Wenn Sie mich entschuldigen, würde ich gern zu Audrey gehen und sehen, wie sie sich fühlt«, sagte Piccadilly. »Sie gibt mir an allem die Schuld.«

»Das ist ihr Problem, und du brauchst dir deswegen keine Gedanken zu machen«, sagte Arthur. Doch die graue Maus ging trotzdem, um Audrey zu suchen.

Gwen Brown stand mit Arthur an der Stelle, von der aus sie ins Freie hinaussehen konnten. Der Mond stieg am Nachthimmel auf. Es war ein stressiger Tag gewesen und Arthur legte seinen unverletzten Arm um seine Mutter. Sie hatte sein Ohr sorgfältig verbunden und seine Wunden desinfiziert.

»Bist du okay?«, fragte er sanft.

Die Mutter lächelte und nickte.

»Ich wusste, es würde so kommen«, sagte sie nüchtern. »Wenn man eine sehr enge Beziehung zu jemandem hat, spürt man manche Dinge einfach, Arthur. Mir war schon am ersten Abend klar, dass mein Albert nicht zurückkommen würde.«

Arthur drückte sie leicht an sich.

»Ich wünschte bloß, dass Audrey das auch so sehen könnte«, sagte er.

Seine Mutter nickte. »Ich bin sicher, sie wird es einsehen. Armer Piccadilly! Audrey kann sehr grausam sein. Sei nett zu ihm; er hat eine Menge durchgemacht.«

»Das werde ich. Weißt du, ich glaube, ich habe es auch gespürt, als Vater verschwand.«

Gwen Brown nahm seine Pfote.

»Nur weil er nicht mehr bei uns ist, bedeutet das nicht, dass wir nicht über ihn reden können. Er war eine ganz besondere Maus, ein liebevoller Vater und ein guter Mann. Wir haben uns sehr geliebt. Diese Liebe endet nicht, nur weil er jetzt tot ist: Ich werde ihn immer lieben, und das, was er für mich empfunden hat, wird sich auch nie ändern – ich werde es immer spüren.« Sie atmete tief ein, doch ihre Augen waren nicht traurig.

»Geh deine Schwester suchen, Arthur; es ist Zeit zum Schlafengehen. Ihr müsst alle sehr müde sein. Ich werde Piccadilly hier ein Bett herrichten.«

Arthur ließ sie allein.

Gwen hielt Alberts Mäusemedaillon sanft in der Pfote. Sie blickte hinauf in die Sterne und dachte an ihn. Als sie noch jung war, hatte sie viele Verehrer gehabt, doch es war der bescheidene Albert gewesen, den sie auserwählt hatte. Sie hatten viel miteinander gelacht und er hatte sie im Garten unter dem blühenden Hagedorn umworben. Dort hatte sie die Blüten im Haar getragen und dort hatte er sie geküsst. Unter demselben Mond hatten sie einander ewige Liebe geschworen.

Es war eine wunderschöne Nacht. Wenn jemand da gewesen wäre, um es zu erleben, hätte er gesehen, wie etwas Seltsames mit Gwen Brown geschah. Während sie ungestört im Mondlicht stand, kerzengerade und lieblich, schien es, als würden die Sorgen der vielen Jahre von ihr abfallen und als wäre sie wieder so jung wie damals. Sie schaute in die Sterne und dann fiel ihr geistesabwesender Blick auf das, was in ihren Pfoten ruhte.

Denn während sie sein Mäusemedaillon hielt, spürte sie seine vertraute Berührung auf ihrem Arm und eine unsichtbare Handfläche legte sich für einen zärtlichen, kostbaren Augenblick auf ihre.

»Leb wohl«, brachte sie heraus.

Audrey hatte Twit und Oswald im Flur getroffen. Sie fragten, wie es ihrer Mutter ging.

»Ach, ganz gut«, erwiderte sie, »es ist bloß ...«

Twit hob die Augenbrauen. »Macht dir noch was anderes Sorgen?«

Sie nickte und es brach alles aus ihr heraus: »Mein Mäusemedaillon. Ich hab es verloren. Es muss während der Schlägerei heruntergefallen sein. Ihr haltet mich sicher für verrückt, aber die seltsamsten Dinge sind passiert, als ich gestern in die Kammern ging. Ich habe die Grüne Maus gesehen! Und als ich das Medaillon entgegengenommen habe, hab ich gehört, wie Vater mir gesagt hat, ich sollte mich nie davon trennen. Jetzt weiß ich nicht, was ich tun soll. Sicher ist es total wichtig.«

Twit und Oswald erschraken. Oswald fragte sich besorgt, ob mit Audrey alles stimmte; es passierte nicht oft in den Leisten, dass jemand die Grüne Maus sah.

Dennoch war ein Mäusemedaillon eine wichtige Sache.

»Ich weiß nicht, wie wir dir helfen können«, sagte Oswald.

»Aber wir würden dir gern helfen«, fügte Twit hinzu.

Audrey lächelte ihn dankbar an.

»Das weiß ich«, sagte sie. »Aber ich kann nicht mehr in die Kanäle zurückgehen. Das musste ich Mutter versprechen.«

Oswald stockte vor Schreck der Atem. »Aber du hast doch sicher nicht daran gedacht, zurück in die Abwasserkanäle zu gehen, Audrey! Reicht einmal denn nicht?«

»Aber dort habe ich es verloren«, beharrte sie. »Was soll ich bloß tun?«

Der kleine Twit blinkte mit den Augen und scharrte mit den Füßen. Er blickte zu ihr auf und sagte schüchtern: »Ich geh für dich zurück in die Kanäle.«

»Ach, tust du das wirklich? Das wäre toll!«, sagte Audrey begeistert.

Oswald war klar, dass er sich nicht weigern konnte. Er musste mitgehen. Er schluckte laut.

»Wenn Twit zurückgeht, dann sollte ich lieber mitkommen«, sagte er schließlich. »Außerdem bin ich der Einzige, der es finden kann, stimmt's?«

Alle wussten, was er damit meinte. Oswalds Albinoblut gab ihm einen Spürsinn für verlorene Gegenstände. Er besaß eine Wünschelrute, die wie eine krumme Gabel aussah, und hatte damit schon viele Sachen wiedergefunden, die als unauffindbar gegolten hatten. Er lief los, um die Wünschelrute zu holen.

»Ich bin froh, dass Oswald mitkommt«, sagte Twit. »Ich weiß den Weg nicht mehr genau.«

Als Oswald zurückkam, sagte er hastig: »Meine Mutter tobt: Sie will unbedingt wissen, wo wir so lange waren und wo mein Schal ist. Ich hab ganz vergessen, dass ich ihn unten liegen gelassen habe.«

Sie gingen zur Kellertür und wollten gerade durch den Spalt schlüpfen, als Piccadilly unerwartet auftauchte.

»Hallo, Audrey«, sagte er. »Ich hab dich gesucht.«

»Ich will dich aber nicht sehen«, entgegnete sie grob.

»Wohin geht ihr?«

»Ihr Mäusemedaillon holen«, sagte Twit. »Es ist bei der Schlägerei verloren gegangen.«

Piccadilly gefiel die Vorstellung gar nicht. Er hatte schon viel zu viel von den Abwasserkanälen mitgekriegt, um jemals wieder in ihre Nähe zu gehen.

»Audrey, bitte!«, flehte er. »Geh nicht hin.«

»Ich gehe nicht«, war die kurze Antwort. »Das habe ich Mutter versprochen. Twit und Oswald gehen hin.« Sie stockte und fügte dann hinzu: »*Sie* haben keine Angst.«

Oswald war sich da nicht so sicher, doch die Anschuldigung traf Piccadilly sehr – er wusste mehr über die Kanäle als die anderen und kannte ihre Gefahren.

»Aber zwei von uns reichen«, sagte Twit hastig. »Es brauchen bloß zwei von uns da runterzugehen.«

Audrey starrte Piccadilly an – ein harter Blick, der zu sagen schien: »Los, beweise mir, dass du kein Feigling bist, und geh mit!«

Der graue Mäusejunge kämpfte mit seinen Ängsten. Er konnte sich noch lebhaft an die Altarkammer erinnern und würde Alberts letzte Schreie sein Leben lang nicht mehr vergessen. Er hatte wirklich nichts tun können und dennoch hatte er das Gefühl, er hätte es wenigstens versuchen müssen.

»Okay«, sagte er. »Ich gehe an Oswalds Stelle.«

»Aber ich muss doch mitkommen«, sagte Oswald unglücklich. »Ohne die Wünschelrute finden wir es nicht.«

»Dann geh ich halt statt Twit«, meinte Piccadilly. »Keine Widerrede – ihr habt selbst gesagt, dass zwei Leute da runtergehen sollten.«

Widerwillig stimmte Twit zu und sie gingen die Kellerstufen hinunter. Am Gitter blieben sie einen Augenblick stehen. Audrey zögerte; sie wusste, dass es nicht richtig von ihr war, die beiden gehen zu lassen. Twit zog seinen Vetter am Ellbogen und wünschte ihnen viel Glück.

»Möge die Grüne Maus euch beschützen«, sagte er.

»Na, toll«, lachte Piccadilly verächtlich. Er sah Audrey an und sagte mit fester Stimme: »Deine Grüne Maus kannste behalten. Ich komm auch ohne sie klar«, und dann kroch er durch die Gitterecke.

»Oje, oje«, quiekte Oswald erschrocken, »so was sollte er lieber nicht sagen.« Er hatte nie vorgehabt, jemals durch das Gitter zu schlüpfen, und jetzt musste er es gleich zweimal an einem Tag tun.

Audrey fühlte sich schrecklich, weil sie die beiden Mäusejungen dazu gebracht hatte, es für sie zu tun.

»Ich bleibe hier und warte auf euch«, sagte sie.

»Oje«, war alles, was Oswald herausbrachte, während er sich durch das Loch zwängte.

Twit und Audrey blieben allein im Keller zurück. Audrey kaute auf ihren Nägeln herum. Sie hatte Angst und ein schlechtes Gewissen.

»Denen passiert schon nichts«, versicherte die Feldmaus ihr. »Vetter Oswald findet dein Medaillon im Nu, und außerdem gibt's keinen, der den Rückweg besser kennt als er.«

Trotzdem war Audrey klar, dass sie unverzeihlich selbstsüchtig gewesen war. Sie wünschte, die beiden wären nicht hinabgestiegen.

Unten im Tunnel hielt Oswald seine Wünschelrute mit ausgestreckten Armen vor sich her.

»Funktioniert das Ding überhaupt?«, fragte Piccadilly zweifelnd.

»Na klar, es hat jedes Mal funktioniert.«

Sie gingen los; Oswald führte den Weg an und die Rute zuckte von Zeit zu Zeit.

Die beiden Mäuse wussten nicht, dass Morgan gerade in Jupiters Kammer die Nachricht ihrer Flucht von der Ratte mit den abgebrochenen Zähnen erfahren hatte. Morgan näherte sich vorsichtig dem Altar. Es musste Jupiter gesagt werden. Er hob den Kopf und sah, dass die Augen schon aus dem düsteren Portal funkelten. Da kniete er sich vor dem Augenpaar hin.

»Du hast Neuigkeiten?«, sagte die Stimme.

»Oh mein Herr, es heißt, die Mäusebanditen seien entkommen.«

Morgan legte unterwürfig die Pfoten aufs Gesicht.

Jupiters Stimme dröhnte aus der Finsternis: »Gibt es denn nichts, was ich dir auftragen kann, du gescheckter Schwachkopf?«

Morgan hielt sich die Ohren zu, um sie vor dem betäubenden Donnern zu schützen.

»Schicke die besten deiner krätzigen Kerle los. Ich will die Mäuse sehen!«

Morgan kroch weg, um den Befehl weiterzugeben.

Piccadilly fühlte sich diesmal etwas besser in den Kanälen als das letzte Mal. Mrs Brown hatte ihm ein gutes Essen vorgesetzt und jetzt hatte er die Gelegenheit, Audrey zu beweisen, dass er kein Feigling war. Vielleicht würde es sogar sein Gewissen beruhigen.

Die Tunnel waren ihm mittlerweile vertraut: die feuchten Steinbögen, das merkwürdige schleimige Moos, das in der Dunkelheit wuchs, und die Wassermassen, die unter ihnen anschwollen. Er fragte sich, ob irgendwelche Kreaturen darin lebten – welche Fische schwammen wohl in der schlammigen Strömung? Vielleicht gar keine Fische, sondern schuppige Krötenmonster mit großen, blassen Augen, die blind in der Dunkelheit umherplatschten und nach Futter suchten. Piccadilly riss sich zusammen und schalt sich heftig aus – solche Gedanken führten unwillkürlich zu Panik. Oswald konzentrierte sich auf Audreys Mäusemedaillon; er stellte es sich vor und rief sich sämtliche Einzelheiten ins Gedächtnis. Das Bild des Medaillons strömte durch die Adern in seinen Armen bis in das Holz seiner Wünschelrute. Sie suchte nach dem Medaillon und zuckte jedes Mal, wenn sie eine falsche Richtung einschlugen, nervös. Oswald war ein erfahrener Wünschelrutengänger.

»Glaubst du, es ist noch weit?«, flüsterte Piccadilly.

»Psst. Du störst meine Konzentration. Ich weiß es auch nicht – komisch.«

Plötzlich stieß Piccadilly einen Schrei des Wiedererkennens aus. »Sieh mal«, rief er. »Ein Schal!«

Oswald ließ die Rute sinken. »Na, wenigstens etwas«, sagte er. »Meine Mutter hasst es, wenn ich etwas verliere, was sie selbst gemacht hat.«

Er hob ihn auf – der Schal war etwas feucht, doch er band ihn sich trotzdem um den Hals.

»Hier haben die Ratten uns angegriffen«, sagte er. »Audreys Medaillon muss irgendwo hier sein. Schau dich um, okay?«

Sie suchten alles ab. Piccadilly wühlte sogar im Schlamm danach, doch das Medaillon war nicht zu finden.

»Glaubst du, dass es ins Wasser gefallen sein könnte?«, fragte er.

Beide lugten über die Steinkante und starrten auf den schwarzen Strom unter ihnen.

»Oje, da drin finden wir es nie wieder«, meinte Oswald verzweifelt.

Piccadilly wischte sich den Schlamm von der Pfote.

»Es ist sinnlos – es ist spurlos verschwunden«, sagte er.

Oswald musste ihm zustimmen. Er schüttelte den Kopf, als er daran dachte, wie traurig Audrey sein würde. Sie wollten gerade umdrehen, als die Wünschelrute heftig ausschlug.

»Huch!«, rief Oswald überrascht. »Piccadilly, sieh mal! Wir sind noch nicht fertig. Das Medaillon kann nicht im Wasser sein, es muss da drüben in diesem Kanal sein. Komm mit.« Er rannte in einen Tunnel, in dem sie noch nicht gewesen waren.

»Warte, Oswald«, sagte Piccadilly. »Wir werden uns verlaufen, wenn wir vom Weg abkommen. Oswald, komm zurück! OSWALD!«

Doch Oswald war schon zu weit voraus, um ihn zu hören. Piccadilly rannte hinter ihm her.

Unruhig warteten Audrey und Twit im Keller. Sie fanden es schwierig, über ihre verschwundenen Freunde zu reden. Sorge und Schuldgefühle lagen dem Mäusemädchen schwer auf dem Herzen – was hatte sie getan?

Twit saß auf dem Boden; er hatte den Kopf in die Pfoten und das Kinn auf die Knie gestützt. Er wusste, dass er seinen jungen Vetter nicht in die Abwasserkanäle hätte gehen lassen sollen. Er versuchte, eine kleine Melodie zu summen, doch die bedrückte Stimmung ließ ihn bald wieder verstummen. Er sah Audrey an und lächelte schwach.

Die beiden Mäuse waren so in Gedanken versunken, dass sie weder spürten, wie sich die Luft veränderte, die durch das Gitter strömte, noch die dumpfen Geräusche der aneinander gepressten Körper auf der anderen Seite hörten.

Audrey setzte sich hin und stieß einen Seufzer aus. Das Bildnis von Jupiter, das Arthur gemalt hatte, schien sie verächtlich anzugrinsen. Sie hatte die Schnauze voll von Gesichtern, die sie angrinsten, und drehte ihm den

Rücken zu. Jetzt saß sie direkt vor dem rostigen Loch, ohne zu ahnen, welche Pläne hinter dem Eisengitter geschmiedet wurden.

Eine Stimme im Flur rief ihren Namen. Das war Arthur, der sie suchte.

»Kannst du ihn holen, Twit?«, fragte sie. »Ich habe Piccadilly und Oswald fest versprochen, hier auf sie zu warten.«

Twit stand auf und kletterte über die Papierrollen, bis er die Kellerstufen erreicht hatte. Er war zu kurz, um sie allein hinaufzusteigen, und trotz ihrer Besorgnis musste Audrey über seine angestrengten Bemühungen lächeln.

Zwischen den Eisenblättern des Gitters tauchten undeutliche Formen auf, und dann funkelten kleine gelbe Augen gierig in der Dunkelheit.

Als Twit endlich die oberste Stufe erreicht hatte, warf er einen Blick über die Schulter auf Audrey, die vor dem Gitterloch saß. Dann zwängte er sich durch den Türspalt.

Arthur überlegte gerade, ob er oben auf der Treppe nach ihr suchen sollte, als Twit zu ihm kam.

»Ach, hallo. Ich suche mal wieder Audrey – und Piccadilly.«

»Sie ist im Keller«, sagte Twit.

»Was macht sie da?«, fragte Arthur wütend.

Twit erklärte, dass sie ihr Mäusemedaillon verloren hatte und dass Piccadilly und Oswald es suchen gegangen waren.

»Aber jetzt sind sie schon eine ganze Weile weg«, fügte er traurig hinzu.

»Also, so geht es nicht«, protestierte Arthur erbost. »Wenn Audrey ihr Medaillon verloren hat, ist das ihre eigene Schuld, und dann hat sie nicht das Recht, Oswald und den Grauen in die Kanäle zu schicken, um es dort zu suchen.«

Er marschierte durch den Flur und trat durch die Kellertür.

»Jetzt hör mir mal gut zu, Audrey!«, brüllte er. Doch seine Schwester war verschwunden.

BESUCHER AUF DEM DACHBODEN

Es gab keine Spur von Audrey, doch Arthur und Twit ahnten sofort, wohin sie gegangen war. Sie wussten nichts von dem kurzen, verzweifelten Kampf, der vor wenigen Sekunden stattgefunden hatte, und davon, dass Audrey überwältigt und besiegt von scharfen Klauen durch das Gitter gezerrt worden war. Arthur war über seine Schwester empört.

»Sie ist wieder runtergegangen«, keuchte er ungläubig. »Sie hat Mutter geschworen, nie mehr in die Kanäle zu gehen, und was macht sie, sobald sie allein ist? Geht wieder da runter!«

Unschöne Gedanken tauchten in seinem Kopf auf. Er dachte, wie unehrlich seine Schwester doch war. Jede kleine Eigenschaft an ihr, die ihn nervte, nahm in seiner Vorstellung riesengroße Ausmaße an. Ihm fielen sämtliche Ereignisse wieder ein, in denen sie auch nur die geringste Selbstsucht gezeigt hatte oder ein ganz klein bisschen gemein gewesen war. Er wurde von einer der Mächte des Gitters gepackt: einem bösen Zauber, der Freunde zu Feinden machte und Unschuld zu Schuld.

Arthurs Gesicht wurde zu einer hasserfüllten, hässlichen Fratze.

Die bescheidenen Bilder, die gutgläubig als Schutz um das Gitter herum angebracht waren, waren nicht stark genug, um ihn vor dem bösen Sog zu schützen.

Verächtlich verzog er das Gesicht. »Soll sie doch zur Hölle gehen«, spuckte er in einer fremden Stimme aus. »Ich hasse sie und ihre kostbaren Spitzenbänder. Bleib ruhig da unten, Audrey, wir sind ohne dich besser dran!«

Twit erschrak. Er hatte die Veränderung in Arthurs Gesicht bemerkt und sie machte ihm Angst. Sein Freund war in Not, und er wusste nicht, was er tun sollte. Einen Augenblick lang stammelte und stotterte die kleine Feldmaus und hüpfte verwirrt umher. Schließlich sprang sie auf, gab Arthur eine kräftige Ohrfeige und zerrte ihn von dem Gitter weg.

Warum die bösen Mächte bei der Feldmaus wirkungslos blieben, ist unklar. Vielleicht war es ihre ureigene einfache Natur, die sie rettete. Twit hatte noch nie etwas Gemeines über irgendjemanden gedacht und war niemandem böse, daher hatten die dunklen Kräfte nichts, an das sie hätten anknüpfen können. Der Fluch zerbrach an seinem natürlichen Schutz.

Am unteren Treppenabsatz blieb Twit stehen. Wenn man eine winzige Feldmaus ist, ist es nicht gerade leicht, eine stämmige Hausmaus hinter sich herzuzerren. Arthur atmete ganz komisch – wie jemand, der sich von hohem Fieber erholt, schwankte er hin und her und sprach mit belegter Stimme.

»Was war das gerade? Was hab ich gesagt?« Er verzog beschämt das Gesicht, als die Erinnerung wiederkam. »Twit, ich hab das nicht so gemeint – was ich gerade gesagt habe. Audrey ist ganz in Ordnung. Was war nur mit mir los?«

Twit beruhigte sich wieder. Einen Augenblick lang hatte er schon befürchtet, sein Freund könnte überschnappen.

»Setz dich, Arthur«, sagte er tröstend. Arthur befolgte seinen Rat und landete mit einem dumpfen Schlag auf dem Boden. »Ich glaub, das ist so eine schlechte Energie, die da aus eurem Gitter kommt.«

»Es war grauenvoll«, stotterte Arthur. »Plötzlich tauchten lauter schreckliche Bilder über Audrey vor meinen Augen auf, und sie wurden immer schlimmer, bis ich mir wirklich wünschte, sie würde da unten elend umkommen. Es tut mir so Leid, Twit. Du glaubst doch nicht, dass so ein Wunsch in Erfüllung gehen könnte, oder?« Hilflos sah er die Landmaus an.

»Das wär nicht deine Schuld«, versicherte Twit ihm. »Das elende Gitter spielt einem ganz böse Streiche.«

Irgendwann fühlte Arthur sich wieder besser, doch er hatte keine Lust, jemals wieder in die Nähe des Gitters zu gehen.

»Eigentlich kann ich nicht glauben, dass sie ihr Versprechen nicht halten würde«, sagte er entschieden. »Auch wenn Audrey eine Träumerin ist, hat sie doch genügend gesunden Mäuseverstand. Aber wenn sie nicht freiwillig hinuntergestiegen ist ...« Er verstummte unglücklich.

»Sollten wir ihr vielleicht nachgehen?«, schlug Twit vor. »Ich könnte Algy und vielleicht auch den alten Tom holen; vielleicht können wir auch noch ein paar andere überreden mitzukommen.«

Sie überlegten hin und her, doch sie wussten genau, dass keine andere Maus aus den Leisten den Mut hatte, durch das Gitter zu gehen. Lieber würden sie ins Feuer springen.

»Dann bleiben nur wir zwei übrig«, sagte Twit düster.

Arthur hatte den Kopf in die Hände gelegt. Er musste

entscheiden, was zu tun war. Sollten sie Audrey folgen und das Versprechen, das er seiner Mutter gegeben hatte, brechen? Was würde ihnen dort unten diesmal begegnen – womöglich eine ganze Armee von Ratten? Arthur hatte immer geglaubt, dass alles leichter sein würde, wenn man erwachsen war, doch es war ganz anders. Er war auf diese Verantwortung nicht vorbereitet. Wenn doch bloß sein Vater da wäre, dann könnte er ihn um Rat fragen – aber mit Vaters Verschwinden hatte ja alles angefangen. Albert war nicht mehr da und Arthur musste ganz schnell erwachsen werden, um seinen Platz in der Familie Brown einzunehmen. Seine Mutter hatte an diesem Tag schon genug Sorgen und Stress gehabt, an die konnte er sich nicht wenden. Wen konnte er um Rat fragen? Arthur glaubte nicht fest genug an die Grüne Maus, um zu ihr zu beten. Audrey war zu dieser Rattenfrau Akkikuyu gegangen, erinnerte Arthur sich, doch wen gab es außer ihr? Dann hatte er die Antwort. Die Fledermäuse.

Die seltsamen Geschöpfe auf dem Dachboden. Sie hatten übernatürliche Kräfte – das wusste jeder. Manchmal konnte man sie um Rat bitten; Meister Altschnauze hatte das mal getan.

Sofort besserte sich Arthurs Stimmung. »Twit«, verkündete er, »ich gehe zu den Fledermäusen. Die wissen sicher, was passiert ist und was ich tun soll.«

Twit riss die Augen auf; er hatte noch nie eine Fledermaus gesehen. Das waren rätselhafte Tiere, die sich in Geheimnisse hüllten. Ein Schauer der Erregung durchzuckte die Feldmaus und seine Barthaare zitterten vor Aufregung. Er wollte die Fledermäuse unbedingt kennen lernen.

»Au ja, Arthur, ich würde sie zu gern einmal sehen.«

Arthur wandte sich zu ihm. »Ach nein, tut mir Leid, aber sie lassen immer bloß einen Besucher rein. Bitte hab Verständnis, Twit.«

Twit war zwar enttäuscht, doch er wusste, dass es zwecklos war. Arthur musste allein hingehen.

Sie stiegen die Kellerstufen hinauf.

»Wie kommst du auf den Dachboden, Arthur?«, fragte Twit.

»Unter der Treppe im Flur ist ein Gang, der zu einer Hohlfläche zwischen zwei Wänden führt. Von dort steckt auf beiden Seiten lauter Zeugs bis ganz nach oben. Es ist ganz einfach, wie eine Leiter.«

»Ganz rauf bis zum Dachboden?«

»Genau.«

»Von dort oben hat man sicher einen tollen Ausblick. Kann man hinaussehen?«

»Na ja, ich nehme an, im Dach müssen Löcher sein, durch die die Fledermäuse raus- und reinkönnen.«

Twit versuchte sich vorzustellen, wie es wohl wäre, alle Gebäude von ganz oben zu sehen. Als er in den Leisten angekommen war, war tiefer Winter gewesen und er hatte zu sehr gefroren, um der Landschaft viel Beachtung zu schenken. Zu Hause in seinem Feld war er einmal eine Eiche hinaufgeklettert und hatte von hoch oben die Aussicht bewundert.

Die beiden Mäuse waren im Flur angekommen. Arthur ging zur Treppe.

»Das Loch ist irgendwo hier«, sagte er und hob eine Ecke des Teppichs hoch. »Gut, dass Oswald nicht da ist – da unten muss alles voller Spinnen sein.«

Twit dachte an seinen Cousin, der irgendwo in den Abwasserkanälen steckte. »Beeile dich, Arthur«, flüsterte er.

Arthur hatte das Loch schon gefunden. Es lag unter Spinnweben und Staub versteckt. Angeekelt wischte er sie weg und störte dabei Spinnen, die schnell in den Schatten flüchteten. Bevor er in das Loch stieg, drückte er Twits Pfote.

»Ich mach so schnell, wie ich kann, das verspreche ich dir, und dann wissen wir, was wir tun können. Tut mir Leid, dass du hier bleiben musst.« Er drückte die kleine Pfote noch einmal und verschwand.

Twit beugte sich über das Loch, um ihm hinterherzuschauen, doch es war so voller Spinnweben und Staubwolken, dass er nichts sehen konnte. Dann erkannte er zwei runde, glänzende Augen, die aus einiger Entfernung zu ihm hinaufblinzelten.

»Ich hätte nie gedacht, dass es so tief unten ist«, ertönte Arthurs Stimme dumpf von unten. »Gut, dass ich so weich auf dem ganzen Staub und Dreck gelandet bin. Bis bald.«

»Viel Glück«, murmelte Twit.

Der arme, alte Twit. Er fühlte sich so allein – jetzt waren alle weg. Erst Oswald und Piccadilly, dann Audrey und jetzt auch noch Arthur. Er fragte sich, ob er sie jemals wiedersehen würde.

Twit setzte sich vor den Rand des Lochs; seine ansonsten so fröhliche Stimmung war sehr gedämpft.

Was für eine komische Welt, dachte er. Als er sein Feld verlassen hatte, hatte er keine Ahnung gehabt, was jenseits auf ihn wartete.

Eine Wolke, die den Mond verhangen hatte, segelte

langsam weiter. Das Mondlicht flutete durch die Spalte in den Brettern vor den Fenstern. Silberne Lichtstrahlen strömten hindurch und überschwemmten in einer hellen, unheimlichen Flut den Flur. Wieder einmal wurde er zum Spielplatz der Nacht.

Die kleine Maus wurde von den sanften, schimmernden Mondstrahlen erfasst. Twit neigte den Kopf und das Licht schimmerte durch seine dünnen Ohren.

Er seufzte. Weit weg von hier schliefen jetzt seine Eltern unter den Sternen und derselbe Mond hing strahlend hell über seinem Feld. Twit dachte an seine Eltern und lächelte. Ihre Liebe war früher einmal ein Skandal gewesen, doch jetzt war es eine romantische Geschichte, die die jüngeren Mäuse zu gern hörten. Twit kannte sie längst auswendig; vielleicht wurde sie in diesem Augenblick mal wieder von dem alten Todmore, dem Geschichtenerzähler auf dem Feld, erzählt.

Twit ging sie in Gedanken durch, um sein plötzliches Heimweh zu lindern.

»Elijah Husch war eine Feldmaus«, würde der alte Todmore anfangen zu erzählen, »eine einfache und respektable Feldmaus. Er liebte es, die Sonnenstrahlen auf seinem Rücken zu spüren, während er auf einer Hopfenstange saß und nach Feinden Ausschau hielt. Aber eines Nachts, als die Brombeeren schon zu lange gegärt hatten und er sich etwas betrunken fühlte, stürzte sich eine Eule von oben auf ihn, ganz leise, packte ihn am Genick und nahm ihn mit.«

An dieser Stelle starrte der alte Todmore seine gebannten Zuhörer immer dramatisch an.

»Die Eule trug ihn hinauf in schwindelnde Höhen und kicherte dabei vor sich hin, und der arme Elijah traute sich nicht, hinunterzuschauen. Sie flogen ganz weit, bis Elijah rief: ›Hey, du Eule, wo bringste mich eigentlich hin?‹ Wie ihr alle wisst, sind Vögel ziemlich wortkarg und kaum eine Maus versteht, was sie sagen.

Also, der Vogel legte seinen flachen Kopf schräg, schaute Elijah an, der in seinen Krallen hing, und gurrte: ›Fresschen, Fresschen – Abendessen für mich und meine Frau – uuuh, was für ein köstlicher Mäusebraten!‹

›Oh verdammt!‹, sagte Elijah und stieß noch viele weitere Flüche aus, die nichts für eure zarten Ohren sind.

Dann hatte er die gute Idee, die böse Eule heftig in den Knöchel zu beißen.

Wie sie aufheulte! Sie heulte so sehr, dass sie die Feldmaus glatt fallen ließ. Diese fiel und fiel und fragte sich, ob es wirklich eine so gute Idee gewesen war, die Eule zu beißen, als sie – PLATSCH! – vom Wasser verschluckt wurde.

Elijah kämpfte und paddelte und erst jetzt merkte er, wie tief die Eule ihre Krallen in ihn gehauen hatte. Glücklicherweise schaukelte ein Stück Holz auf dem Fluss herum und er kletterte drauf ... Wie bitte? Ja, ja, er war in einem Fluss gelandet – auf alle Fälle konnte er sich auf das Holzstück hieven, zitternd und völlig durchnässt.

Er fror erbärmlich und verlor immer wieder das Bewusstsein, weil er doch so schreckliche, schmerzende Wunden an den Schultern hatte.

Also, irgendwann wurde es wieder Tag und er zitterte und hustete, aber am schlimmsten war, dass er nicht mehr auf dem Land war. Auf beiden Uferseiten waren große Gebäude und Rauch und lauter so Zeug. Jedenfalls hat Elijah es irgendwie geschafft, sein Floß ans Ufer zu paddeln, und kroch an Land. Er wusste nicht, wie lange er bewusstlos gewesen war, aber jetzt hatte er einen Riesenhunger. ›Oh Graus!‹, rief er in der Fremde und streunte fast eine Woche lang herum, wobei er immer elender wurde. Seine Wunden waren voller Eiter, der anfing, sein Blut zu vergiften. Eines Tages wurde es so schlimm, dass Elijah aufgab und sich einfach in irgendeinen mickrigen Garten legte.

Mit seinen Schulterwunden und seinem hohen Fieber war er völlig am Ende – er war schon halb tot. Aber dann, so die Grüne Maus es will, kamen zwei Schwestern entlang – die Stadtmäuse Arabel und Gladwin.

›Schau mal da drüben‹, rief Gladwin, die Hübschere der beiden, ›die arme Feldmaus!‹ Und dann rannte sie ihm zu Hilfe.

Die eingebildete Arabel sagte: ›Lass ihn liegen – er ist tot und voller Würmer.‹

Aber ihre gütige Schwester spürte seinen flatternden Herzschlag und brachte die hochnäsige Arabel dazu, ihr dabei zu helfen, ihn ins Haus zu tragen.

Gladwin pflegte ihn liebevoll und versorgte seine Wunden. Sie sahen böse aus, doch sie blieb die ganze Nacht bei ihm, bis das Fieber runterging. Am Morgen machte Elijah die Augen auf und sah sie neben sich liegen und fest schlafen. Ihre Pfote lag in seiner. In diesem Augenblick verliebte er sich in sie – auch wenn er eine Feldmaus und sie eine Stadtmaus war. Im Fieber machen die Leute eben die komischsten Sachen.

Also, Gladwin war bereit, Elijah zu heiraten, doch ihr Vater wollte nichts davon wissen. Er wollte auf keinen

Fall, dass seine Tochter eine Feldmaus heiratete, und jammerte über die Schande, die sie ihm bringen würde, wenn sie das tat. Alle schienen gegen das Liebespaar zu sein. Deswegen sind sie eines Nachts weggerannt und irgendwann tauchte Elijah mit seiner Braut auf seinem Feld auf. Wir hatten ihn schon monatelang für tot gehalten! Mann, waren wir geschockt! Na ja, sie haben sich sehr schnell hier niedergelassen, und ihr wisst ja selber, wie nett Mrs Scuttle ist und dass sie ihre Stadtmanieren längst vergessen hat. Von da an lebten sie glücklich und zufrieden und nach einer gewissen Zeit gebar sie ihm sogar einen Sohn.«

Der Mond fiel auf Twits Gesicht. Er wirkte wie eine kleine silberne Statue. Traurig rief er sich das Ende der Geschichte in die Erinnerung zurück.

»Der wurde William Scuttle getauft, auch wenn ihr ihn alle als Twit kennt. Tja, er ist nicht ganz dicht im Speicher, der arme, junge Schwachkopf, der er nun mal ist.«

Hier lachten die Zuhörer regelmäßig und der alte Todmore warnte sie.

»Lasst euch diese Geschichte bloß nicht zu Kopf steigen, hört ihr? Stadt und Land, das passt nicht zusammen, und Twit ist der lebendige Beweis dafür – so geht es immer. Merkt euch das, ihr Jungen.«

Bei der Erinnerung wurden Twits Augen feucht, aber dennoch spürte er den Drang, bald nach Hause zurückzukehren.

Dann fielen ihm wieder die Fledermäuse ein und er fragte sich, ob Arthur schon bei ihnen war. Plötzlich und mit einer Entschlossenheit, die ihm eigentlich fremd war, schwang er seine kurzen Beinchen über den Rand des

Lochs und ließ sich hineinfallen. Der Staub flog umher, als er mit einem Plumps auf dem Boden landete. Große, stickige Staubwolken wurden aufgewirbelt und die Spinnen, aufgebracht über diese erneute Störung, rannten ängstlich zu ihren Eiern.

Twit rappelte sich hoch. Er hatte vor, Arthur zu folgen, ohne dass der davon wusste. Mit ein bisschen Glück würde er vielleicht mitkriegen, was die Fledermäuse sagten.

Der Gang unter den Holzdielen war sehr dunkel, doch er war weder feucht noch stank er wie die Abwasserkanäle. Alte, längst verlassene Spinnennetze mit dicken Staubdecken hingen hinunter. Während er vorwärts stolperte, berührten sie ihn und kitzelten ihn ekelhaft.

Spuren im Staub zeigten an, wohin Arthur gegangen war, und Twit folgte ihnen.

Eine Weile ging er den Spuren nach, bis ein kalter Luftzug ihn so plötzlich erfasste, dass er stehen blieb und sich fragte, was das bedeuten könnte. Er schnüffelte mit seiner kleinen Schnauze, an der Spinnweben klebten. Er konnte die Nachtluft riechen. Vorsichtig tastete er umher, bis er eine nackte Steinwand fand. Hoch über ihm schien blasses Mondlicht durch einen Spalt und enthüllte ihm die schwindelnde Höhe der Wand. Er musste sie hinaufklettern, wenn er auf den Dachboden kommen wollte. Twit suchte nach der ersten Stütze in der Wand, auf die er den Fuß stellen konnte.

Arthur klomm immer weiter hinauf. Jetzt näherte er sich der Dachrinne. Was für eine Klettertour war das gewesen! Seine Arme schmerzten wie verrückt. Er wusste, es konnte nicht mehr weit sein, und stieß einen dankbaren Seufzer aus. Arthurs Respekt vor Meister Altschnauze stieg; er hatte keine Ahnung gehabt, dass in dem alten Langweiler so ein Abenteurer steckte.

Er ruhte sich einen Augenblick aus und rieb sich die schmerzenden Muskeln; dann streckte er die Arme und massierte seine Schultern. Um ihn herum wehte eine kühlende Brise – sie erzählte ihm flüsternd von nächtlichen Erlebnissen, von geschlossenen Knospen und unsichtbaren Wolken, die über den Himmel schlitterten. Die Dachziegel waren lose und hier und dort funkelte der kalte Schimmer eines Sterns hindurch. Arthur war sicher, sich auf der letzten Etappe seines Ausflugs zu befinden. Er stellte sich auf seine Füße und hielt vorsichtig mit dem Schwanz das Gleichgewicht. Ein Sturz wäre zu gefährlich, als dass er sich einen Fehler erlauben konnte. Die nächste Stütze war über ihm; Arthur hob die Arme und packte fest den Balken, dann zog er sich daran hoch und schwang seinen Schwanz wie ein Pendel hin und her, um sein Gleichgewicht zu halten.

Gut. Er hatte es geschafft. Nur noch zwei Stützen, die zu erklimmen waren. Er konnte die Öffnung zum Dachboden schon sehen.

Als er sie erreicht hatte, legte er sich auf den Rücken und streichelte dankbar den Holzbalken unter sich. Er versuchte, nicht daran zu denken, wie schwierig es sein würde, wieder hinunterzuklettern.

Auf dem Dachboden herrschte eine ungewöhnliche Stille. Eine Atmosphäre der Spannung hing in der Luft. Arthur hangelte sich unter dem Stützbalken entlang und hüpfte von Dachbalken zu Dachbalken.

Ein starker, süßlicher Geruch hüllte ihn ein. Es kam

ihm vor, als befände er sich in einer anderen Welt. Selbst die Geräusche der Straße waren hier oben leise und gedämpft. Der Dachboden war still und verträumt und nichts störte seinen Frieden – nichts außer Arthur. Er bemühte sich, so leise wie möglich zu gehen, doch das war nicht leicht. Er schauderte über seine trappelnden Schritte und sah sich nach den Fledermäusen um.

»Hallo?«, murmelte er. Keine Antwort, alles blieb still. Vielleicht waren alle Fledermäuse für die Nacht ausgeflogen? Sollte er weitergehen?

Arthur probierte es noch einmal. »Hallo?« Nichts.

Was für ein merkwürdiger Ort der Dachboden mit seinen schrägen Balken und der hohen Decke war. Für Arthur war das alles völlig neu. Staunend sah er sich um. Dicke, schwere Stützbalken hoben sich aus den Seiten und trafen auf einen großen Balken in der Mitte.

Arthur hatte das Gefühl, sich im Bauch eines riesigen Tieres zu befinden, dessen Rippen die Balken waren. Nicht weit von ihm konnte er schwach die Umrisse der Schornsteine erkennen.

Arthur beschloss zu versuchen, die Schornsteine zu erreichen. Vielleicht waren die Fledermäuse auf der anderen Seite.

Etwas riss ihn mit, etwas, das sich viel gesünder anfühlte als der dunkle Sog des Gitters. Eine Welle der Aufregung erfasste ihn, als er den Schornstein erreichte und dahinter spähte.

Dieser Teil des Dachbodens wirkte wie eine große, königliche Halle. Hoch und majestätisch erhoben sich die Balken in der Dunkelheit über seinem Kopf. Doch einer von ihnen ragte zersplittert aus dem Dach.

Arthur starrte hinauf. Das Dach war in dem Loch, das der Balken hinterlassen hatte, eingestürzt, und durch die Öffnung konnte er eine Hand voll Sterne am Mitternachtshimmel funkeln sehen.

Plötzlich bewegte sich ein dunkler Umriss auf dem Balken. Er veränderte seine Stellung und begab sich wieder zur Ruhe. Arthur hielt den Atem an – es war eine Fledermaus.

Die geheimnisvolle Kreatur hing hoch oben an dem Balken, so dass Arthur den Kopf ganz in den Nacken legen musste, um sie sehen zu können.

Der Kopf der Fledermaus war in den großen, gefalteten Flügeln versteckt. Nur zwei große, spitze Ohren waren dahinter erkennbar.

Arthur hustete leise und höflich.

Als die Fledermaus aufschaute, war ein dumpfes Rascheln zu hören. Ihr Kopf hob sich über die Flügelspitzen und Arthur sah, dass die Ohren ein edles, fuchsartiges Gesicht einrahmten. Das Licht der Sterne fiel auf die Brauen der Fledermaus und verliehen ihr eine Aura des Wissens und der Weisheit. Sie schaute hochmütig von dem Dachsparren herunter und musterte die Maus prüfend.

Arthur grüßte sie stammelnd; er versuchte, sich an die Begrüßungsformel zu erinnern, die bei Fledermäusen angebracht war.

»Ich bringe Euch tausend Grüße«, sagte er und hoffte, dass das richtig war. »Darf ich mich vorstellen: Arthur Brown, ein Vetter von Euch in der Schöpfungskette. Wohnhaft in den Leisten. Ich bitte Euch ehrerbietig um Eure Hilfe.«

Plötzlich fiel Arthur ein, dass das die korrekte Etikette für den Umgang mit Füchsen war. Er wurde rot bis zu den Ohrwurzeln und verbeugte sich hastig.

Die Fledermaus sah ihn mit großen schwarzen Augen an, die unter den Sternen funkelten.

Arthur zappelte vor Beschämung.

»Ich heiße Eldritch«, erklärte die Fledermaus. »Ihr habt euch verspätet, Meister Brown.«

Arthur entschuldigte sich vielmals; es war ihm peinlich, dass er erwartet worden war. Dann sagte er: »Mein Besuch hat einen Grund, oh Eldritch.«

Eldritch reckte sich und gähnte. Er entfaltete seine Flügel und sagte mit honigsüßer, spöttischer Stimme: »Ich sehe eine hübsche, junge Maus. Sie hat ihr Medaillon verloren und hat sich verlaufen; sie ist mit Bändern und Spitze geschmückt.«

»Das ist Audrey – meine Schwester«, rief Arthur aus. »Wo ist sie?«

Eldritch funkelte ihn wütend an, weil er ihn unterbrochen hatte, und fuhr dann fort: »... sie ist mit Bändern und Spitze geschmückt, doch sie ist in die heidnische Dunkelheit gezogen worden. Oh, wo ist sie, die Vaterlose? Wessen Augen sind rot vor Tränen über ihr Verschwinden? Wer wird sie vor den Halbblinden retten? Sie wird mit teuflischen Tanzpartnern tanzen. Ihr Schicksal führt sie durch blutige Tempel und die Asche der Toten.« Eldritch starrte Arthur einen Augenblick lang an und flüsterte dann: »Nur der glänzende, sich drehende Kreis kann sie vor dem unterirdischen Feind retten.«

Die Fledermaus hielt inne und schaute in den Himmel. »Hier kommt Orfeo«, sagte er.

Arthur stand am Rand des von Sternen erleuchteten Ausschnitts und fragte sich, wovon die Fledermaus gesprochen hatte. Und wer sollte dieser Orfeo sein? Er konnte niemanden auf dem Dachboden sehen und hörte auch nichts. Das verwirrte ihn.

Drei ganze Minuten stand er schweigend da. Eldritch schaute weiterhin hinauf in die Sterne. Plötzlich flatterte draußen ein Schatten und verdeckte das Sternenlicht. Während Arthur leicht erschrocken zuschaute, flog eine zweite Fledermaus durch das Loch und hockte sich schweigend neben die erste.

»Willkommen, Orfeo«, sagte Eldritch.

Arthur stellte fest, wie ähnlich sich die beiden Fledermäuse sahen.

»Grüß dich, Eldritch«, gab der Neuankömmling zurück. »Ist das die Gesellschaft, auf die wir gewartet haben?« Er betrachtete Arthur von oben herab.

Wieder gähnte Eldritch und antwortete in gelangweiltem, nüchternem Ton: »Das ist einer von ihnen, aber nicht der andere.«

»Dann verschwenden wir hier unsere kostbare Zeit – Ihr da unten, Meister Brown«, rief Orfeo scharf. »Wollt Ihr meines Bruders und meinen Rat? Na, dann hört gut zu, und wenn wir fertig sind, habt Ihr mehr als genug für ein Leben erfahren.«

Aus Angst vor dem, was sie ihm sagen würden, verschränkte Arthur die Arme. Fledermäuse sind nur an sich selbst interessiert und kümmern sich nicht um die Öde alltäglichen Lebens, es sei denn, etwas belustigt sie. Sie geben Auskünfte oder halten sie nach Lust und Laune zurück – doch alles, was sie sagen, ist wahr, wie unangenehm ihre Offenbarungen auch sein mögen. Arthur bereitete sich darauf vor.

Eldritch begann: »Dreifaches bedroht das Leben. Wie wird es besiegt? Durch tiefes Wasser, wütendes Feuer und den ungewissen Weg. Vergesst nicht, braune Maus: Schmerzen und Grauen schleichen sich durch das sommerliche Feld in Gestalt von Stroh. Wenn der Mittag heiß und der Mais golden ist, hütet Euch vor dem flüsternden Kolben, Meister Brown, und vor der Dunkelheit. Durch Feuer ins Feuer, stört die Sphäre nicht und lasst den Dämonen nicht entrinnen.«

Eldritch hob seine unbehaarten Flügel und bewegte sie vor seinem Gesicht hin und her, bis er eine krumme, eingesunkene Gestalt war, die nichts mehr sagte.

Dann fing Orfeo an; er sagte ernst und drängend: »Haltet Euch an die Maus mit den Glocken am Schwanz, welche die Puppe gebastelt hat. Durch Eis und Schnee wird der große Untergang niederhageln. Wie süß die Glocken auch klingen mögen, driftet nicht in den Nebel ab, denn dort wird es bittere Pfeile regnen. Wer ist die Maus ohne das Medaillon? Mit welchem Silber wird sie sich schmücken, wenn alle die dunklen Monate überleben?«

Orfeo schloss seine pechschwarzen Augen. Beide Fledermäuse waren mit Arthur fertig.

»Geht, Meister Brown«, sagten sie einstimmig.

Arthur schüttelte sich. Was für eine Menge Unsinn, dachte er. Er würde sich keines der blöden Rätsel merken können. Er konnte nicht begreifen, weshalb sie glaubten, sie müssten ihren Rat darin verpacken. Arthur dankte ihnen höflich und verabschiedete sich.

Eldritch schaute ihm nach und rief ihm hinterher:

»Falls einer den Winter überlebt, Meister Brown, kümmert Euch um Eure eigenen Kinder – aus welchem Zeug werden sie wohl gemacht sein?«

»Hütet Euch vor den Dreien«, fügte Orfeo hinzu.

Arthur ging langsam zur Dachtraufe zurück und versuchte, die lächerlichen Ratschläge der Fledermäuse zu entwirren. Er gab den Versuch auf und tat die Fledermäuse als verrückt ab. Es war zwar ein interessanter, doch ein sinnloser Ausflug gewesen – sie hatten ihm kein Stück weitergeholfen.

Wäre Arthur nicht so in Gedanken versunken gewesen, hätte er vielleicht die kleine Gestalt bemerkt, die sich im Schatten versteckt hielt und ihn mit glänzenden runden Augen beobachtete. Doch Arthur sah sie nicht und begann die Klettertour von neuem; dabei murmelte er wütend in seine Barthaare hinein.

Twit tauchte aus seiner dunklen Ecke auf. Er hatte sich dort eine kurze Weile versteckt – aus Angst, die Offenbarungen der Fledermäuse zu unterbrechen. Jetzt, da Arthur gegangen war, fühlte Twit sich unsicher, was zu tun war. Er wusste, dass er eigentlich seinem Freund hinterhergehen sollte, doch Eldritch und Orfeo hatten die kleine Feldmaus schwer beeindruckt. Die dramatischen Gesten, die sie mit ihren Flügeln gemacht hatten, verzauberten ihn und er wollte sie sich unbedingt näher ansehen. Er beobachtete sie aus seiner Ecke und richtete sich dann hastig auf. *Sie* beobachteten ihn!

Eldritch betrachtete ihn mit einem Auge aus seinem Flügelvorhang, doch Orfeo starrte ihn direkt an. Die Feldmaus schluckte schwer.

»Tritt vor, du Hexengatte«, befahl Orfeo.

Eldritch bewegte sich in seiner Flügelhülle. »Tritt vor, Freund der gefangenen Maus«, sagte er und hob den Kopf.

Twit näherte sich ihnen ängstlich. »Tut mir Leid, wenn ich euch beleidigt hab, weil ich mich in der Ecke versteckt habe«, wagte er zu sagen, »aber ich wollte euch unbedingt mit eigenen Augen sehen – hab noch nie 'ne Fledermaus zu Gesicht gekriegt.«

Die Brüder sahen einander mit einem komischen Grinsen an.

»Tritt ins Licht, du Kinderloser«, ermutigten sie ihn. Twit gehorchte und betrat den Kreis aus Sternenlicht. Er blickte zu den Fledermäusen auf, die hoch über ihm hockten.

»Tapfere Maus!«, lachte Orfeo.

Eldritch warf den Kopf zurück und sagte düster: »Wenn die Dinge schwierig werden, wessen Pfote wirst du dann nehmen, um alle zu retten?«

»Und wenn deine Braut heimkommt, warum bist du dann nicht an ihrer Seite?«

Orfeo hatte Spaß an seinem Spiel.

»'Tschuldigung, aber ich hab keine Frau«, informierte Twit sie.

»Das isser, das ist die Maus!«, rief Orfeo entzückt. »Das ist der Schwachkopf, die Maus, die eine an der Speckwaffel hat«, kicherte er belustigt.

»Hey, ihr habt kein Recht, so was zu mir zu sagen, auch wenn ihr Fledermäuse seid«, regte sich die Feldmaus auf. »Für adlige Leute sind eure Manieren ziemlich schlecht, muss ich echt sagen!«

Orfeo und Eldritch lachten noch lauter. »Aber du bist uns sehr wichtig!«

Twit beäugte sie verunsichert. Die Fledermäuse plusterten ihre haarigen kleinen Körper auf und stolzierten den Balken entlang; dabei schlugen sie eitel mit den Flügeln.

»Ja, du bist der Samen, der all unsere Früchte tragen wird.«

»Wir brauchen dich, Hexengatte.«

Twit stützte die Pfoten in die Hüften und schüttelte verdrossen den Kopf. »Wie ich euch schon gesagt hab, ich hab keine Frau und 'ne Hexe will ich schon gar nicht heiraten. Warum sollte ich so was Bescheuertes tun?«

Eldritch klatschte die Flügel zusammen, um ihn zum Schweigen zu bringen. Sie machten ein raschelndes Geräusch wie trockenes Leder. »Genau – du bist nicht so einfältig, wie die anderen behaupten, Meister Scuttle. Komm, Bruder, mach keine Witze auf Kosten unseres Gasts. Ich befürchte, wir haben ihn verärgert.«

Er sah Orfeo streng an, doch in seinen Augen war immer noch das seltsame Zwinkern.

Twit räusperte sich. »Ach, das ist okay«, sagte er. »Ihr müsst euch nicht entschuldigen. Die Leute haben schon immer über mich gelacht und ich glaub nicht, dass sie plötzlich damit aufhören.«

Die Fledermäuse zwinkerten einander zu, streckten sich zu ihrer vollen Größe und flogen vom Balken herunter. Einen Augenblick lang segelten sie über Twits Kopf, und die Feldmaus sah zu, wie sie hin und her flogen. Dann flatterten sie, jetzt anscheinend ganz ernst und gesetzt, zu ihm hinunter. Sie drückten sich an ihn und legten ihre geöffneten Flügel um ihn.

»Hör nicht auf den Spott der anderen«, sagte Orfeo.

»Nicht viele sind so mutig und ehrlich wie du«, fuhr Eldritch fort.

»Wenn das Grauen dein Feld besetzt, wirst du es besiegen können.«

»Verzweifle nicht in den langen, einsamen Jahren.«

Sie umarmten Twit fest, als wollten sie ihn für etwas trösten, das noch vor ihm lag.

Twit wehrte ihre Umarmungen ab; sie waren ihm peinlich. Er zappelte mit allen vier Beinen und zuckte mit dem Schwanz.

»Was quasselt ihr da?«, fragte er; seine piepsige Stimme wurde von ihren Flügeln verschluckt. »Ich krieg kaum Luft, wenn ihr mich so fest umklammert.«

Er befreite sich aus den Armen der beiden Brüder und schnappte nach Luft.

»Ihr bringt mich noch um«, sagte er sauer.

»Vergib uns, Meister«, sagten die Fledermäuse und verbeugten sich förmlich, wobei sie drollig geknickt ihre großen Flügel auf dem Boden ausbreiteten.

»Er braucht Sauerstoff«, erklärte Orfeo.

»Frische Luft«, säuselte Eldritch und das merkwürdige Grinsen erleuchtete sein pelziges Fuchsgesicht.

»Komm, Meister Scuttle. Ich glaube, du machst gern Besuche, nicht wahr?«

Twit nickte. »Deswegen bin ich in die Stadt gekommen – um die Verwandten meiner Mutter zu besuchen.«

Orfeo lächelte breit und zeigte eine Reihe makelloser weißer Zähne. »Natürlich, und wie viel von dieser aufregenden Großstadt hast du schon gesehen?«

Twit musste zugeben, dass er noch nichts davon gesehen hatte.

Eldritch machte ein überraschtes Gesicht; dann runzelte er die Stirn und warf seinem Bruder einen raschen Blick zu. »Das musst du dringend nachholen, Meister Scuttle, solange du die Gelegenheit hast«, sagte er. »Lass uns das ändern und unsere schlechten Manieren wieder gutmachen.«

»Wir werden dir frische Luft liefern«, schrie Orfeo begeistert.

Twit kratzte sich am Kopf. Er war nicht sicher, was die Fledermäuse mit ihm vorhatten.

»Komm, komm«, sagten sie zu ihm.

»Wohin?«, fragte er nervös.

Orfeo stieg auf Eldritchs Schultern und zeigte in den Himmel. »In die Nacht«, rief er. »Lass uns dir die Welt zeigen, wie man sie sehen sollte – aus der Luft.«

»Was, *ich*? «, fragte Twit verständnislos. »Ich kann nicht fliegen wie ihr.« Er fragte sich im Stillen, ob sie sich schon wieder über ihn lustig machten.

Doch die Fledermäuse blieben beharrlich.

Eldritch hob eine Augenbraue und fragte beiläufig: »Steckt dir das Fliegen etwa nicht im Blut?«

»Wie bitte?«

»Ist dein Vater nicht schon mal geflogen?«

»Ja, klar ist er das – mit einer Eule.« Plötzlich wurde Twit klar, worauf sie anspielten, und er grinste gutmütig. »Es war eines Nachts, als mein alter Dad –«

»Wir haben keine Zeit für solchen Kram«, sagte Orfeo verschnupft. »Jetzt bitte keine öden Familiengeschichten.« Eldritch bereitete sich auf den Abflug vor. »Dies wird keine so schmerzhafte Reise werden, Meister Scuttle. Streck nur deine Pfoten hoch.«

Twit streckte die Arme in die Höhe.

Die Fledermäuse fingen an, mit den Flügeln zu schlagen, und stiegen elegant auf. Jeder der beiden Brüder packte mit den Füßen eine winzige rosa Pfote und dann flatterten sie noch stärker mit den Flügeln, bis der Staub von den Balken aufflog und der Feldmaus um die Füße wirbelte. Dann wurde Twit in die Höhe gerissen und er jauchzte vor Entzücken.

»Halte dich gut fest, Meister Scuttle«, rief Orfeo.

Die Fledermäuse trugen Twit mit graziösen Flügelbewegungen immer höher, bis sie durch das Loch im Dach hinaus in die Nacht flogen.

DIE SCHIFFSMAUS

Twit schwang zwischen den beiden Fledermäusen hin und her, während sie hinauf in die Dunkelheit flogen. Er konnte kaum seinen Augen trauen. Sie ließen die roten Schornsteine hinter sich und stiegen immer höher; das leere, alte Haus wurde kleiner und kleiner.

Die Nachtluft strömte durch sein Fell und er strampelte vor Begeisterung. Es fühlte sich herrlich an, nichts unter den Füßen zu spüren und den Schwanz frei schwingen zu lassen.

»Ach, toll«, seufzte Twit hingerissen. Die Sterne über ihm waren wunderschön. Die beiden Fledermäuse trugen ihn durch bauschige Wolken, die sich wie ein feiner Nebel anfühlten. Eine Zeit lang schwebte sein Schwanz in den Wolken und zog einen langen, dünnen Dunstschleier hinter sich her.

Orfeo schaute auf ihn hinab. »Schau dir die Nacht gut an, Meister Scuttle; jetzt bist du ein Teil von ihr. Wir bewegen uns in unserem Element, doch nur aus Gnade der Mondlady. Sie ist es, die uns in die Nacht hinauslockt und uns mit ihren zärtlichen Schattenküssen verführt. Alle, die sich in der klaren Mondnacht bewegen, spüren ihre Gegenwart.«

»Geduld, mein Bruder«, unterbrach Eldritch ihn. »Meister Scuttle wollte sich die Stadt ansehen. Schau sie dir an, du Maus der Felder, sie liegt direkt unter dir.«

Twit löste den Blick von den Sternen und schaute hinab. Vor Staunen riss er den Mund weit auf.

Unter ihnen und überall um sie herum lag ein glitzerndes Lichtermeer. Die Großstadt London breitete sich prachtvoll in alle Richtungen aus, eine einzigartige, unvergleichliche schlafende Kreatur, mit Juwelen behängt und gefährlich.

Ihre Ausmaße waren für eine kleine Maus unvorstellbar groß. Wie ein Fisch an Land schnappte Twit überwältigt nach Luft.

Die Fledermäuse drehten kichernd Kreise.

»Das ist einfach toll«, brachte Twit schließlich heraus. »Perfekt.«

Die Brüder brachen in lautes Gelächter aus. »Nicht perfekt, Meister Scuttle. Komm und sieh es dir an.« Sie tauchten hinab. Sie flogen immer tiefer, an den flachen Dächern schlanker, nackter Hochhäuser vorbei und durch Baumkronen hindurch. Sie kamen zu einem summenden rotgelben Licht an der Spitze einer hohen Stange. Twit musste die Nachtfalter wegkicken, die wie Gespenster um ihn herumflatterten.

»Jetzt zeigen wir dir die Schattenseite der Stadt«, erklärte Orfeo. »In der Nacht streunen die *Ferae* umher.«

»Die was?«, fragte Twit.

»Die verwilderten Tiere – die Hunger und Angst haben.«

Sie flogen über eine Straße, auf der grelle, große Fahrzeuge mit beängstigender Geschwindigkeit entlang rasten. Sie streiften ein paar Gartenzäune und Twit zog sich dabei einen Splitter in den Schwanz ein.

Ein hohles Scheppern ertönte in der Nähe.

»Was war das?«, fragte Twit.

»Das sind die wilden Katzen«, antwortete Orfeo.

Twit sah dürre Tiere umherstreifen, die vielleicht einmal Katzen gewesen waren und nun in Mülltonnen wühlten. Ausgehungert und hoffnungslos rissen sie Tüten auf und fauchten sich in ihrem Kampf um Futter gegenseitig an. Ihre Felle waren verfilzt und verstaubt, ihre Schwänze waren zottelig und ihre Barthaare wirkten wie Borsten.

»Gibt es diese ungezähmten Biester auch in eurem Feld, Meister Scuttle?«

»Nein, so was gibt's bei uns nicht – die sind ja so mager«, sagte Twit schaudernd.

»Das macht die Großstadt.«

Erschrocken nahm Twit die hungrigen grünen Augen wahr, die sie anstarrten, während sie drüberflogen. Das traurige Miauen kratzte an der stillen Nachtluft.

»Die Melodie der Nacht«, bemerkte Eldritch. »Komm, es gibt noch mehr zu sehen.«

Wieder stiegen sie in die Höhe und Twit war froh, die erbärmlichen Geschöpfe unter ihnen nicht mehr anschauen zu müssen.

Sie schwebten über Häuser und leere Geschäfte hinweg.

»Sieh dir den wilden Mann an«, sagte Orfeo.

Die Feldmaus starrte auf den Boden. Zwischen dem hohen Gras inmitten eines ungepflegten Stücks nackter Erde lag eine zusammengekrümmte Gestalt. Das Haar des Mannes war lang und stumpf, seine Haut und Kleidung waren schmutzig und seine Hand umklammerte eine leere Flasche.

Langsam hob er den ungepflegten Kopf und verblüfft erkannte Twit den gleichen seelenlosen Blick wieder, den er in den Katzenaugen gesehen hatte. Ein unglückliches, elendes Schluchzen stieg zu ihnen hinauf. Twit lief ein Schauer über den Rücken und die Fledermäuse flogen weiter in die Dunkelheit der Nacht. Allmählich nahm Twit eine leise Melodie wahr; sie zerrte an seinem Herzen und ließ ihn den Atem anhalten.

»Das kannst du also hören«, sagte Eldritch. »Na, das war zu erwarten.«

Twit spitzte die Ohren und lauschte. Das Geräusch war so tieftraurig und lieblich zugleich. Die Melodie wurde nicht von Worten begleitet – es waren nur Töne bitterer Wehmut und Einsamkeit, verzweifelte und drängende Klänge.

»Wer summt sie?«, fragte Twit. »Es klingt so traurig, warum bloß?«

»Die Nacht hört alles«, sagte Orfeo. »Du hast die Schreie der Katzen und das Weinen des Mannes gehört. Die Nacht sammelt die Geräusche des Herzens, und wir, die wir unter dem Mond fliegen, können die Melodie hören. Manchmal ist sie leise und friedlich, manchmal dröhnend und wütend – heute Nacht ist sie verzweifelt und wehmütig. Lausche den gebrochenen Herzen, Meister Scuttle. Und danke deiner Grünen Maus dafür, dass sie dich mit deinem einfachen Verstand gesegnet hat.«

Es schien Twit, als würden sie in einem Meer aus Musik segeln; Musik, die in weichen, melancholischen Wellen um sie herum wogte. Es waren Klänge, die er nie mehr vergessen würde, auch wenn er sie keinem anderen beschreiben konnte.

Als sie sich in kreisenden Bewegungen wieder in die Höhe begaben, rauschte der Wind in Twits Ohren, bis sie taub waren und er die Musik nicht mehr hören konnte.

Unter ihnen glitt Deptford vorbei: die engen Grundstücke, die alten Häuser mit den blinden Scheiben und verzogenen Fenstersimsen. Ein grelles Neonkreuz flackerte vor der Mission und von den Torpfosten der Sankt-Nikolaus-Kirche am Stadtpark grinsten sie zwei Totenköpfe aus Stein an.

Die drei kleinen Silhouetten schwebten vor dem Hintergrund des Mondscheins und erreichten ein Kraftwerk mit einem großen Schornstein.

»Entspricht nicht ganz deinen Vorstellungen, nicht wahr, Meister Scuttle?«, rief Orfeo.

Twit sah links das schimmernde Band der Themse, das sich um die Docks herumwand. Sie verließen das Kraftwerk und flogen über einen Schrottplatz hinweg.

Dicke Eisenstangen und Stahlfedern mit einer orangenen Rostkruste ragten scharf aus den Müllhaufen heraus. Große Kranskelette saßen breitbeinig auf dem Schrott. Die Fledermäuse flogen durch ihre Gerüste hindurch.

Deptford lag hinter ihnen; vor ihnen lag Greenwich.

»Was ist das da unten?«, fragte Twit, als sie an etwas großem Fremdem vorbeikamen.

»Ein Schiff, das auf den Meeren segelt«, antwortete Eldritch.

Bevor Twit Zeit hatte, sich das seltsame, stachelige Ding näher anzusehen, waren sie schon darüber geflogen. Sie schwebten über schöne weiße Villen hinweg, deren zahlreiche Fenster und Säulen sich in der ruhigen Wasseroberfläche spiegelten. Bald darauf erblickte Twit eine weite Parklandschaft, die immer näher kam. Darauf war ein grüner Hügel, der von runden Gebäuden und alten Bäumen umsäumt war.

»Und was ist das?«, wollte er wissen.

Die Fledermäuse flogen um die Planetarien herum und glitten tief über die Kuppeln hinweg. Twits Füße berührten einen goldenen Wetterhahn, der sich daraufhin wild im Kreis drehte.

»Hier werden die Sterne beobachtet«, rief Orfeo. »Sie suchen tief in den fernen Himmeln nach den Antworten auf ihre Fragen.«

»Obwohl die Sternfrau zu ihren Füßen längst alles weiß – die schlauen Narren!«, schnaufte Eldritch verächtlich.

Während Twit sich fragte, wer die Sternfrau war, schienen die Fledermäuse ihren Flug zu drosseln. Nicht weit vor ihnen lag Blackheath und die Feldmaus konnte die riesengroßen Grasflächen erkennen. Doch seine Begleiter weigerten sich, weiter zu fliegen.

»Zurück«, riefen sie. »Wir müssen zurück.«

Eigentlich war Twit ganz froh darüber. Er fror erbärmlich, denn der kalte Wind biss durch sein Fell hindurch. Die Fledermäuse flogen schneller.

»Das war sagenhaft«, sagte Twit dankbar zu ihnen.

Orfeo sah ihn mit seinem seltsamen Grinsen an.

»Ich bin müde«, sagte er. »Wer hätte gedacht, dass eine kleine Maus so schwer sein könnte?«

Eldritch stimmte ihm zu. »Die Last wird mir auch zu viel. Sollen wir ihn loslassen?«, fragte er gelassen.

Twit hörte das und fing an zu zittern. »Hilfe! Hilfe! Lasst mich nicht fallen«, quietschte er, »sonst brech ich mir alle Knochen!«

Die Fledermäuse steuerten auf den Fluss zu. »Eine weichere Landung, Meister Scuttle«, riefen sie lachend.

Die Feldmaus sah ihr Spiegelbild im dunklen Wasser. »Nein, ich kann nicht schwimmen! Ich werde ertrinken.«

Sie schossen hinunter und stiegen erst wieder hoch, als Twit schon fast mit dem Wasser in Berührung kam. Dann flogen sie so niedrig, dass sein Schwanz auf der Wasseroberfläche aufkam. Das gefiel Twit gar nicht. Er merkte, dass die Fledermäuse lachten; ihre Beine vibrierten von ihrem Kichern und ihre Füße zuckten vor Belustigung.

Ihm wurde übel. Das Wasser kräuselte sich unter ihm und die Fledermäuse flogen immer wieder so tief, dass seine Fußspitzen nass wurden.

»Das gefällt mir nicht«, rief er ihnen zu.

»Was sollen wir mit ihm machen?«

»Er kann nicht schwimmen.«

»Wann soll er es sonst lernen?«

Sie ließen ihn ohne Vorwarnung sinken. Twit winkelte zwar die Beine bis zur Brust an, doch sein Hinterteil streifte das Flusswasser. Zufällig blickte er über die Schulter und sah, wie ein großer, plumper Fisch rasch näher schwamm. Er quiekte noch lauter.

Wieder lachten die Fledermäuse, doch sie stiegen in die Höhe und ließen den Fisch zurück, der sein Maul aufklappte und ins Leere biss.

Die erleuchtete Glaskuppel der Unterführung in Greenwich beleuchtete sie von unten, während sie sich in der Luft drehten.

»Ach, wo sollen wir unser Gepäck abladen?«, fragte Orfeo scheinheilig.

»Er gehört aufs Feld, leg ihn in einem Nest ab.«

Die Fledermäuse kreisten um das alte Schiff herum, das sie vorhin überflogen hatten. Es hieß *Cutty Sark*. Sie schossen unter dem grimmigen Gesicht der Galionsfigur durch, flogen spiralförmig durch die Takelage nach oben, flatterten um den Hauptmast herum, bis sie seine Spitze erreicht hatten. Dann ließen sie die Feldmaus los und flogen laut lachend davon.

Und Twit fiel.

Einen Augenblick lang strampelte er wild in der Luft herum, während der Boden auf ihn zu raste.

Das ist das Ende, dachte er.

Dann verschlug es ihm den Atem, als er auf dem Hauptmast aufkam. Er bekam zwar keine Luft, doch er konnte sich am Holz festklammern.

Die *Cutty Sark* hatte keine Segel mehr, die ihre drei Mäste schmückten, und war im Mondschein ein nacktes, unheimliches Gespenst des Schiffes, das sie einst gewesen war. Ihr Takelwerk wirkte wie ein dunkles Netz, das eine riesige schwarze Spinne gesponnen hatte.

Twit lag auf dem Mast, rang nach Luft und klammerte sich verzweifelt an den Tauen fest. Nach einer Weile konnte er wieder regelmäßig atmen und wagte es, einen Blick nach unten zu werfen.

Twit hing am Rande des Abgrunds.

Er machte die Augen zu und schüttelte den Kopf. Er hatte die Fledermäuse für freundlich gehalten, doch sie hatten sich die ganze Zeit über ihn lustig gemacht – wie alle anderen auch. Nein, nicht alle anderen. Twit wusste, dass er echte Freunde hatte, und das Wissen tröstete ihn.

Der Wind blies seine Barthaare in alle Richtungen. Er trug ihm den schweren grünen Geruch des Flusses zu, und wieder bäumte sich sein Magen auf.

Der Mäuserich dachte über seine Situation nach. Ihm

war klar, dass er irgendwie hinunterklettern musste. Er überlegte hin und her und sammelte langsam seine Gedanken. Vielleicht sollte er den Mast hinunterrutschen, doch der war so breit und glatt, dass ihm diese Vorstellung überhaupt nicht behagte. Schließlich beschloss er, in Etappen hinunterzuklettern. Er würde kreuzweise an den Tauen hinabsteigen und so tun, als seien es lange Gerstenstangen.

Vorsichtig kroch Twit bis ans Ende der waagerechten Segelstange, an der ein Tau befestigt war.

Er bestieg es, umfasste es fest mit allen vier Pfoten und wickelte seinen Schwanz drum herum. Dann fing er an hinunterzusteigen.

Obwohl Twit sehr leicht war, schwang das Tau hin und her. Doch er war ein geübter Kletterer und schaffte es rasch auf die nächsttiefere Ebene. Dort stieg er auf ein anderes Tau um. Es dauerte nicht lang, bis er auf dem Schiffsdeck stand.

Glücklich und erleichtert, endlich wieder festen Boden unter den Pfoten zu haben, rannte er auf die Seite. Dort kletterte er die Reling hoch und schaute über Bord.

Die *Cutty Sark* lag in einer langen Betonmulde und wurde von vielen Stahlstreben an den Seiten und der Unterseite abgestützt. Twit sah keine Möglichkeit, vom Deck auf den Rand der Mulde zu springen. Es war zu weit weg und außerdem war die Mulde am Rand von einem hohen Geländer umzäunt. Er schaute hinunter, so weit er konnte. Aus einem Loch in der Schiffswand hing eine dicke Kette hinunter. An ihrem Ende war ein Anker befestigt, der auf dem Boden der Betonmulde lag. Twit fragte sich, ob er den Schiffsrumpf bis zur Kette hinuntersteigen konnte.

An beiden Enden des Betongrabens waren Stufen; er war ziemlich sicher, sie erklimmen zu können.

Twit schwang sich über die Schiffswand. Glücklicherweise befand sich gleich unter ihm eine Holztafel, auf der der Schiffsname in Goldbuchstaben stand. Seine kleinen rosa Füße reichten hinunter. Er erreichte das »C« und kletterte daran hinunter. Unter dem »C« war eine Holzleiste, die vorstand. Twit krümmte und wand sich. Wenn er doch bloß die Leiste erreichen könnte ... Er streckte die Beine. Unter ihm waren zwei Taue, die bis zum Bugspriet reichten, unter dem die Galionsfigur herausragte. Er packte die Seile und krabbelte darauf herum. Er hatte vor, sich an ihnen auf den nächsten Vorsprung runterzuschwingen, wo eine vergoldete Verzierung aus Blättern und Reben kalt im Mondschein funkelte.

»Die Grüne Maus sei mir gnädig!« Twit sprang ab.

»Au!«, ertönte eine erschrockene Stimme. »Was war das?«

Twit fand sein Gleichgewicht wieder. Er war auf etwas Weichem gelandet.

Ein kleines orangerotes Auge funkelte ihn an. »Hau ab, hau bloß ab. Das ist mein Schlafplatz, mein Schlafplatz«, sagte die Stimme wütend.

Ein magerer, gefiederter Kopf tauchte aus dem Schatten auf: Es war eine verwahrloste Taube.

Aufgebracht zuckte sie mit dem Kopf.

»Mein Schlafplatz, mein Schlafplatz«, wiederholte sie.

Twit betrachtete den Vogel. Er war dünn, sein Schnabel stumpf und seine Federn verdreckt. Seine Augen waren verkrustet und als Twit die krummen, verstümmelten Krallen sah, zuckte er erschrocken zusammen.

»Tut mir Leid«, entschuldigte er sich. »Ich hab nicht gewusst, dass du da schläfst.«

Er hatte Mitleid mit der jämmerlichen Taube. Ihre Stimme war voller Angst und Unruhe.

»Hau ab! Mein Schlafplatz!« Es klang jetzt, als würde sie versuchen, sich selbst zu beruhigen. Sie zuckte und zitterte und trippelte von einem kaputten Fuß auf den anderen.

Twit hatte Vögel noch nie verstehen können. Nur wenige konnten sprechen, und keiner von ihnen schaffte es, eine normale Unterhaltung zu führen, ohne in sinnloses Geplapper über Futter oder die Vorteile des Nestbaus mit Schlamm abzudriften.

Die Feldmaus entschuldigte sich noch einmal bei der nervösen Taube und überließ sie ihren gemurmelten Selbstgesprächen. Der Vogel zog langsam seinen zerzausten Kopf ein und machte die Augen zu, die vom Wind ausgetrocknet und entzündet waren.

Der Mäuserich kroch an den Goldverzierungen entlang. Es war ein langer Weg nach unten. Trotz der Fußstützen kam er nur langsam voran. Er presste sich gegen die goldenen Ornamente, die in verschnörkelten, sich windenden Farnen endeten. Zu seiner Linken befand sich das Loch, aus dem die Schiffskette führte, doch eine Metallkante blockierte seinen Weg. Die Kette war außer Reichweite. Twit beugte sich hinüber, so weit er konnte, und tastete das Loch ab. Er hoffte, dass sich dort nicht noch mehr Tauben versteckt hielten, die nur darauf warteten, wütend auf ihn loszuhacken. Die Nische schien ziemlich tief zu sein. Er fragte sich, ob er es bis zur Kette schaffen würde, wenn er nur weit genug sprang.

Die Maus machte sich zum Sprung bereit; sie spannte ihren Körper an und schätzte die Entfernung ab.

»Ahoi!«, rief eine tiefe Stimme.

Twit sah sich suchend um, doch er konnte niemanden sehen.

»Ahoi da draußen! Bin hier drin!«, rief der Unbekannte wieder. Die Stimme schien aus dem Loch zu kommen. Twit blinzelte und erstarrte: Ein Augenpaar wurde sichtbar – und es schien keine Taube zu sein.

»Du steckst in der Klemme, Kumpel.« Eine dicke, starke Pfote tauchte aus der Dunkelheit auf. »Halt dich fest, Bruder.«

Die Feldmaus wunderte sich, wer das fremde Wesen sein könnte. Die Stimme klang zwar freundlich, doch in ihr schwang ein Ton mit, der Aufmerksamkeit und Gehorsam forderte. Twit streckte die Arme aus und umklammerte die angebotene Pfote.

»Jetzt spring und ich ziehe dich her.«

Twit sprang und der starke Arm zog kräftig.

Bevor er sich versah, stand er neben dem Fremden im Schatten.

»Das war nicht allzu schlimm, was?«, fragte der andere. »Aber du wirkst ganz schön fertig. Lass uns von diesem düsteren Ort verschwinden.«

Die Kreatur tapste weg und Twit folgte gehorsam.

Bald befanden sie sich wieder auf dem oberen Deck. Was für eine Zeitverschwendung, dachte Twit. Die dicke Kette drehte und wand sich zu einem großen Rad hin. Doch er entdeckte noch etwas anderes. Er wandte sich um und zuckte erschrocken zusammen. Auf der Seite schien ein großes Tier zu lauern.

»Keine Angst«, rief die einschüchternde Stimme vor ihm, »es ist nicht echt! Komm weiter.«

Twit sah sich das große Tier näher an. Es war ein Schwein – ein Holzschwein. Er klopfte dagegen; es klang hohl. Wofür um alles in der Welt brauchte jemand die Attrappe eines Schweins? Er zuckte mit den Schultern und ging weiter hinter dem Fremden her.

Sie huschten durch dunkle Ecken des verlassenen Decks. Twit brannte vor Neugier; er wollte unbedingt mehr über seinen geheimnisvollen Führer herausfinden. Dennoch war er zu höflich, ihm Fragen zu stellen.

Erst als sie aus der Dunkelheit auftauchten und auf das dämmerige untere Deck traten, konnte die Feldmaus den Fremden zum ersten Mal klar sehen.

Er war eine Maus mittleren Alters mit weißen Barthaaren, die seine Schnauze einrahmten. Seine Augen wirkten intelligent und weise. Er war zwar stämmig, doch er konnte offensichtlich sehr flink sein, wenn es nötig war, und er wirkte sehr stark. Er hatte etwas Fremdländisches an sich, als sei er in fernen Ländern gewesen und hätte sich einige ihrer Gewohnheiten angeeignet. Dieser Eindruck wurde von einem roten Tuch unterstrichen, das er sich um den Hals gebunden hatte, und von einer unförmigen dunkelblauen Wollmütze, die er auf dem Kopf trug.

»Nun«, sagte der Fremde und wandte sich endlich Twit zu, »willkommen an Bord, Kumpel.« Er streckte ihm die Pfote hin. »Schiffsmaus Thomas Triton«, stellte er sich vor und lächelte.

Twit nahm seine Pfote und schüttelte sie herzlich. »William Scuttle, aber meistens werde ich Twit genannt.«

»Hmmm. Also, du siehst aus wie einer, der eine

Menge zu erzählen hat, mein Junge. Komm mit in meinen Bunker. Dort trinken wir was, damit dir wieder bis in die Zehenspitzen warm wird.«

Twit nahm die Einladung gerne an. Er mochte Thomas, der Beständigkeit und Zuverlässigkeit ausstrahlte, auf Anhieb.

Auf dem unteren Deck der *Cutty Sark* waren große Säcke voller Wolle – Reste ihrer früheren Fracht – und hohe Tafeln, auf denen die Geschichte des Schiffs erzählt wurde.

»Nix Gutes in den Säcken«, sagte Thomas verächtlich. »Ich weiß es, ich hab nachgeschaut. War mal ein nobles Schiff. Und schau es dir jetzt an!« Er klang, als würde sein Herz daran hängen.

»Ich finde es toll«, erwiderte Twit.

»Sag, was du willst«, gab die Schiffsmaus lachend zurück. »Dafür mag ich dich umso lieber. Aber nein, dieses Schiff hat früher mal die Meere befahren, die salzige Gischt ist in die Takelage gespritzt und die Wellen des Ozeans sind gegen seinen Schiffsrumpf geklatscht. Und jetzt ...«, er schwenkte traurig die Arme, »liegt es auf dem Trockenen! Ein richtiger Invalide ist es geworden, kann nirgendwo mehr hin – genau wie ich«, fügte er leise hinzu. »Deswegen lebe ich wohl hier: Die *Cutty Sark* und ich, wir sind Seelengefährten.«

Sie liefen über die glatten Planken und unter Vitrinen durch, in denen Modelle anderer Schiffe aufgebaut waren, bis sie an eine steile Treppe kamen.

»Ich penne im Lagerraum«, sagte Thomas. »Warum sollte ich nach all den Jahren noch umziehen? Schaffst du die Stufen?«

Twit bejahte und die beiden Mäuse stiegen die Treppe hinab.

Der Lagerraum war ein unheimlicher Ort. Er war nicht so voll wie das untere Deck, sondern lang und hoch. Seine Wände waren leicht gebogen und die beiden Enden abgerundet.

Es war dunkel dort unten, und in dem Dämmerlicht konnte die Feldmaus nur verschwommen eine Reihe riesiger Figuren auf beiden Seiten erkennen. Es gab Herren und bemalte Damen, zwei exotische Schwarze, Jäger, Könige und einen Burschen, der seine weißen Zähne zeigte und aussah, als wollte er gleich zubeißen. Twit zögerte.

»Ich geh da nicht rein«, flüsterte er. »Da sind so komische Gestalten, die mich mit großen, runden Glotzaugen anstarren.«

Thomas lachte. »Keine Angst, Kumpel!« Er schlüpfte hinter ein Holzgeländer und kletterte auf die Figur, die daneben stand. Es war eine große, kurvenreiche Frau mit blonden Locken und einem dünnen blauen Kleid. Thomas hob eine Pfote und klopfte hart gegen sie.

»Das sind bloß Schiffsfiguren, die aus Holz geschnitzt sind«, versicherte er. »Die tun dir nichts. Ich wohne sogar in einer.«

Twit ging zu ihm und betrachtete die Holzfiguren. So etwas hatte er noch nie gesehen. Auf seinem Feld wurden Dekorationen als etwas Unehrenhaftes angesehen und er kannte sogar ein paar altmodische Mäuse, die sie als Götzen und das Werk von Heiden bezeichnen würden. Er klopfte auf die hölzernen Falten des blauen Kleids und strahlte übers ganze Gesicht.

»Das ist echt toll«, sagte er.

Thomas Triton führte ihn zu einer Figur, die etwas kleiner als ihre Nachbarn war. Es war das Bildnis eines Mädchens, das ganz weiß bemalt war und einen goldenen Turban auf dem Kopf trug.

»Das hier ist meine Prinzessin«, sagte er. »Und jetzt rauf mit dir, Kumpel, und dann nach hinten.«

Twit spähte hinter die Schiffsfigur. Hier roch es nach frischer Farbe, und an einer Stelle, an der zwei Holzteile etwas auseinander standen, befand sich ein kleines Loch.

»Hier durch?«, fragte er.

»Genau. Sobald du drinnen bist, wird es geräumiger.«

Die Feldmaus schlüpfte ohne Probleme durch das Loch und kam in einen bequem ausgestatteten Raum mitten in der Holzfigur. Ein weißer Kerzenstumpf flackerte sanft und verlieh dem Raum Wärme und Gemütlichkeit. In einer Ecke stand ein Bett, und das Hab und Gut der Schiffsmaus war ordentlich auf den Raum verteilt: ein winziges Holzschiff, ein Ankeranhänger aus Blei, ein paar Bilder von fremden Ländern und Karten von verschiedenen Kontinenten sowie ein glänzendes Schwert.

Die Schiffsmaus bat ihn, sich zu setzen. Twit fand einen Holzblock und setzte sich darauf.

Thomas ging in eine Ecke und holte zwei hohe Schalen; eine gab er Twit und füllte sie mit einer seltsam riechenden Flüssigkeit. Dann nahm er eine Holzpfeife aus einem Regal und stopfte Tabak hinein. Schließlich beugte er sich über die Kerzenflamme und zog an der Pfeife. All dies tat er schweigend; anscheinend wollte er warten, bis beide es sich gemütlich gemacht hatten, bevor die Unterhaltung losgehen konnte. Er setzte sich auf das Bett und sah zu Twit hinüber; seine Augen unter den buschigen weißen Brauen musterten die Feldmaus.

Twit fragte sich, ob er irgendetwas sagen sollte, doch der andere schien die Stille so zu genießen, dass er lieber den Mund hielt. Stattdessen wandte er seine ganze Aufmerksamkeit der vollen Schale zu, die er in den Pfoten hielt.

Er senkte den Kopf und schnüffelte vorsichtig daran.

In der Zwischenzeit hatte Thomas seine eigene Schale gefüllt und sagte, die Pfeife im Mundwinkel: »Trink, Kumpel, das Zeug ist okay.« Wie als Beweis dafür nahm er einen guten Schluck aus seiner Schale.

Also trank auch Twit. Die Flüssigkeit wärmte seine Kehle und ließ sie angenehm kribbeln. Langsam wanderte das Kribbeln bis in seine Zehen und Schwanzspitze. Das Getränk war ein dicker Sirup, der nach exotischen Früchten und fernen Küsten schmeckte, so ganz anders als der Brombeerlikör, den sie auf seinem Feld tranken. Genießerisch schmatzte er mit den Lippen.

»Das ist Rum, mein Junge«, grinste Thomas. »Ein guter Magenwärmer, um dich wieder auf die Beine zu kriegen. Was hast du eigentlich da draußen gemacht?«

Einen Augenblick lang musste Twit sich sammeln und alles, was ihm und seinen Freunden zugestoßen war, in Gedanken ordnen. Dann holte er tief Luft und fing an zu erzählen. Er erzählte von Audreys erstem Verschwinden und der Suche nach ihr in den Abwasserkanälen, von dem Kampf mit den Ratten – an dieser Stelle schien Thomas besonders aufmerksam zuzuhören – und dann von Oswald und Piccadilly und wie sie sich aufgemacht hatten, um das Mäusemedaillon zu suchen. Schließlich beschrieb er, wie

Audrey spurlos aus dem Keller verschwunden war, und wie er Arthur hinauf auf den Dachboden gefolgt war, um die Fledermäuse aufzusuchen.

»Sie sind mit mir durchs Dach geflogen«, sagte er, »und dann raus in die Nacht. Wir sind um Türme und Hügel herumgeflogen – ach, es war herrlich. Dann wurden sie müde und haben gedroht, mich in den Fluss fallen zu lassen.«

»Aber stattdessen bist du hier oben gelandet«, sagte Thomas zum Abschluss. »Hmm – eine gute Geschichte, junger Twit, die mich nachdenklich macht.«

»Warum?«

Die Schiffsmaus zog an ihrer Pfeife und starrte geistesabwesend durch den blauen Rauch, der ihr Gesicht vernebelte. »Die Dinge bewegen sich, Kumpel. Ich spüre es schon 'ne ganze Weile. Die Welt ist im Umbruch; das ist einer der Gründe, weshalb ich heute Nacht an Deck war – ich war unruhig, weißt du. Ich hab schon immer den Sturm im Voraus riechen können.«

»Ich wünschte bloß, all meine Freunde wären wieder sicher zu Hause«, sagte Twit bedrückt.

»Na, dafür können wir nichts tun, nicht wahr? Jedenfalls nicht im Augenblick.« Thomas erhob sich und lief unruhig auf und ab. »Er treibt es auf die Spitze – oder vielmehr auf den tiefsten Punkt, denn die Probleme sind ja dort unten. Ein toller Ruhestand ist das, ich muss schon sagen!« Er wandte sich an Twit und sagte düster: »Ich war schon überall, Kumpel. Ich habe exotische Länder gesehen und noch exotischere Kreaturen kennen gelernt; ich habe fremde Götter gesehen und die Trommeln von Heiden in der Nacht gehört. Ich habe auf einem

Bett aus Gewürzen geschlafen, die aus dem fernen Indien kamen, und habe seitdem nie mehr so eine bequeme Matratze gehabt. Einmal habe ich mich im fernen Osten verlaufen und die Leute dort waren echt komisch; die Mäuse haben seltsame Masken getragen und behauptet, sie besäßen Zauberkräfte – und ich hab ihnen sogar geglaubt, aber ...«, er hielt inne und überlegte, »aber was ich sagen will, ist, dass ich noch nie so eine Situation wie diese erlebt habe. Ein lebendiger Gott unten in den Abwasserkanälen; einen gefährlicheren Gegner findest du auf der ganzen Welt nicht: Alle haben Angst vor ihm, ohne Ausnahme – die Ratten, die Mäuse, sogar die Eichhörnchen im Park von Greenwich wollen nicht über ihn reden. Bei den Geschichten, die ich über ihn höre, würde dir vor Schreck der Schwanz abfallen. Ihn als herzlos und grausam zu beschreiben, wäre eine Untertreibung. Er ist ein schwarzer Fleck auf der Landkarte und er treibt es auf die Spitze.« Thomas klopfte seine Pfeife am Regal aus. »Es ist höchste Zeit, dass ich herausfinde, was er treibt. Komm, Junge!«

Die Schiffsmaus war aufgebracht und wollte handeln. »Ich hab zu lange 'ne ruhige Kugel geschoben – du bist genau im richtigen Augenblick aufgetaucht.« Twit leerte seine Schale mit Rum. »Was werden wir tun?«, fragte er aufgeregt, als er vom Tatendrang der Schiffsmaus angesteckt wurde.

»Herausfinden, was er vorhat!«

Thomas schob Twit aus dem Inneren der Holzfigur und machte die Kerze aus, bevor er ihm folgte.

»Wo gehen wir hin?«, fragte die Feldmaus. »Müssen wir die Schiffswand hinunterklettern?« Er erinnerte sich daran, wie schwierig dieses Unterfangen war, und hatte keine Lust, es ein zweites Mal anzugehen.

»Wir steigen hinunter in die Kanäle, Kumpel«, antwortete Thomas. »Keine Sorge – es gibt einen leichteren Weg dorthin als den, den du genommen hast.« Er führte Twit an den anderen Galionsfiguren vorbei und blieb dann vor einem hölzernen König mit einer goldenen Krone stehen.

»Neptun, der Gott der Meere«, erklärte die Schiffsmaus, als Twit an der Holzfigur hochsah. »Und gleichzeitig ein praktischer Türsteher. Schau mal.« Sie gingen um die Schiffsfigur herum und dann zeigte Thomas der Feldmaus ein kleines Loch, das im Schatten des Königs versteckt lag.

Thomas zwängte sich durch den Spalt. »Das Loch schrumpft jeden Tag ein bisschen mehr«, stöhnte er, während Twit ihm folgte. Vor ihnen lag eine dunkle Passage, die nach Teer roch. Twit dachte über seinen neuen Bekannten nach – was für ein seltsamer Typ! Er hätte sich seine Geschichten über ferne Länder und die Abenteuer, die er dort erlebt hatte, zu gern angehört, doch stattdessen befand er sich wieder auf dem Weg in die Abwasserkanäle – wohin in letzter Zeit alle Wege zu führen schienen.

Er fragte sich, ob Oswald und Piccadilly Audreys Mäusemedaillon schon gefunden hatten und wieder in Sicherheit hinter den Wandleisten waren. Dann dachte er an Audrey. Was war mit ihr geschehen? Leise Gewissensbisse meldeten sich. Hatte er mit den Fledermäusen wegfliegen dürfen, während sie vermisst wurde? Der arme, alte Arthur war schon vor einer Ewigkeit in den Flur zurückgekehrt und musste sich jetzt auch noch um ihn Sorgen machen.

»Wir sind gleich da«, rief Thomas aus der Dunkelheit.

Als die beiden Mäuse die *Cutty Sark* verließen, leuchtete vor ihnen silbernes Mondlicht.

»Klettere einfach an diesem Ruder runter«, wies Thomas die Feldmaus an. Das schafften sie problemlos und standen bald darauf auf dem Betonboden. Der bauchige Umriss des Schiffs erhob sich vor ihnen.

»Ja, sie ist schon eine echte Schönheit«, sagte Thomas und nickte wohlwollend. »Manchmal erwische ich sie mitten in der Nacht. Vielleicht sind es bloß die Holzplanken, die sich nach einem heißen Tag zusammenziehen, aber gelegentlich hab ich das Gefühl, als würde ich das alte Mädel um die Vergangenheit seufzen und weinen hören.« Er zeigte auf die Eisenstäbe, die das Schiff abstützten.

»Schau dir das an«, sagte er zornig. »Ihr wurden Speere in die Rippen gestoßen! Sie wird nie wieder auf den Meeren segeln! Kein Wunder, dass sie weint – sie hat gute Gründe zu weinen.«

Thomas streckte die Pfote aus und streichelte das Schiff zärtlich. Dann schüttelte er sich und führte Twit an den Rand des Betongrabens. Dort verlief eine Rinne am Boden entlang, die zu einem Gitter in der Wand führte.

»Das Gitter!«, stieß Twit erschrocken aus.

Thomas sah ihn neugierig an. »Ja, das ist ein Gitter – mehr nicht.«

Doch Twit schüttelte den Kopf. »Das Gitter führt zu *ihm*! Das ist eine Tür zum Bösen: Überall taucht sie auf.«

Thomas verstand, was er damit sagen wollte. »Ach, ihr habt auch so was Ähnliches in den Leisten.«

Die Feldmaus kratzte sich am Kopf. »Nein, das Gitter dort ist mit Blättern verziert, aber es ist trotzdem gleich. Spürst du nicht die dunklen Mächte, die dahinter lauern?«

Thomas musste ihm zustimmen. Die Luft, die aus dem Gitter strömte, hatte eine beunruhigende Wirkung und flüsterte ihm böse Gedanken zu. Er hatte es früher nicht gemerkt, doch Jupiters finsteres Reich wuchs und seine Macht breitete sich immer mehr aus.

»Schwarze Magie erfüllt die Luft«, murmelte Twit. »Man bekommt dunkle Gedanken, die einen furchtbar aufwühlen.«

Er hatte Arthurs plötzlichen bösartigen Ausbruch früher am Abend noch nicht vergessen.

Thomas zog sich seine Wollmütze über die Ohren. »Ich mach da nicht mit. Alle erschrecken zu Tode, wenn *er* erwähnt wird – mir macht er keine Angst! Ich bin in meinem Leben mit genügend Ratten gesegelt, um sie in- und auswendig zu kennen! Ein kräftiger Pfotenhieb in ihre Schnauze bringt sie gleich wieder zur Räson. Ich habe dieses ängstliche Geflüster so satt – diese Angst, auch nur seinen *Namen* auszusprechen. Keiner hat ihn je gesehen! Selbst wenn er wirklich so schrecklich aussieht, wie es heißt, mit zwei Köpfen und so – mir macht das nichts aus. Ich hab genug gesehen. Ich hab gesehen, wie meine Freunde bei lebendigem Leibe von Fischen mit drei Reihen messerscharfer Zähne aufgefressen worden sind. Ich hab die Schreie einer ertrinkenden Maus gehört und habe mit spanischen Ratten um mein Leben gekämpft. Keine Kanalratte wird den alten Tom je einschüchtern können.« Die Schiffsmaus warf den Kopf in den Nacken und brüllte: »JUPITER!«

Der Schrei hallte von den Wänden des Betongrabens wider. Thomas seufzte und grinste beschämt, als er sah, dass Twit ihn wie einen Verrückten anstarrte.

»Sorry, das musste ich tun. Dieses ganze Geflüster hat mich fertig gemacht; dieses ganze ›Psst, psst, sprich leise, sonst trifft dich sein Fluch‹. Quatsch! Es ist Zeit zu handeln. Komm, Kumpel. Wir steigen jetzt durch das Gitter und finden sein Geheimnis heraus.«

Er schlüpfte durch eine große Lücke im Gitter. Twit zögerte. Er wusste so gut wie nichts über diesen pensionierten Seefahrer, der genauso eine Schraube locker haben konnte wie sein altes Schiff. Auf alle Fälle benahm er sich nicht wie alle anderen Mäuse, die Twit je gekannt hatte, und dennoch waren Twits Sorgen wie weggeblasen, seit er mit ihm zusammen war. Twit hielt Thomas für mutig und vertrauenswürdig. Er hatte die Schiffsmaus schon jetzt in sein Herz geschlossen. Twit warf einen letzten zweifelnden Blick auf das Gitter, dann folgte er Thomas durch den Spalt. Drinnen trotteten sie an den Drainagen entlang. Entschlossen herauszufinden, was Jupiter vorhatte, marschierte Thomas voraus. Twit musste rennen, um mithalten zu können. Dennoch war er lieber hier unten mit Thomas als allein draußen.

»Wo führt der Weg hin?«, fragte er ängstlich.

Ohne stehen zu bleiben oder sich umzudrehen, sagte Thomas: »In die Nähe von Jupiters Altar, wo alle Ratten wohnen. Bereite deine Nase auf einen kleinen Schock vor, Junge.«

Die Drainage führte in den Abwasserkanal und die beiden Mäuse setzten ihren Weg auf dem Steinvorsprung fort.

Allmählich spürte Twit eine Kraft, die an ihm zog, ihn zurückriss, an seinem Inneren zerrte, seinen Magen aufwühlte und seinen Bauch mit schweren Steinen füllte. Da er nie grundlos in Panik geriet, verwirrte ihn das eher, als das es ihn beunruhigt hätte.

»Spürst du das auch?«, fragte er schließlich Thomas.

»Das ist eine seiner Hexenkräfte, die hier am Werk ist«, antwortete Thomas. »Er mag es nicht, wenn neugierige Besucher in dieser Gegend der Kanäle herumschnüffeln. Warum wohl? Psst, hast du das gehört?«

Er legte sich die Pfote ans Ohr. Twit lauschte.

Von weit weg hörten sie ein leises Geräusch – ein monotoner Klagegesang, der aus vielen heiseren Stimmen bestand.

»Was kann das sein?«, wunderte sich Twit.

Thomas wusste es nicht. »Lass uns herausfinden, woher es kommt«, sagte er schließlich.

Also gingen sie dem traurigen Gesang nach. Twit dachte im Stillen, dass er noch nie so unglückliche Stimmen gehört hatte. Die Musik, die er mit den Fledermäusen gehört hatte, war zwar auch melancholisch gewesen, aber zugleich sehr schön; doch dieses Singen klang nur traurig. Es drückte auf seine Stimmung wie eine Totenmesse.

Sie waren vom Ort des Gesangs nicht weit weg. Das Klagelied schallte um sie herum. Der Text war schwer zu verstehen, doch die Grundstimmung war eindeutig: Langeweile, Elend und der bittere Beigeschmack von Hass.

»Wir müssen in der Nähe der Altarkammer sein«, meinte Thomas. »Wir wollen hintenrum gehen und sehen, was los ist.«

In der Wand war ein Loch, durch das die Stimmen

ertönten. Thomas kletterte durch die Öffnung und half Twit hinein.

Es war nur ein kurzer Tunnel. Er machte eine scharfe Rechtsbiegung und endete nach ein paar Schritten. Doch auf der linken Seite war etwas Zement abgebröckelt und ein dünner Lichtstrahl schien durch einen Spalt.

Thomas spähte durch das Guckloch. »Verdammt«, flüsterte er verwundert. »Was machen sie da bloß?«

Twit zog an seinem Ellbogen. Die Schiffsmaus hob ihn hoch, damit auch er einen Blick durch das Loch werfen konnte. Vor Schreck hielt er den Atem an.

Vor ihnen lag ein breiter, hoher Tunnel, dessen Boden viel tiefer als der schmale Gang war, in dem sie sich befanden. Der Tunnel war voller Ratten.

Voller ekelhafter, hässlicher Ratten mit bissigen, verächtlichen Gesichtern, die am ganzen Körper schwitzten. Twit hielt sich die Nase zu. Alle Ratten arbeiteten hart und sangen dabei. Es war ein Arbeitslied, ein Lied, das sie im selben Rhythmus arbeiten ließ. Das Lied erzählte vom langsamen Sterben, von Grausamkeiten, Leiden und Schandtaten. Jede Ratte hatte irgendein Werkzeug in den Pfoten: alte Löffel, scharfe Eisenteile, irgendwas zum Umgraben. Twit wurde klar, dass sie den ganzen Tunnel eigenhändig ausgegraben hatten. Eine ganze Armee von ihnen hackte auf den Boden ein. Ein paar von ihnen kratzten sogar mit blutenden Krallen in der Erde herum. Ältere, weniger kräftige Ratten füllten erschöpft die Erde in Säcke und Dosen, die sie sich auf die kaputten, mageren Rücken banden.

Sie arbeiteten unermüdlich und ohne Ruhepausen. Das Tempo wurde von den jüngsten und kräftigsten Ratten bestimmt; die anderen mussten sich ihnen anpassen. Twit beobachtete, wie eine alte Ratte sich mit einem schweren Sack abmühte. Es war offensichtlich, dass sie schon lange keinen Schlaf mehr gehabt hatte, und Twit bezweifelte, dass sie etwas gegessen hatte. Er nahm zu Recht an, dass die Ratten sich in den Pausen um das Essen streiten mussten und dass die Schwachen unter ihnen froh sein konnten, wenn sie am Ende der Mahlzeit einen abgenagten Knochen abbekamen.

Der alte Arbeiter zerrte den Sack hoch und warf ihn sich auf den Rücken; seine Augen waren blutunterlaufen und er ließ die Ohren hängen.

Er tat mehrere unsichere Schritte, wankte unter dem schweren Gewicht und dann blieb sein Herz stehen. Wie ein Stein fiel er zu Boden. Niemand kam ihm zu Hilfe. Er schnappte nach Luft, während sein Brustkorb sich hob und senkte. Er machte das Maul auf und wollte etwas sagen, doch seine Worte gingen im allgemeinen Lärm unter. Das Gesicht vor Schmerz verzerrt, schloss die alte Ratte langsam die Augen und machte sie nie wieder auf.

»So kümmern sie sich um ihre eigenen Leute«, flüsterte Thomas der Feldmaus ins Ohr.

»Warum graben sie hier?«, fragte Twit.

Er konnte keinen Sinn in ihrer Arbeit sehen.

»Ach, es gibt sicher einen Grund dafür! Irgendwas führt Jupiter im Schilde.« Thomas überlegte. »Vielleicht sucht er nach einem Schatz oder nach etwas, das ihm noch mehr Zauberkräfte verleiht. Möge die Grüne Maus uns davor bewahren.« Er machte die Augen zu und drehte sich langsam um. Seine Barthaare fingen an zu zucken und er sagte: »Wenn mein Ortssinn sich nicht irrt – und das tut er nie –, verläuft dieser Tunnel direkt unter dem Park. Wenn sie noch lange weitergraben, werden sie bald unter Blackheath ankommen.«

Er legte den Arm um Twits Schulter. »Lass uns aus dieser Höhle verschwinden und an die frische Luft gehen. Ich möchte rausfinden, was Jupiter vorhat.«

Die beiden Mäuse ließen den schmalen Gang und den langsamen Klagegesang hinter sich.

DER WEISSE UND DER GRAUE

Während Audrey mit Twit im Keller gewartet hatte, waren Oswald und Piccadilly schnurstracks in die Abwasserkanäle gerannt, um das verlorene Medaillon zu suchen. Oswald war vorausgeeilt, doch Piccadilly hatte ihn bald eingeholt.

»Warte auf mich, Kumpel«, rief er. »Warum hast du's so eilig? Bleib eine Minute stehen, okay?« Er packte Oswalds Schal und zwang ihn damit, anzuhalten.

Oswalds rosa Augen waren vor lauter Aufregung groß und rund. »Es kann nicht weit von hier sein«, sagte er keuchend. »Sieh dir die Wünschelrute an: Sie schlägt wie wild aus.«

»Das mag ja sein, aber wir sind zu weit gegangen.« Piccadilly betrachtete den Tunnel, in dem sie sich jetzt befanden. Es platschte laut, als Wasser von der runden Decke tropfte. »Wir sind nicht mehr auf dem richtigen Weg.« Er wischte sich die Stirnfransen aus den Augen und warf einen Blick in die Richtung, aus der sie gekommen waren. »Ich glaube, ich finde den Weg zurück.«

»Sollen wir weitergehen?«, fragte Oswald.

Piccadilly nickte. »Warum nicht? Also sag, wo's langgehen soll, Schneeweißchen!«

Oswald hustete. Er mochte es gar nicht, daran erinnert zu werden, dass er anders aussah als die anderen Mäuse; seine Freunde in den Leisten bemühten sich redlich, ihn nicht mit »Rotauge«, »Bino«, »Monster« oder »Weißer« anzureden.

Piccadilly zupfte sich am Ohr. Oswalds Reaktion war ihm nicht entgangen und er biss sich auf die Lippe. »Tut mir Leid, Oswald«, entschuldigte er sich. »Ich hab mir nichts dabei gedacht, ehrlich. Außerdem steht dir Weiß.«

Der andere lächelte gequält. »Ach, mir macht es nichts aus, wie ich aussehe«, seufzte er. »Nur wie die anderen darauf reagieren, macht mir zu schaffen. Bloß weil ich groß bin und ungewöhnliche Augen haben. Aber meiner Mutter tut es am meisten weh; sie sieht mich oft so traurig an.«

»Wie meinst du das?«

Oswald runzelte die Stirn, während er nach den richtigen Worten suchte. »Ach, ich weiß ja, dass sie mich lieb hat und so weiter, aber irgendwie habe ich manchmal das Gefühl, als würde sie ... als würde sie sich meiner schämen.«

»Das ist unmöglich.«

»Du kennst meine Mutter nicht«, sagte Oswald leise. »Ich weiß, dass ich nicht der bin, den sie sich gewünscht hat ... Nein, es ist wahr.« Er seufzte und betrachtete geistesabwesend seine Füße. Dann setzte er sich hin und stöhnte unglücklich. »Manchmal habe ich das Gefühl, dass Mutter mich ablehnt. Weißt du, ich passe einfach nicht rein in die Mäusegemeinde.«

Jetzt war Piccadilly derjenige, der husten musste. Oswalds Gefühlsausbruch machte ihn verlegen. Niemand in der Großstadt hatte sich je die Mühe gemacht, ihm seine Gefühle zu offenbaren, und er war auf so etwas nicht vorbereitet. Er verlagerte sein Gewicht von einem

Fuß auf den anderen und setzte sich dann neben die weiße Maus.

»Je eher wir Audreys Medaillon finden, desto besser, stimmt's?« Er wollte das Thema wechseln und Oswald aus seiner trüben Stimmung reißen. »Ich hab für den Rest meines Lebens von Abwasserkanälen die Schnauze gestrichen voll. Warum musste sie das Amulett ausgerechnet hier verlieren?« Er stützte den Kopf in die Pfoten und erinnerte sich daran, wie er Albert getroffen hatte. Es schien schon lange her zu sein. Piccadilly hatte Mr Brown gemocht. Auch wenn er ihn nicht sehr lange gekannt hatte, hatten sie doch rasch Freundschaft geschlossen. Mit einem Schaudern dachte er an jene letzten Minuten in Jupiters Kammer zurück.

Piccadilly schloss die Augen und fragte sich wieder einmal, ob er nicht doch irgendetwas hätte tun können, um Albert zu retten. Er war die Ereignisse oft in Gedanken durchgegangen. Vielleicht hätte er irgendetwas sagen können, was Albert davon abgehalten hätte, in Jupiters Kammer zu gehen und zu lauschen. Oder er hätte aufmerksamer sein und früher merken müssen, wie Morgan sich angeschlichen hatte. Nein, es brachte nichts, sich darüber den Kopf zu zerbrechen. Albert war tot, und daran konnte Piccadilly nichts mehr ändern. Er könnte ewig darüber nachdenken, »was gewesen wäre, wenn«, und trotzdem war es vorbei. Piccadilly wünschte bloß, dass Audrey ihm glauben würde. Sie hatte ihm auf Anhieb gefallen, doch sie hasste ihn.

»Komm, Oswald!«, sagte er plötzlich entschlossen. »Lass uns Audreys Medaillon finden und danach die Fliege machen.«

Oswald stimmte ihm zu. Er hob die Wünschelrute auf und blieb ganz still stehen, damit die Vibrationen wieder durch ihn hindurchfließen konnten, während er sich auf das vermisste Mäusemedaillon konzentrierte. Die Rute fing an zu zucken.

»Ja, wir sind auf der richtigen Spur«, sagte er.

Sie trippelten rasch auf dem Steinvorsprung weiter. Eine Weile liefen sie leise die verlassenen Tunnel entlang und bogen ab, wann immer die Wünschelrute eine andere Richtung angab. Piccadilly ließ Oswald den Weg anführen, da die Augen des Albinos in der Dunkelheit besser sehen konnten als seine eigenen.

Plötzlich quiekte Oswald laut und fiel hin. Piccadilly war so nahe hinter ihm, dass auch er auf den glitschigen Vorsprung stürzte.

»Was ist passiert?«, fragte er erschrocken.

»Es tut mir Leid«, sagte Oswald hastig. »Ich hab nicht aufgepasst, wo ich hinlaufe, und bin über das Stück Holz hier gestolpert.«

Eine feuchte, aufgequollene grüne Holzplanke lag quer hinter ihnen. Piccadilly vergab seinem Freund schon allein deswegen, damit er den Mund hielt. Oswald entschuldigte sich dauernd wortreich für alles Mögliche. Doch bald darauf blieb der Albino wieder stehen.

»Was war das?«, flüsterte er unerwartet.

»Was denn?« Piccadilly konnte nichts hören.

Oswald legte den Kopf auf die Seite und lauschte angespannt. »Da drüben«, sagte er leise.

Ein dumpfes Rumpeln ertönte vor ihnen.

»Oh verflucht«, murmelte Piccadilly düster. »Die Ratten kommen.«

Oswald hielt sich erschrocken die Pfote aufs Maul. »Was sollen wir tun? Was sollen wir jetzt tun?«, jammerte er ängstlich.

»Bleib ganz ruhig«, sagte Piccadilly eindringlich. »Sie können uns noch nicht gehört oder gesehen haben. Also verrate uns bloß nicht!«

Oswald nickte und nahm die Pfote vom Mund, doch immer wieder stieg ein unterdrücktes Quietschen in seiner Kehle hoch, während er sich bemühte, gelassen zu bleiben.

Piccadilly versuchte, seinen eigenen Rat zu befolgen und in Ruhe nachzudenken. Die Ratten – und es klang nach einem großen Haufen – konnten jeden Augenblick um die Ecke biegen. Dann würden sie in der Patsche sitzen, ohne sich irgendwo verstecken zu können. Sie würden mit Sicherheit entdeckt und gejagt werden; vielleicht hatten sie diesmal kein so großes Glück wie das letzte Mal. Nein, entschied Piccadilly, sie mussten sich irgendwo verstecken und abwarten, bis die Ratten vorbeigelaufen waren. Er packte Oswalds Pfote und zerrte ihn den Weg zurück.

»Suche eine Nische oder ein Loch in der Wand – egal was«, wies Piccadilly ihn an.

»Aber du weißt doch, dass wir an so was nicht vorbeigekommen sind«, widersprach Oswald.

»Halt die Klappe und suche!«

Blind tastete die weiße Maus die Steinmauer ab. In seiner Angst schürfte Oswald sich die Pfoten blutig. Doch es gab nichts – weder einen Riss noch einen Spalt.

Piccadilly warf einen raschen Blick über seine Schulter; das Trampeln der Rattenfüße klang schon sehr nahe.

Hinter der Ecke schimmerte ein Licht. Die Ratten hatten Fackeln dabei!

Der Stadtmaus war jetzt klar, dass sie sich niemals vor den Ratten verstecken konnten. Egal wo sie sich verkrochen, die Fackeln würden jede dunkle Nische sofort ausleuchten.

Er sah Oswald an, dessen Augen so groß wie Untertassen waren. Oswald schluckte schwer und die Wünschelrute fiel ihm aus der Hand.

Piccadilly wich ein Stück zurück und wartete auf das Ende. Oswald verbarg das Gesicht in den Pfoten und zitterte wie Espenlaub. Irgendetwas strich an Piccadillys Fuß vorbei und er spürte, wie sich ein Splitter in seine Ferse bohrte.

»Autsch«, fluchte er und schaute hinunter. Dort lag die Holzplanke, über die sie vorhin gestolpert waren. Wütend trat er dagegen. Dann hatte er einen wilden Einfall.

Das Getrappel der Ratten wurde immer lauter und der flackernde Schein der Fackeln immer heller. Jeden Augenblick würde die Meute um die Ecke biegen.

Piccadilly wartete keine Sekunde länger. Er hob das Holzbrett auf. Dann wies er Oswald an, das Gleiche zu tun, und nahm Anlauf.

Bevor Oswald wusste, wie ihm geschah, waren sie vom Rand des Kanals gesprungen. Es platschte und dann wurden sie vom dunklen Wasser verschluckt.

Die Ratten kamen um die Ecke. Es waren ihrer zwanzig, die sich beim Laufen drängelten. Sie hielten die brennenden Fackeln hoch über ihren hässlichen Köpfen. Sie boten einen erschreckenden Anblick: Ihre roten Augen funkelten im Feuerschein und aus ihnen blitzten der

Hunger und der Hass, die sie antrieben. Alle waren dreckig und verschwitzt; einige von ihnen hatten Narben, andere waren kahl an den Stellen, an denen ihnen während einer Prügelei das Fell ausgerissen worden war. Eine Ratte mit einer Augenklappe führte die Gruppe an: Es war der einäugige Jake.

Eine ganze Zeit lang hatte Morgan den Einäugigen schon im Verdacht, der Urheber der Probleme zu sein. Jake war einfach zu frech. Er war einer der Ratten, denen Morgan zutraute, irgendwann befördert werden zu wollen. Vielleicht sollte er es so einrichten, dass Jake eines Tages nicht mehr aufwachte. Seine Beliebtheit unter seinen Kollegen nahm ständig zu, und das machte Morgan Sorgen. Sein Job als Jupiters Leutnant war in Gefahr. Natürlich müsste er sich persönlich darum kümmern – er traute keiner anderen Ratte über den Weg. Außerdem müsste es schnell erledigt werden; Jake war jünger und kräftiger als er. Ja, er würde ihn eines Tages ihm Schlaf erwürgen.

Doch in diesem Augenblick lachte und jauchzte Jake mit seinen Kameraden. Jupiter persönlich hatte ihm den Befehl erteilt, ihm alle Mäuse aus den Abwasserkanälen zu bringen. Falls in den Kanälen keine Mäuse mehr herumsprangen, hatte Jake die Erlaubnis, zum Gitter zu gehen und sich ein gewisses Mäusemädchen und vor allem einen »Grauen« aus der Stadt zu schnappen. Jake gluckste vor Vergnügen, als er sich an den frostigen Blick erinnerte, den Morgan ihm vor der Altarkammer zugeworfen hatte. Langsam verliert er seine Macht, dachte Jake. In letzter Zeit ist der allmächtige Herr nicht mehr so begeistert von ihm, so wie er die Dinge schleifen lässt.

Jake stieß einen freudigen Jauchzer aus. Ja, bald würde er Morgan die Macht entreißen. Es sah rosig für ihn aus.

Jake war in Hochstimmung. Er war eine Zeit lang vom Graben befreit und mit einer Mission beauftragt. Vielleicht sprang ja eine Maus zum Frühstück für ihn raus.

Der Steinvorsprung wimmelte von sich drängelnden Ratten, die während des Rennens dreckige Lieder sangen. Sie waren guter Laune.

Tief unter ihnen schnappte Oswald nach Luft. Er ruderte wild im Wasser herum. Eine ganze Menge davon hatte er bereits verschluckt und erstickte fast an der widerlichen Brühe.

Piccadilly war schon auf die Holzplanke geklettert, die auf dem Wasser schwamm. Er paddelte mit den Pfoten hinüber zu der Stelle, an der Oswald verzweifelt um sich schlug.

Über ihnen sah er, wie die Ratten ihre Fackeln schwenkten, und hörte sie grunzen und lachen. Er hoffte inbrünstig, dass sie zu abgelenkt waren, um einen Blick auf das Wasser unter ihnen zu werfen.

Wieder tauchte Oswalds Kopf unter. Piccadilly streckte den Arm in das tiefe, kalte Wasser und packte den Schal seines Freundes. Er zog mit aller Kraft daran und dann folgte Oswald, der spuckend und hustend über Wasser auftauchte.

Piccadilly zerrte die nasse Albinomaus auf das Holzfloß, auf dem Oswald wie eine kaputte Puppe liegen blieb. Sein Hustenanfall brachte die Planke zum Schaukeln.

Piccadilly befürchtete, sie könnten untergehen. Gleichzeitig betete er, dass die Ratten sie nicht hörten. Er warf vorsichtshalber einen Blick hinauf.

Die Ratten waren immer noch dort oben. Was war der Grund? Hatten sie Oswald und ihn entdeckt? Nein, sie rannten weiter auf dem Steinvorsprung entlang. Und dann wurde ihm mit Schrecken klar, dass die Strömung des Kanalwassers die beiden Mäuse mit derselben Geschwindigkeit weitertrug, in der die Ratten über ihnen rannten. Piccadilly stöhnte leise. Bisher hatten sie Glück gehabt. Keine der Ratten hatte einen Blick auf das Wasser geworfen – aber es konnte nicht mehr lange dauern, bis das passierte. Und jeder weiß, dass Ratten ausgezeichnete Schwimmer sind.

Oswald bekam wieder Luft. Er hatte so viel Wasser wie möglich ausgespuckt. Er drehte sich um, legte sich auf den Rücken und grunzte elend.

»Ich werde wochenlang krank sein«, sagte er missmutig.

Piccadilly legte eine Pfote auf die Lippen. »Sei still!«, flüsterte er und zeigte nach oben. Langsam dämmerte es Oswald. »Oje«, wimmerte er.

»Ich dachte, du kannst schwimmen«, sagte Piccadilly leise. »Tut mir Leid.«

»Ach, das macht nichts. Sie hätten uns schon längst das Fell über die Ohren gezogen, wenn du nicht so schnell eine rettende Idee gehabt hättest. Wenn wir wieder zu Hause sind, erzähle ich das Audrey.«

»Falls wir je wieder nach Hause kommen, meinst du wohl«, murmelte Piccadilly zweifelnd.

»Sag so was nicht. Bisher haben wir uns doch tapfer geschlagen, oder?«

»Bis jetzt haben wir das Medaillon nicht gefunden, stimmt's? Und jetzt hocken wir hier und treiben hinter einer Horde widerlicher Ratten her.«

»Noch was«, sagte Oswald unglücklich. »Ich habe die Wünschelrute fallen gelassen! Jetzt finden wir das Medaillon nie.«

»Da hast du's. Was für eine Pleite.«

Beide starrten hinauf zum Steinvorsprung, auf dem die Ratten mit offenen, triefenden Mäulern rannten. »Hey, Jake«, rief eine Ratte dem Führer zu. »Was machen wir mit der Maus, wenn wir eine zu fassen kriegen?«

»Wir ziehen ihr das Fell über die Ohren!«, riefen die anderen gackernd.

»Echt wahr, Jake?«

»Kannst mit ihr machen, was du willst, Fletchy, solange du mir einen Happen übrig lässt«, rief Jake zurück. Die anderen Ratten fanden das köstlich und kicherten teuflisch.

»Schöne, saftige Haxen.«

»Hebt mir die Ohren auf. Knusprig gebraten – mmmh, lecker!«

»Die Augen werden in ranziges Fett eingelegt.«

»Au ja, köstlich!«

»Können wir nicht schneller rennen?«

Die Mäuse auf dem Floß schauderten, als sie das hörten. Oswald zitterte am ganzen Körper. Er fror und war bis auf die Knochen durchnässt. Falls er die Wandleisten je wiedersah, würde er wochenlang mit einer schlimmen Erkältung im Bett liegen.

»Vergesst nicht, Jungs«, sagte Jake, »wenn ihr die Mäusetussi oder den Grauen findet, könnt ihr oder ich nichts davon abhaben.«

Die anderen Ratten stöhnten. »Das ist nicht fair!«

Doch Jake ermahnte sie: »Noch nicht einmal einen

Zehennagel, sonst setzt es was! Die Anweisung kommt nicht von mir, sondern von dem allmächtigen Herrn, und mit *dem* wollen wir uns doch nicht anlegen, wie?«

Die Ratten murmelten und schüttelten allesamt energisch die Köpfe.

»Kurzum: Alle anderen gehören uns. Aber die zwei sind für ihn. Habt ihr kapiert? Pfoten weg von der Kleinen und dem Grauen!«

Die Ratten nickten verdrossen.

Oswald stieß Piccadilly an. »Er meint dich«, sagte er entsetzt.

»Und Audrey«, erwiderte die graue Maus.

»Aber das ist ja furchtbar«, stammelte Oswald. »Sie jagen euch regelrecht – warum bloß?«

Piccadilly schüttelte den Kopf. »Keine Ahnung – es sei denn, Jupiter glaubt, ich hätte dasselbe gehört, was Albert im düsteren Portal erlauscht hat, und will nicht, dass andere davon erfahren.«

»Aber warum Audrey?«

»Ich weiß nicht. Sie ist Alberts Tochter. Vielleicht denkt Jupiter, dass sie das Geheimnis auch weiß. Aber das ist doch bescheuert.«

»Ich frage mich, was er verheimlichen will«, sagte Oswald verwundert.

»Also ich habe keinen Schimmer«, sagte Piccadilly achselzuckend.

Plötzlich stieß Oswald leise einen erschrockenen Schrei aus. »O nein!«, stöhnte er. »Sie müssen auf dem Weg zu den Leisten sein, um dich und Audrey zu finden.«

»Du hast Recht! Verdammt, was können wir dagegen tun?«

»Wir müssen sie daran hindern«, schrie Oswald, der sich das Chaos vorstellte, das die Ratten unter den Mäusen in dem leeren, alten Haus anrichten würden.

»Aber wie? Es sind so viele von denen – und wir stecken hier unten: Sie können uns im Nu schnappen.« Piccadilly schnippte mit den Fingern. »Noch zwei gehäutete Mäuse helfen keinem.«

Oswald schluckte. »Vielleicht können wir sie irgendwie weglocken.«

Piccadilly stimmte ihm zu. Ihm war klar, dass sie etwas unternehmen mussten.

»Wie schnell, glaubst du, kannst du paddeln?«, fragte er.

»Sicher nicht so schnell wie du, aber wir könnten sie ablenken – wenigstens für eine Weile.«

»Okay«, sagte Piccadilly. »Wenn das unser Entschluss ist.« Oswald nickte.

Piccadilly schaute hinauf zu den Ratten auf dem Vorsprung. Wahrscheinlich hätten sie uns sowieso bald gesehen, dachte er. Er formte mit den Händen einen Trichter und schrie so laut er konnte: »Hey, ihr Schleimfresser! Wo sind eure Taschentücher, Rotzschnauzen?«

Die Ratten blieben stehen und sahen sich um.

»Ihr wurmzerfressenen Holzköpfe!«, fing der Graue wieder an. »Zieht mir doch das Fell über die Ohren, wenn ihr könnt!«

»Ja ... ihr widerlichen Barthaarzupfer«, stimmte Oswald eine Spur weniger dramatisch ein. »Mir auch!«

Jetzt hatten die Ratten sie entdeckt. »Da unten sind sie!«, riefen sie. »Zwei niedliche schwimmende Mäuslein!«

»Wartet!«, rief Jake. »Eine von ihnen ist grau – bringt mir die Maus, Jungs!«

»Hirnamputierte!«, fuhr Piccadilly fort.

»Stinkpfoten!« Das war das Schlimmste, was Oswald einfallen wollte.

Die Ratten schleuderten ihre Fackeln auf das Floß. Sie hagelten wie brennende Speere auf die beiden Mäuse.

»Jetzt paddel!«, drängte Piccadilly. Er und Oswald fingen an, auf beiden Seiten des Holzfloßes wie wild loszupaddeln.

Als die Ratten stehen geblieben waren, war das Floß glücklicherweise weitergeschwommen, so dass die Mäuse jetzt einen leichten Vorsprung hatten. Die Brandbomben verfehlten sie um Haaresbreite und stürzten in einer großen Rauchwolke ins Wasser.

Die Ratten heulten vor Enttäuschung.

»Runter mit euch«, zischte Jake und schubste einen von ihnen hinunter. Zwölf weitere Ratten sprangen mit knirschenden Zähnen und verzerrten Gesichtern hinterher.

»Sieh mal!«, rief Oswald, als er sah, dass dreizehn Ratten hinter ihnen ins Wasser tauchten. »Sie sind hinter uns her!«

Piccadilly zog den Kopf ein und konzentrierte sich aufs Paddeln. »Mach weiter, Oswald«, rief er wütend, »sonst drehen wir uns bloß im Kreis.«

»Ich will den Grauen lebend«, ertönte Jakes Stimme von oben. »Mit dem anderen könnt ihr machen, was ihr wollt!«

Und jetzt war es Piccadilly, der kaum mit Oswald mithalten konnte.

Hinter ihnen schwammen dreizehn Ratten; ihre Schwänze schlugen wie wütende Schlangen auf das Wasser ein.

Jake stand auf dem Steinvorsprung und beobachtete belustigt die Jagd. Genau das hatte er vermisst, und er schwor sich, nie mehr in der Mine zu graben.

Die Ratte namens Fletch wankte auf ihn zu. Fletch war eine ungepflegte braune Ratte mit großen, gelben Eiterpickeln auf der schwarzen Nase.

»Willst du nicht baden gehen?«, fragte Jake trocken.

Fletch schüttelte den Kopf. »Hab heute keinen Bock drauf, Jake.«

»Du warst schon immer wasserscheu, Fletch«, bemerkte Jake und wich dem unangenehm stinkenden Atem des anderen aus.

»Sind schon genug da unten, um die beiden zu fangen«, grunzte Fletch. »Ich bleib lieber hier bei dir.«

»Warum?«, fragte Jake misstrauisch.

»Ach, ich halte mich lieber an die Sieger.«

»Hältst du mich für einen Sieger?«

»Na ja, jedenfalls für einen, der seine Ziele ganz genau kennt.«

»Und du willst mit mir mitkommen, was?«

Fletch grinste, wobei sein Atem durch die scharfen Zähne pfiff.

»Wo soll's denn hingehen? Ich bin ganz scharf auf ein Mäuseabenteuer – und auf eine leckere Mäusemahlzeit!« Er schleckte sich die Lippen.

Jake schaute auf das Wasser, in dem die schwimmenden Ratten das kleine Floß mehr und mehr einholten. »Wir müssen immer noch das Mäuschen im Röckchen finden. Hey, ihr!«, rief er den fünf übrigen Ratten auf dem Steinvorsprung zu. »Überlasst ihnen das. Wir wollen unsere eigene Maus fangen.«

Die Ratten jubelten und Jake führte sie weg. Sie liefen durch die Tunnel, bis sie an das Gitter kamen. Zu ihrer großen Freude fanden sie dort genau die Maus, die sie suchten. Audrey hatte gerade Twit beauftragt nach ihrem Bruder Arthur zu suchen, als Jake den Arm ausstreckte und sie von hinten packte.

GLÜCK IM UNGLÜCK

Piccadilly paddelte wie verrückt. Das Wasser spritzte ihm ins Gesicht und seine Stirnfransen hingen wie ein nasser Vorhang vor seinen Augen. Seine Arme hoben und senkten sich automatisch, als würden sie von Kolben angetrieben. Pfote ins Wasser – paddeln – Pfote aus dem Wasser – andere Pfote – ins Wasser – paddeln – aus dem Wasser – andere Pfote ... Er warf einen Blick zurück. Die Ratten waren ihnen jetzt ganz dicht auf den Fersen. Eine von ihnen trug ein Messer zwischen den Zähnen. Piccadilly sah die glitzernden Augen und die schnüffelnden nassen Schnauzen. Nur ein Wunder konnte ihn und Oswald noch retten.

Die Ratte mit dem Messer holte sie ein und kletterte auf das Floß. Ihre großen Krallen kratzten am Holz und die Planke schaukelte gefährlich im Wasser. In dem Augenblick, als das hässliche Biest sein Gleichgewicht fand, sprang Piccadilly auf es zu. Mit einem überraschten Schrei fiel die Ratte nach hinten und stürzte auf einen ihrer Kameraden. Ein lautes Platschen ertönte und eine Wasserfontäne spritzte hoch.

Piccadilly paddelte hastig weiter. Über ihnen sah er das Ende eines Rohrs, das aus der Wand herausragte. Er fragte sich, ob Oswald und er es erreichen und hineinklettern konnten. Er rief dem Weißen etwas zu und zeigte darauf. Oswald verstand, was er meinte, und nickte entschlossen. Hauptsache, sie kamen vom Floß runter!

Sie standen vorsichtig auf und stellten sich zitternd auf die Holzplanke. Um ihr Gleichgewicht zu halten, hielten sie sich an den Pfoten fest. Das Rohr kam immer näher.

»Wir können es nicht erreichen«, jammerte Oswald. »Es hängt zu hoch.«

»Dann müssen wir halt springen. Halte dich bereit!«

»Nein, die Ratte kriegt uns!«

»Eins.«

»Sie versucht schon wieder, raufzuklettern. Hilfe, Piccadilly!«

»Zwei.«

»Huch!«

»Drei.«

Und dann passierte alles auf einmal: Zuerst schwamm das Floß unter dem Rohr vorbei und Piccadilly sprang, was sein großes Glück war, da die Ratte sich plötzlich mit weit aufgerissenem Maul auf ihn stürzte. Doch das Überraschendste geschah so unerwartet, dass alle, auch die Ratten, verblüfft waren. Unter lautem Rauschen und Sprudeln floss ein dicker Strom schäumendes Abwasser aus dem Rohr über ihren Köpfen.

Die Ratte bekam ein Maul voll davon ab und wurde von der Planke ins Wasser geschleudert – das sich plötzlich in einen rasenden Strom verwandelt hatte. Sie sank bis auf den schlammigen Grund und tauchte nie wieder auf. Die anderen Ratten wurden von dem unerwarteten Wasserfall gestoppt und konnten nicht gegen seine aufschäumende Kraft anschwimmen. Sie fluchten entsetzlich und prügelten aufeinander ein.

Piccadillys Glück war beständig. Auch wenn er das Rohr nicht erwischt hatte, schaffte er es, wieder auf dem Holzfloß zu landen, als es von der neuen Strömung angetrieben und mit halsbrecherischer Geschwindigkeit weggerissen wurde. Oswald klammerte sich verzweifelt an den Rand des Bretts.

»Ha, ha«, lachte Piccadilly. »Das hat's voll gebracht. Juhuu!«

Das Floß wurde wie ein Strohhalm im Wasser umhergewirbelt. Die beiden Mäuse erlebten eine wilde, holprige Fahrt, während sie auf dem Wasser weiterschossen.

»Mir gefällt das gar nicht!«, schrie Oswald jämmerlich.

»Na, jedenfalls sind wir sie los«, gab Piccadilly zurück, dem das Ganze großen Spaß zu machen begann.

Das Wasser zog sie weiter. »Wo treiben wir hin?«, fragte Oswald mit geschlossenen Augen.

Piccadilly lächelte über seinen ängstlichen Freund und wandte seine Aufmerksamkeit nach vorne. Der Tunnel schien in einer Sackgasse zu enden. »Hey, wir knallen gleich gegen die Wand!«, sagte er erschrocken. Oswald machte ein Auge auf und klappte es gleich wieder zu. »Oh nein«, sagte er bebend. Piccadilly kam ein Gedanke: Warum sollte der Tunnel so plötzlich enden? Wo floss das Wasser dann hin?

Angestrengt sah er wieder auf die Wand, die mit rasender Geschwindigkeit näher kam. An ihrem unteren Ende war ein dunkler Fleck: die Spitze einer gewölbten Öffnung unter Wasser.

»Mach dich ganz flach!«, rief Piccadilly der weißen Maus zu und drückte sie hinunter. Die wilde Strömung prallte in mächtigen, wütenden, aufschäumenden Spritzern an der Wand ab. Piccadilly ballte seine Pfoten zu Fäusten und vertraute auf sein Glück.

Das Floß donnerte durch die flache Öffnung.

Oswald schürfte seine Schnauze an der niedrigen Decke auf und drehte den Kopf leicht zur Seite, damit seinen Ohren nicht dasselbe passierte.

Was für eine Reise! Sie hatten absolut keine Ahnung, wohin sie getrieben wurden. Piccadilly hoffte bloß, dass das Wasser nicht noch höher stieg, denn sonst würden sie ertrinken.

»Das hier gefällt mir auch nicht«, murmelte Oswald.

»Ich habe sieben Ratten gezählt, die auf dem Steinvorsprung geblieben sind«, sagte Piccadilly. »Wenn die zu den Leisten gehen, sind es wenigstens nicht mehr so viele von ihnen.«

»Mag sein.«

»Kopf hoch, Oswald – du bist jetzt ein Held.«

»Ich?«

»Na klar. Sie werden Lieder über dich singen.«

»Ehrlich? Mann, das hätte ich nie gedacht. Wow, du hast wohl Recht. Autsch!«

Die Decke des Tunnels war plötzlich noch niedriger geworden, und der Albino hatte sich die Nase angeschlagen. »AUA! Au, au, au«, quiekte er kläglich.

»Hoffentlich wird das Wasser nicht noch höher«, sagte Piccadilly. »Dann werden wir in Stücke zerfetzt, bevor wir ertrinken.« Er legte sich ganz flach auf das Floß.

»Jetzt wird uns doch noch das Fell abgezogen«, wimmerte Oswald. »Autsch, autsch!«

Das Wasser strömte weiter und die Zahl ihrer Kratzer und Schnitte verdoppelte sich.

Während sie ihre unangenehme Reise fortsetzten, ahnten sie nicht, dass in diesem Augenblick Arthur und Twit im Flur des alten Hauses standen und überlegten, was sie tun sollten. Und sie ahnten auch nicht, dass Audrey von Jake und seinen Kumpanen bereits in die Kanäle gezerrt worden war.

Das Floß rauschte mit heftigen Stößen und Schlägen weiter durch die niedrige Passage.

Und dann schossen sie mit einem letzten Krachen gegen die Decke hinaus in einen luftigen, hohen Tunnel.

Der Strom wirbelte und wand sich, als der Druck nachließ. Das Floß drehte sich träge im Kreis herum.

Piccadilly setzte sich auf. »Hurra!«, rief er erleichtert.

»Ach, beine arme Base«, stöhnte Oswald und betastete seine aufgeschürfte Schnauze. »Sie schwilld schon an.« Vorsichtig berührte er die blauen Flecken.

»Dann kühle sie im Wasser«, schlug Piccadilly vor, der froh war, dass seine Nase nicht so groß war wie die seines Freundes.

»Die Brühe isd eklig«, antwortete der Weiße.

»Sie ist alles, was wir haben. Mach schon!«

Vorsichtig betupfte Oswald seine Nase. »Ach, das dud gud«, seufzte er.

Das Floß stieß sanft gegen die Kanalwand.

»Wie geht's deinem Rüssel jetzt?«

»Es dud weh. Sieh bich an: Ich hab lauder Schbidde und Kradser.«

Die Holzplanke trieb langsam weiter. »Wir sollten aussteigen«, sagte die Stadtmaus.

»Oh bein«, wimmerte Oswald sofort. »Ich bin zu büde. Lass uns ein bisschen warden.«

»Also gut, aber ich hoffe, dass es deiner Nase bald besser geht. Ich kann dich kaum verstehen.«

Piccadilly ließ die Beine über den Rand des Floßes baumeln und tauchte sie gelegentlich ins Wasser. Dabei summte er leise vor sich hin, während Oswald sich um seine Nase und seine anderen Verletzungen kümmerte. Wie leicht und unbekümmert Piccadilly sich fühlte! All seine Ängste waren verflogen. Die Ratten konnten ihnen unmöglich hierher folgen.

Der Tunnel gabelte sich in drei neue Tunnel. Eine Weile bewegte sich das Floß zwischen ihnen hin und her, als würde es überlegen, welchen Weg es nehmen sollte. Schließlich paddelte Piccadilly mit den Füßen im Wasser und steuerte sie in einen der Tunnel. Hier waren die Steinvorsprünge so niedrig, dass sie hinaufklettern konnten.

»Komm, Oswald«, sagte Piccadilly. »Es ist Zeit, das Wasser zu verlassen.«

Oswald richtete sich auf und streichelte seine Schnauze ein letztes Mal. Piccadilly schwang sich hinauf, drehte sich dann um und reichte dem Weißen die Pfote. Tollpatschig kroch Oswald auf den Vorsprung.

Seine Nase fühlte sich wieder etwas besser an und die Schwellung schien zurückzugehen, deshalb konnte er wieder deutlicher sprechen. »Warde, was isd mid dem Floß?«

»Also das können wir nicht mitnehmen und umdrehen können wir auch nicht, also haben wir keinen Nutzen mehr dafür.«

»Du hasd wohl Rechd«, murmelte Oswald und sah zu, wie das Holzstück langsam außer Reichweite trieb.

»Es gibt einiges zu tun«, sagte Piccadilly fröhlich, als würden sie sich zu einem Picknick aufmachen. »Komm, Oswald!«

Oswald war bedrückt. Er hatte keine Ahnung, wo sie sich befanden. »Aber was können wir dun?«, fragte er lahm.

»Als Erstes wollen wir sehen, ob wir herausfinden können, wo wir sind – und dann, wenn möglich, kehren wir zurück zu den Leisten.«

»Und was isd mid Audreys Bedaillon?«

»Du hast doch gesagt, dass du die Wünschelrute verloren hast, alter Freund? Schade – ich hätte zu gern ihr Gesicht gesehen, wenn wir es ihr wiedergebracht hätten. Das hätte sie überzeugt.«

»Ach, sie wird dich nichd für einen Feigling halden, Piccadilly. Ich werde ihr sagen, wie doll du dich verhalden hasd.«

Schmale Tunnel führten von dem größeren ab, und die Mäuse wählten einen aus, der nicht allzu schmutzig wirkte.

»Warde einen Momend«, sagte Oswald, bevor sie weiterliefen. Er nahm sich den Schal ab, wrang ihn sorgfältig aus und schüttelte ihn heftig.

»Der machd alles noch schlimmer«, erklärte er.

Piccadilly seufzte. »Können wir jetzt endlich weitergehen?«

Sie bogen in den schmalen Tunnel ab.

»Hier stinkt es nicht so«, bemerkte Piccadilly.

»Ich weiß nichd«, erwiderte Oswald. »Ich kann nichds riechen.«

Der Tunnel war auch trockener als die meisten anderen Kanäle, in denen sie gewesen waren. Hier tropfte kein Schleim von den Wänden und bildete auch keine glitschigen Fallen auf dem Boden.

»Wo wir wohl sind?«, dachte Piccadilly laut. »An diesen Tunnel kann ich mich gar nicht erinnern – noch nicht mal, als ich allein hier unten herumgewandert bin, bevor ich Albert traf.«

Sie gingen tiefer hinein. »Da vorn ist ein Loch in der Wand«, sagte Oswald, dessen scharfe rosa Augen das Gebiet vor ihnen absuchten. »Sollen wir es uns ansehen?«

Als sie die Öffnung erreicht hatten, schnüffelte Piccadilly prüfend. »Weißt du«, dachte er laut, »ich glaube nicht, dass dieser Tunnel von den Ratten oft benutzt wird – wenn überhaupt. Irgendwie hab ich das Gefühl, dass keiner diese Stelle kennt.«

»Was ist nun mit dem Loch?«, fragte Oswald. »Sollen wir hineingehen? Wie riecht es?«

»Komisch.« Piccadilly atmete tief ein und füllte seine Nasenlöcher mit der Luft, die aus dem Loch strömte. Er versuchte, den Geruch seinem Freund zu erklären. »Es riecht irgendwie modrig – sehr trocken, ich würde sogar sagen, salzig.«

»Sollten wir dann überhaupt reingehen?«, fragte Oswald zweifelnd.

Piccadilly runzelte die Stirn. »Es riecht merkwürdig. An was erinnert es mich bloß?«

»Vielleicht ans Meer«, meinte Oswald. »Meister Altschnauze hat gesagt, das riecht auch salzig – ich weiß bloß nicht mehr, warum.«

»In dieser Gegend ist kein Meer«, sagte Piccadilly verächtlich. »Das einzige Gewässer in der Nähe ist der Fluss, und ich glaube nicht, dass der salzig ist. Nein, es erinnert mich eher an ... ja, genau das ist es! Einmal in der Stadt hab ich ein paar Ratten mit einem gepökelten Fisch gesehen. Die krümmten sich vor Durst. Ich weiß nicht, woher sie den Fisch hatten; er war ganz eingetrocknet und sie wussten nicht, was es war. Sie leckten daran und suchten dann verzweifelt nach Wasser. Denen hab ich bei der Gelegenheit was erzählt!« Er lachte, als er an die Situation dachte.

»Ich verstehe nicht«, sagte Oswald. »Wie kommt salziger Fisch hier runter?«

»Ich hab nur gesagt, dass es genau so riecht. Vielleicht sind wir über eine geheime Speisekammer gestolpert.« Piccadilly meinte das als Scherz, ohne zu ahnen, wie Recht er mit seiner Vermutung hatte.

Oswald schauderte. »Hoffentlich nicht. Wem immer die gehört, dem wird es gar nicht gefallen, wenn er rausfindet, dass wir hier unten waren.«

»Wenn es hier unten in den Kanälen ist, muss es ekelhaftes Zeug sein«, sagte Piccadilly langsam. »Wahrscheinlich Sachen, die Ratten gehortet haben.« Er warf Oswald einen raschen, verschmitzten Blick zu.

»Willst du dir die Kammer ansehen?«

»Nein! Ich will kein getrocknetes Rattenfutter sehen. Es kann alles Mögliche sein. Ich bleib lieber hier draußen und halte Wache.«

Also stieg Piccadilly vorsichtig alleine durch die Wandöffnung. Dahinter lag eine schmale Passage, die sich plötzlich in eine kleine Kammer mit rauen Wänden öffnete. Sie war mit Klauen und Zähnen aus dem Stein gehauen worden. Die Kammer war mit den verschiedensten Beutestücken angefüllt. Ein paar Schokoladenkekse waren noch eingepackt; eine Tüte klebriger, schimmeliger Süßigkeiten lag auf dem Boden und in einer Ecke befand sich ein großes Bündel dunkler Säcke oder Stoffe.

Außerdem lagen mehrere Knäuel verknoteter Schnur herum, eine große Dose mit ein paar schrumpeligen Brocken drin und eine überreife Tomate, der allmählich ein grünes Fell wuchs.

Piccadilly betrachtete angewidert die seltsame Sammlung. Was Ratten alles horteten – es merkwürdig zu nennen war eine Untertreibung.

Er spürte eine Bewegung hinter sich und drehte sich hastig um.

»Ich bin's bloß«, sagte Oswald. »Mir hat es ganz allein da draußen nicht gefallen. Mann, sieh dir das verrückte Zeug an!« Neugierig und angeekelt sah er sich um. »Das ist ja grauenhaft. Igitt!« Er schaute auf seinen Fuß. »Ich bin in irgendwas Klebriges getappt – die Süßigkeiten sind ausgelaufen.« Er hüpfte auf einem Bein herum, während er seinen klebrigen Fuß untersuchte.

»Da drüben liegen Stoffe oder Säcke«, sagte Piccadilly. »Ich hol dir was, damit du den Fuß abwischen kannst.« Er kletterte über die Kekse und wich der verschimmelten Tomate aus.

Oswald lehnte sich an die Wand. »Na ja, es könnte schlimmer sein«, sagte er. »Ich hätte auch in die matschige Tomate treten können. Ach, ist das ekelhaft! Kommt der komische Geruch, von dem du geredet hast, von dem Zeug hier? Das würde mich nicht überraschen. Hast du den Stoff endlich? Bei der Vorstellung, dass wir in einer Rattenspeisekammer sind, läuft mir echt ein Schauer über den Rücken. Piccadilly?«

Der Graue stand stocksteif da und starrte auf das dunkle Material, das er in den Pfoten hielt. Langsam wurde es Oswald unheimlich. Es passte nicht zu Piccadilly, so still zu sein. »Was ist los?« Angst schwang in seiner Stimme mit: Irgendetwas an seinem Freund beunruhigte ihn.

»Oswald«, murmelte Piccadilly mit belegter Stimme. »Komm und sieh dir das an.«

Die weiße Maus vergaß ihren klebrigen Fuß und eilte zu Piccadilly, um zu sehen, was er gefunden hatten. Der Graue wandte sich mit erschrockener Miene zu Oswald um. Seine Augen waren feucht und an seinen Wimpern hingen Tränen.

Ohne zu ahnen, was ihn erwartete, schaute Oswald ängstlich auf das, was Piccadilly in den Pfoten hielt.

Es war weder Stoff noch ein Sack, wie Piccadilly zuerst geglaubt hatte: Es war ein Mäusefell. Es hatte einer braunen Maus mit einem weißen Fleck auf der Brust gehört. Seine Unterlippe zitterte – wie grauenhaft! Oswald fing an zu weinen. »Es gab einen Mäuserich«, stammelte er unter Tränen, »der verschwand, als ich noch klein war. Er hat am Treppengeländer gewohnt und er ... sie ... sie nannten ihn ›Lätzchen‹, weil er einen weißen Fleck auf der Brust hatte.« Er keuchte und seine Stimme versagte.

»Da drüben sind noch mehr«, sagte Piccadilly leise. »Die meisten sind Graue wie ich, und ein paar müssen Ratten gewesen sein.«

Oswald schüttelte ungläubig den Kopf. »Tun sie das sogar sich selber an? Was für Monster sind das eigentlich?«

»Jupiters Monster«, antwortete Piccadilly kalt. »Psst!«, zischte er plötzlich. »Da kommt jemand.«

Oswalds tränenüberströmtes Gesicht verwandelte sich in ein Bild der Verzweiflung und des Elends. Seine Lippen bebten von dem Weinen, das gleich aus ihm herausbrechen würde.

Piccadilly packte ihn am Schal und schüttelte ihn wütend. »Hör zu«, sagte er streng. »Wenn du nicht wie der arme, alte Lätzchen hier enden willst, dann kommst du jetzt lieber mit und versteckst dich, und keinen Pieps, okay?«

»Aber wo? Hier gibt es kein Versteck«, stammelte Oswald.

»Da rein!« Piccadilly zeigte auf die Mäusefelle. Er zog seinen schluchzenden Freund hinter sich her.

Gleich darauf trampelte Morgan in die Kammer.

Er trug einen Sack auf dem Rücken. »Verdammt«, fluchte er. »Was jetzt? Was soll ich da oben?«

Er sah sich im Raum um. Dies war seine Höhle; der Platz, an dem er seine düsteren Pläne schmiedete; das Versteck für seine Schätze, die er aus den Geschenken der Jungs an Jupiter gehamstert hatte; der Ort, an dem seine Verbitterung wuchern konnte. Es war ein Geheimnis – niemand kam je hierher.

Morgan ließ den Sack auf den Boden fallen und hockte sich neben ihn hin. Er hatte soeben von seiner finsteren Majestät den Befehl erhalten, nach Blackheath zu gehen, und dieser Sack hatte am Altar auf ihn gewartet, damit er ihn mitnehmen konnte. Alles war anders geworden, und es gefiel Morgan gar nicht. Sein Herr hatte irgendetwas vor, und er konnte sich keinen Reim darauf machen.

Morgan streckte eine Klaue aus und tauchte sie in die verschimmelte Tomate. Er kratzte eine tropfende Klaue voll heraus, verschluckte sie samt Schimmel und leckte sich die Pfote ab.

»Mhmm«, grunzte er zufrieden. Es war ein guter Ort – sein privates Reich, in dem alles ihm gehörte. Er war jedoch nur für einen kurzen Augenblick hergekommen – um in Ruhe nachdenken zu können, ohne von funkelnden Augen beobachtet zu werden. Warum sollte er nach Blackheath gehen? Er fragte sich, was wohl in dem Sack war. Einer von Jakes Truppe war völlig schmutzig und durchnässt zurückgekehrt. Anscheinend waren die meisten der Ratten, welche die Mäuse verfolgt hatten, in dem Wasser, das aus dem Rohr geschossen kam, ertrunken. Die übrig gebliebenen Ratten hatten sich gegenseitig die Schuld in die Schuhe geschoben, woraufhin eine Schlägerei entstanden war. Nur eine junge Ratte war in die Altarkammer zurückgekommen, hatte alles erzählt und dieses komische Ding mitgebracht. Morgan warf es in die Luft und fing es wieder auf. Es war die Wünschelrute!

Er kicherte. Jake würde einen Anschiss von seiner Hoheit kriegen, weil der Graue ihm durch die Lappen gegangen war – er würde nicht mehr lange vor Jupiter bestehen können.

Wieder sah Morgan unruhig auf den Sack. Das schwere, runde Ding im Sack machte ihn misstrauisch.

Er leckte sich die Zähne und ließ den Blick über seine restliche Beute wandern. Sein Blick ruhte auf den klebrigen, verschimmelten Bonbons. Er nahm eins und schob es sich zwischen die gierigen Kiefer. Das süße Zeug knackte, als er zubiss, und blieb in Klumpen an seinen Zähnen kleben. Morgan schmatzte genüsslich und stocherte mit seinen scharfen Krallen zwischen den Zähnen herum.

Piccadilly und Oswald, die unter dem Bündel von Mäusefellen hockten, wagten kaum zu atmen. Es waren die Felle, die nach Salz rochen. Es war in die Häute gerieben worden, um sie zu erhalten. Der Geruch war so stark, dass Piccadilly das Salz schmecken konnte, wenn er sich mit der Zunge über die Lippen fuhr. Oswald hatte die Augen fest zugemacht. Die Situation, in der sie sich befanden, war unerträglich für ihn. Hier saß er, eingehüllt in die Felle toter Mäuse. Oswald wäre fast hochgefahren und hätte laut gerufen: »Hier bin ich! Friss mich endlich. Hier bin ich.« Ganz egal – Hauptsache, er musste diese Situation nicht länger ertragen! Piccadilly spähte aus dem Berg der Felle. Seine Augen funkelten im dunklen Schatten. Er sah Morgan und erkannte in ihm die Ratte, die er in Jupiters Altarkammer gesehen hatte. Es war die Ratte, die Albert gefangen hatte – und jetzt saß sie hier, stopfte sich das hässliche Maul voll und leckte sich die gelben Zähne. Piccadilly biss die Zähne zusammen. Er wusste, dass er keine Reue empfinden würde, wenn er Morgan töten würde – diesen Mörder!

Ohne zu ahnen, dass die beiden Mäuse sich hier versteckten, beschloss Morgan, langsam aufzubrechen. Er wagte es nicht, noch länger zu warten; Jupiter hatte ihm den Befehl erteilt und er musste gehorchen. Die Ratte schwang sich den Sack auf den Rücken und murmelte Flüche über die erniedrigende Drecksarbeit.

Morgan sah sich mit einem letzten Seufzer in seiner geheimen Höhle um, dann trottete er hinaus und zog den Schwanzstumpf hinterher.

Fünf lange Minuten blieben die Mäuse regungslos in ihrem Versteck, für den Fall, dass Morgan unerwartet zurückkommen würde. Oswald hatte Todesangst, doch Piccadilly war in Gedanken versunken.

Es war Oswald, der sie schließlich aus ihrem Versteck

trieb. Er hatte einen Krampf in den Beinen, der so unerträglich wurde, dass er plötzlich aus dem Fellbündel stürzte, in der Kammer umherhumpelte und heftig mit den Füßen aufstampfte.

Piccadilly schüttelte die Felle von sich ab. Sein Gesicht war verhärtet. Eines Tages würde er sich die gescheckte Ratte aus Cornwall schnappen und sich an ihr rächen. Das versprach er sich hoch und heilig.

Der Albino riss sich zusammen. Langsam verschwanden die Nadelstiche in seinen Beinen. »Ich bin froh, dass der weg ist, wer immer das war«, keuchte er.

Piccadilly trat aus dem Versteck. »Das war Morgan«, sagte er nüchtern. »Er hat Albert an Jupiter ausgeliefert.«

»Ach«, sagte Oswald betroffen, »der arme Mr Brown.« Er wandte sich um und schaute auf die Felle, die auf dem Boden lagen. Es erschien ihm furchtbar, dass er ihre ewige Ruhe gestört hatte, und ihm war klar, dass er jahrelang von Albträumen geplagt werden würde. »Was sollen wir mit ihnen tun?«, fragte er.

»Wir können nichts tun.«

»Wir können wenigstens beten.«

Piccadilly verzog verächtlich das Gesicht. »Zu wem denn? Zu eurer kostbaren Grünen Maus? Vergiss es! Ich will nichts davon hören. Wenn du willst, kannst du gern an Märchen glauben, Oswald. Aber einen verdammten Mythos anzubeten, macht sie auch nicht wieder lebendig!«

Oswald ging zu dem unordentlichen Haufen zurück und legte die Felle feierlich und säuberlich zusammen.

»Da hast du Recht«, sagte er leise, »aber vielleicht können sie dann friedlicher ruhen – wo immer sie jetzt sein mögen.« Er senkte den Kopf und faltete die Pfoten. Piccadilly wandte sich ab. Er wollte Oswalds Gebet nicht hören, doch die leise gemurmelten Worte drangen in seine Ohren und gegen seinen Willen spürte der abgebrühte Städter einen Kloß im Hals.

Er scharrte unruhig mit den Füßen und wartete.

Oswald schloss sein Gebet ab und hob den Kopf. »Jetzt fühle ich mich besser«, sagte er sanft. »Und sie sich hoffentlich auch.« Er blinzelte mit den Augen und sah über Piccadillys Schulter.

»Schau mal!«, rief er und rannte zu der Stelle, an der Morgan gesessen hatte. Die Ratte hatte die Wünschelrute zurückgelassen. Oswald hob sie auf und schwenkte sie stolz herum. »Siehst du«, blubberte er aufgeregt, »ich wusste doch, dass die Grüne Maus uns nicht im Stich lässt.«

»Red keinen Schwachsinn, Oswald. Das war nicht die Grüne Maus, sondern Morgan«, sagte Piccadilly kopfschüttelnd.

»Jedenfalls ist die Rute wieder da«, murmelte Oswald. Er wollte sich nicht streiten. »Sollen wir noch mal versuchen, Audreys Medaillon zu finden?«

»Ich glaube schon. Es wäre schade, jetzt mit leeren Händen zu den Leisten zurückzukehren.«

Oswald hielt die Wünschelrute schon wieder in den Pfoten. Er konzentrierte sich und wartete. Sie zuckte und schlug heftig aus. »Sieh nur: Es muss ganz in der Nähe sein!«

Piccadilly warf einen letzten Blick auf die sorgfältig aufeinander gelegten Mäusefelle. Oswald hatte sogar die Rattenfelle zusammengefaltet. Sie alle waren Opfer eines grausamen Todes gewesen, und die weiße Maus war davon ausgegangen, dass sie das irgendwie vereinte und die Schandtaten, welche die Ratten in ihrem Leben begangen hatten, ausradierte.

Oswald sprang ungeduldig umher. »Komm Piccadilly! Wir können das Amulett finden und endlich von hier verschwinden.« Er rannte aus der Kammer.

Piccadilly folgte ihm aus Morgans geheimer Höhle, doch Oswald war schon ganz weit vorne im Tunnel; er rannte, so schnell er konnte.

»Oh nein!«, rief Piccadilly. Oswald schien wie verhext zu sein. Die graue Maus rannte hinter ihm her.

Oswald hastete weiter; wie immer stolperte und trampelte er unbeholfen. Er schenkte seinen schmerzenden Zehen, die sich an den scharfen Steinen stießen und in den Pfützen ausrutschten, keine Beachtung. Er hatte nur noch Audreys Mäusemedaillon im Sinn und seine Wünschelrute zog ihn hin. Er hatte keine Kontrolle mehr darüber. Er konnte die Rute kaum noch festhalten; sie zerrte an ihm und wollte sich losreißen.

Nicht mehr lange, dachte er. Dann können wir nach Hause gehen und Mutter kann mich ausschimpfen, so viel sie will. Es macht mir nichts aus.

Er nahm weder die Tunnel wahr, durch die er rannte, noch Piccadillys Stimme, die ihn aus einiger Entfernung rief. Blindlings rannte er weiter.

Piccadilly keuchte. Er staunte, wie schnell der Albino rennen konnte. Es schien, als würden alle Ratten dieser Welt Oswald auf den Fersen sein. Der Graue sah seinen Freund nur von Zeit zu Zeit weit vorne auftauchen. Er hatte Angst, bei dem rasenden Tempo nicht mithalten zu können. Außerdem war er beunruhigt, denn er wusste zwar nicht, wohin Oswald sie führte, doch er spürte, dass es gefährlich war – als würden sie wie hirnlose Kaninchen kopfüber in die Falle hoppeln. Piccadilly wünschte sich, dass die Grüne Maus ihnen zu Hilfe kommen würde, wenn es sie wirklich gab.

Oswald platschte durch einen schlammigen Pfuhl und wühlte die ölige Wasseroberfläche auf. Dann rutschte er aus und stürzte hin. Er schlug sich die Wange an den harten Steinen auf, doch er verzog keine Miene, als ihm das Blut aus einer Stelle tropfte, an der ein Stück Fell abgeschürft war.

Die Wünschelrute war ihm aus den Pfoten gefallen und tanzte wie ein besessenes Wesen klappernd auf dem Boden herum. Oswald rannte dem wie verhext zuckenden Ding hinterher und drängte es in eine Ecke, als wäre es eine lebendige Kreatur. Schließlich konnte er die Rute aufheben und rannte weiter.

Die Verzögerung war jedoch lang genug für Piccadilly gewesen, um ihn einzuholen. Er versuchte, ein Ende von Oswalds Schal zu packen, der hinter ihm herflatterte.

Doch Oswald rannte immer weiter. Er hatte die Stadtmaus vergessen. Das Einzige, was jetzt zählte, war das Mäusemedaillon. Er spürte weder, wie wild sein Herz klopfte, noch hörte er das Echo seines eigenen keuchenden Schnaufens.

Ein Lumpenvorhang war über den Weg gespannt und versperrte die Sicht. Oswald bemerkte ihn nicht und rannte einfach durch.

Piccadilly sah den dreckigen Stofffetzen und eine düstere Ahnung verkrampfte seinen Magen. Trotzdem schob er den Lumpen beiseite und rannte weiter.

Sie waren in einer großen Kammer angekommen, die mit Säcken angefüllt war. Dunkle Bündel lagen auf dem Boden, hingen an Vorsprüngen und waren in Ecken aufgestapelt. Oswald stand vornübergebeugt in der Mitte. Piccadilly holte ihn ein.

»Was machst du da? Bist du total durchgedreht?«

Oswald starrte ihn mit glasigen, verschwommenen Augen an. Er hielt sich den Kopf, um wieder Kontrolle über sich zu bekommen, während die Trance langsam verschwand. Die Wünschelrute lag schlaff in seiner Pfote. Oswald schwankte und kam wieder zu sich. Vor seinen Füßen glänzte das Mäusemedaillon.

Piccadilly schaute hinunter und erstarrte. Oswald, der endlich wieder bei Sinnen war, blinzelte mit den Augen und hielt den Atem an.

Der Raum, in den sie so blindlings gerannt waren, war das Schlafquartier der Ratten. Was sie für am Boden liegende Bündel gehalten hatten, waren lauter schlafende Biester. Alles in allem lagen Hunderte von schnarchenden Ratten auf dem Boden.

Oswald und Piccadilly waren mitten hineingeplatzt.

Das Medaillon, das sie so lange gesucht hatten, befand sich in der Klaue einer großen braunen Ratte, die es fest umklammerte. Oswald schluckte schwer: An dem verstümmelten anderen Arm der Ratte war ein Schälmesser befestigt. Es war Skalpy. Die Schnur, mit der das Medaillon einst um Audreys Hals gehangen hatte, war um die scharfen Krallen seines gesunden Arms gewickelt. Der Weiße dachte an die Felle, die Piccadilly und er gefunden hatten, und fragte sich, ob diese Kreatur sich an den Morden beteiligt hatte.

Er starrte auf die grunzende, schnarchende Ratte zu seinen Füßen und ihm wurde ganz schlecht. Wäre er nicht schon schneeweiß gewesen, wäre er jetzt kreidebleich geworden. Er drehte sich um und entdeckte die vielen brutalen Biester, die um sie herum schliefen. In all den haarsträubenden Gruselgeschichten, die im Winter am Feuer erzählt wurden, hatte er noch nie von einer so schrecklichen Situation gehört wie dieser, in die er so kopflos gestürzt war. Schließlich sah er wieder zu Piccadilly hin.

»Heb es auf«, zischte der Graue und zeigte auf das Medaillon.

Verzweifelt schüttelte Oswald den Kopf. Er wollte das schnarchende Biest nicht anfassen, um Audreys Medaillon zu holen. »Lass uns gehen«, flehte er.

»Nicht bevor wir das haben, weswegen wir hier sind.«

Piccadilly bückte sich. Der heiße Atem der Ratte blies heftig auf seine Arme. Er riss sich zusammen und löste das Band vorsichtig aus der Klaue. Die Ratte murmelte ungehalten im Schlaf.

Der Graue hielt inne und wartete, ob die Ratte sich bewegen würde, doch es kam keine weitere Reaktion. Sanft hob Piccadilly eine Kralle hoch und zog die Schnur weg. Er reichte Oswald vorsichtig das Mäusemedaillon und ließ die scharfe Kralle sinken.

»Und jetzt verschwinden wir«, flüsterte er. »Eine ungeschickte Bewegung, Oswald, und wir sind Hackfleisch. Also lass mich lieber zuerst gehen und folge in meinen Fußstapfen.«

Oswald nickte. Er wollte nur noch weg von diesem beängstigenden Ort. Instinktiv wollte er fliehen, wie ein

Wilder durch den Lumpenvorhang preschen – doch dazwischen lagen so viele schlafende Rattenkörper, dass ihm klar war, wie Recht Piccadilly hatte.

Er staunte über das Glück, das sie so weit gebracht hatte, ohne auf einen Schwanz oder ein Barthaar zu treten, und dankte dafür im Stillen der Grünen Maus. Auch seine Bewunderung für Piccadilly stieg. Er selbst hätte das Medaillon nie so gelassen nehmen können. Er betrachtete den glänzenden gelben Anhänger in seiner Pfote. Sie waren wegen dieses Katzenschutzes den weiten Weg gekommen – war er es überhaupt wert? Oswald war sich da nicht so sicher.

Piccadilly fing an, sich einen Weg durch die Ratten zu bahnen, und zeigte Oswald, wohin er ohne Gefahren treten konnte. Mit einem letzten nervösen Blick auf die schlafende Ratte folgte Oswald ihm.

Die beiden Mäuse trippelten mit äußerster Vorsicht, die sämtliche Muskeln in ihren Körpern schmerzen ließ, zurück zu dem Lumpen, der vor dem Eingang hing. Piccadilly seufzte, als er ihn erreichte, und schob ihn erleichtert zur Seite.

Oswald hüpfte über die letzte Ratte – einen rauen Burschen, dem ein Ohr abgerissen war und der im Schlaf laut mit den Zähnen knirschte. Doch als Oswald sich dem Vorhang näherte, dröhnte ein lauter Gong durch die Kammer und die Ratten wachten auf.

Der Weiße konnte sich nicht rühren. Die Ratten gähnten und streckten sich, während sie sich auf die Schicht in der Mine vorbereiteten. Zweihundert Knöchel knackten geräuschvoll.

Oswald hätte rennen sollen, doch seine Beine versagten. Wimmernd blieb er wie erstarrt stehen. Durch einen Riss in dem Lumpenvorhang sah er Piccadilly, der ihn drängend rief, doch es nützte nichts. Er blieb wie angewurzelt stehen.

Piccadilly verfluchte das Schicksal, das sie am Ende ihrer Reise hierher geführt hatte, um das Mäusemedaillon zu finden. Jetzt würden die Ratten sie sicher erwischen. Er sah Oswald, der mit ängstlichem, traurigem Gesicht zitternd im Raum stand. Was konnte er tun, um seinem Freund zu helfen?

Oswald hielt das Mäusemedaillon fest umklammert. Er sah, wie Skalpy sich den Schlaf aus den Augen rieb und dann mit leerem Blick auf seine Klaue starrte.

»Hey! Wo isses denn? Wo is mein Hauptgewinn – welcher miese Kerl hat heimlich im Schlaf meine Mäusekette geklaut?« Skalpy wandte sich an seinen Nachbarn und packte ihn an der Kehle. »Warst du das, Spikes?«, zischte er. »Ich schlitz dir den Bauch auf!«

Spikes behielt das Schälmesser im Auge, das drohend vor seinem Gesicht baumelte. »Halt deine dumme Klappe«, spuckte er. »Ich hab deinen albernen Mäusedreck nicht. Vielleicht war's Pokey.« Woraufhin eine dritte Ratte in den Streit hineingezogen wurde.

Bisher hatte noch niemand Oswald entdeckt. Alle Augen richteten sich auf die streitenden Parteien in der Mitte der Kammer. Die weiße Maus spürte, wie Leben in ihre Beine zurückkehrte, und schlich leise auf den Vorhang zu.

Eine Klaue packte sie an der Schulter.

»Hey, und wer bist du?«, knurrte die Ratte mit dem abgerissenen Ohr.

Stammelnd drehte Oswald sich um – und blickte direkt in das hässliche Rattengesicht. Die Ratte grinste; zwischen ihren langen Zähnen hingen Fasern verrotteten Grünzeugs.

»Biste ein Neuer?«, fragte sie verächtlich und musterte Oswald von oben bis unten. Dann schlich sich ein seltsamer Blick in ihre Augen. »Wo haste den denn her?«, fragte sie und zeigte auf den grünen Schal. »Is das 'ne Trophäe? Die findet man in der Mine selten.«

Oswald war total durcheinander. Und dann wurde ihm klar, was geschehen war: Der andere hielt ihn für eine junge Ratte! Sein Mäusestolz war durch diese Beleidigung verletzt, doch jetzt war kaum der richtige Zeitpunkt, um sich darüber zu beschweren. Er sagte sich, dass er nach allem, was er erlebt hatte, wohl ziemlich mitgenommen aussehen musste.

Der andere machte ihm ein Zeichen, dass es Zeit zum Gehen war. Wieder ertönte der Gong. »Ach, wie ich das hasse! Das ist unsere Schicht. Sieh dir die da drüben an. Die meisten von denen sind zu bekloppt für Worte – die machen, was ihnen gesagt wird. Und wozu das Ganze?«

Er drehte sich um, um die Prügelei zwischen Skalpy und Spikes zu verfolgen.

Oswald warf einen verzweifelten Blick auf das Loch im Lumpenvorhang. Piccadilly sah ihn verwirrt an. »Das kann nicht funktionieren«, flüsterte die Stadtmaus.

Der Weiße setzte eine fragende Miene auf und Piccadilly gab ihm Zeichen, sein auffälliges Mäusehaar und die Mäuseohren abzudecken. Rasch nahm Oswald den Schal vom Hals und wickelte ihn sich verwegen um den Kopf; dann steckte er das Mäusemedaillon darunter.

»Ich hol Hilfe«, gab Piccadilly ihm zu verstehen. Dann drehte der Graue sich um und verschwand, so schnell er konnte, im Tunnel.

Abrupt endete die Schlägerei in der Kammer. Ein paar Ratten jauchzten, andere murmelten etwas. Spikes sagte nichts – er fiel mit einem Plumps tot auf den Boden.

»Ich räume später auf«, sagte Skalpy und leckte sein Messer sauber.

»Ich hasse die zwei – sie hätten beide draufgehen sollen«, murmelte die Ratte neben Oswald. »Kotzbrocken sind das.« Er riss den Stofffetzen zur Seite und wollte schon weiterwanken, doch dann drehte er sich zu dem Weißen um und sagte: »Am besten hältste dich am ersten Tag an mich. Ich zeig dir, wo's langgeht. Du und ich, wir werden uns gut verstehn – bei der nächsten Schicht sind wir schon richtige Kumpels. Hättste wohl gerne, was, Kleiner?« Sein wüstes Gesicht näherte sich Oswald, der hastig nickte.

»Ich bin Finn.«

»Ach ... ich ...« Oswald hustete und bemühte sich, so grob und rau wie eine Ratte zu klingen, während er nach einem passenden Rattennamen suchte. »Ich bin ... Whitey.«

»Mhm, na klar«, sagte Finn und lächelte unangenehm. »Ich zeig dir die Mine, Whitey.«

Und so folgte Oswald der dünnen Ratte in noch größere Gefahren hinein.

BÖSER ZAUBER AUF DER HEIDE

Die Nachtluft war kühl und erfrischend. Twit erholte sich rasch von der stickigen Atmosphäre der Abwasserkanäle, während die Brise sein Fell leicht aufwirbelte und den Geruch der grabenden, schwitzenden Ratten verwehte.

Thomas war mit ihm einen anderen Weg durch die Tunnel gegangen als den, auf dem sie gekommen waren. Die beiden Mäuse waren in der Nähe des großen eisernen Parktors, das nachts ungewollte Besucher abhielt, heraufgekommen. Große Bäume ragten schwarz in den dunklen Himmel; sie waren so hoch, dass Twit sich den Hals verrenken musste, um hinaufzusehen. Ihre jungen Blätter besprenkelten die Mäuse im Vorbeigehen mit Mondschein.

»Die ältesten Bäume stehen da drüben auf dem Hügel«, zeigte Thomas, als er Twits staunendes Gesicht sah. »Riesengroße, uralte, knorrige Kastanien. Sie ernähren die Eichhörnchen und die Lady.«

»Wer ist die Lady?«, fragte Twit neugierig.

»Die meisten Eichhörnchen in dieser Gegend sind ziemlich einfach gestrickt«, fuhr Thomas fort, der die Frage anscheinend nicht gehört hatte. »Zu den meisten hab ich keinen Draht – außer zu ihr; sie ist eine vornehme Dame.« Er schaute sich um und kratzte sich an den Barthaaren. »Hier entlang, Kumpel.«

Twit trottete hinter ihm her. Die Schiffsmaus lief wieder mit schnellen Schritten voraus. »Aber *wer* ist die vornehme Dame?«

»Natürlich die Sternfrau«, antwortete Thomas. »Hast du denn noch nie von ihr gehört?« Er wunderte sich über Twits Wissenslücke.

Im Park brannten keine Lampen und die Straße auf der rechten Seite wurde von den hohen Bäumen verdeckt, so dass nur wenig Licht von den Straßenlaternen auf die breiten Parkwege fiel.

»Siehst du den Hügel dort drüben?« Thomas machte eine Kopfbewegung in die Richtung einer dunklen Masse, die sich zu ihrer Linken erhob. »Der merkwürdige Dom auf der Spitze ist dazu da, um in den Himmel zu schauen.«

»Ach ja«, sagte Twit eifrig, »die Fledermäuse haben mir verraten, dass man damit die Sterne sehen kann, aber ich kann sie auch so sehen.«

»Ja, ja, die Sterne«, sagte die Schiffsmaus blinzelnd. »Die ältesten Navigationspunkte der Welt. Dort oben kann man Wege finden. Sie können dich ganz weit weg und wieder zurück führen.« Der erfahrene Seefahrer räusperte sich und unterdrückte das Fernweh, das in ihm aufstieg. Er schüttelte langsam den Kopf und nahm seine Wollmütze ab. Dann starrte er in den glitzernden Himmel und seufzte. »Nein, ihr habt meine besten Zeiten bekommen. Ich werde nicht mehr in der Weltgeschichte umherschweifen, egal, wie sehr ihr mich auch lockt. Ich hab endlich meinen Anker gesetzt und nichts kann mich mehr wegholen.«

Er zog sich die Mütze wieder auf und bedeckte die weißen Haarbüschel, die sich wie Seetang im tiefen Wasser sanft wellten. Dann lächelte er Twit an. »Die Welt hat eine starke Anziehungskraft, wenn man sie mal gesehen hat. Also, wo war ich stehen geblieben?«

»Bei der Sternfrau«, erinnerte die Feldmaus ihn.

»Ja, stimmt. Also, hinter dem Hügel dort drüben leben die Eichhörnchen in ihren Nestern.«

»Ich hab mal eine Eichhörnchenfamilie gekannt«, sagte Twit plötzlich. »Die waren echt okay – auch wenn sie sich dauernd über irgendwas aufgeregt haben.«

»Hier sind sie genauso, wie ich schon sagte. Sie sind strohdumm; die meisten von ihnen sind ziemlich unnütze Viecher.«

»Außer der Sternfrau.«

»Das ist wahr. Die ist weise – und ich vermute, sogar älter als ein paar der Bäume. Heutzutage kommt sie nicht mehr viel rum. Sie muss wegen ihres Rheumas und der Gicht in ihren Knochen zu Hause bleiben, aber sie ist nicht senil wie die meisten alten Damen. Ich glaube, sie ist echt schlau – man braucht einen hellen Verstand, um es mit ihr aufnehmen zu können. Ich bin ihr nur einmal begegnet. Das hat gereicht.«

Jetzt gingen sie den sanften Hügel hinauf zu dem dunklen Weg, der nur benutzt wurde, wenn der Park offen war.

»Vielleicht sollten wir ihr einen Besuch abstatten und sie um ihren Rat bitten«, schlug Twit eifrig vor. Er liebte es, Fremde kennen zu lernen, und die Sternfrau erschien ihm besonders interessant.

Thomas schüttelte den Kopf. »Nein, es ist am besten, wenn man sie nur auf Einladung hin besucht. Die anderen Eichhörnchen werden immer ganz nervös, wenn Fremde kommen. Aber der Gedanke ist mir auch schon gekommen – ich frage mich, was sie wohl von dem Ganzen halten würde.« Nachdenklich schwieg er eine Weile. »Irgendetwas an ihr ist anders, weißt du. Sie wirkt irgendwie übersinnlich; sehr gelassen, wenn sie gut drauf ist, und sehr aufbrausend, wenn sie wütend ist – auf eine gewisse Art genau wie das Meer. Sie regiert die Eichhörnchenkolonien mit eiserner Hand. Nein, ich glaube nicht, dass es günstig wäre, ihr heute Abend einen Besuch abzustatten. Es ist schon zu spät, und außerdem sind die Eichhörnchen gerade erst aus ihrem Winterschlaf aufgewacht.«

Sie hatten die Hügelspitze erreicht, auf der sich eine Hochebene ausdehnte. Der Weg gabelte sich in drei Pfade. Thomas bog rechts ab.

»Jetzt ist es nicht mehr weit«, sagte er. »Blackheath liegt direkt hinter diesem Tor.«

»Was werden wir dort wohl finden?«

Thomas zuckte mit den Schultern. »Nichts, nehme ich an. Ich will mich bloß mal umsehen.«

Das Tor lag vor ihnen. Sie bückten sich, schlüpften durch und blinzelten mit den Augen. Vor ihnen war eine breite Straße. Twit und Thomas brauchten einen Augenblick, um sich zu fangen, während sie zusahen, wie dröhnende Ungeheuer auf vier Rädern an ihnen vorbeirasten. Twit gefiel die Straße nicht. Sie brachte ihn so durcheinander, dass Thomas ihn fest an der Pfote nehmen musste.

»Wir müssen diesen Albtraum überqueren«, schrie er, um das Getöse zu übertönen. »Warte, bis alles ruhig ist.«

Also blieben sie stehen und warteten, bis zwischen den sich entfernenden roten Lichtern und den auftauchenden weißen Scheinwerfern eine Lücke entstand.

»Jetzt!«, rief die Schiffsmaus und zerrte Twit vom Gehweg auf die Straße. Sie rannten hastig über den Asphalt und kletterten auf den Gehweg auf der anderen Straßenseite, als ein Fahrzeug vorbeisauste. Twit keuchte schwer und Thomas hustete in seine Mütze.

»Das war knapp«, sagte er nach einer Weile. Sie wandten sich um, um zu sehen, was vor ihnen lag.

»Oh nein«, stöhnte Twit, »noch eine!«

Sie befanden sich auf einem Grasstreifen zwischen zwei Straßen. Die nächste wirkte noch befahrener als die erste.

Die beiden Mäuse liefen durch das Gras bis zum Straßenrand. Hinter den grellen Lichtern und dem Verkehrslärm lag die Heide.

Das war eine dunkle Landschaft, ein riesiges Gebiet flachen Graslandes, umgeben von Straßen und Häusern. Zwar wurde die Heide von ein paar Wegen durchkreuzt, doch es wuchsen kaum Bäume auf ihr. Es gab nur ein kleines, dichtes Wäldchen, das jedoch eingezäunt war.

Eine schiefe, alte Kirche stand am Rand von Blackheath. Es war ein unheimlicher Ort: Nichts rührte sich, nur die Sterne funkelten am Himmel.

Thomas und Twit warteten geduldig auf dem Grasstreifen, während die lauten Autos vorbeidröhnten. Sie wischten sich den Staub aus den Augen und hielten sich die Pfoten vor die Nasen, wenn sie von den Abgasen eingehüllt wurden. Eine Unterhaltung war unmöglich, deshalb saßen sie still da und warteten auf einen günstigen Augenblick. Twit betrachtete seinen neuen Freund und fragte sich, was ihn dazu bewogen hatte, die Seefahrt aufzugeben. War es bloß sein Alter? Oder war irgendetwas

Schreckliches passiert, das Thomas dazu veranlasst hatte, seine Reisen zu beenden? Twit wusste, dass Thomas sich nach dem wogenden Meer sehnte. Er war ein so kräftiger Kerl, dass sein zunehmendes Alter sicher kein Problem war. Doch Twit hatte schon genug Leute kennen gelernt, um zu wissen, dass jeder einen Grund hat für das, was er tut, auch wenn er es nicht erklären kann. Sogar er würde bald heimkehren, zurück zu seinen Eltern, zurück zu dem herablassenden Lächeln mancher und dem Mitleid anderer. Wenn die Schiffsmaus einen Grund hatte, auf dem Trockenen zu bleiben, dann musste das ein guter Grund sein, dachte Twit.

Allmählich ließ der Verkehr nach.

»Jetzt oder nie.« Thomas sprang auf die Füße. »Los, Twit!« Wieder hüpften sie von der Bordsteinkante und rannten über die Straße. Als sie die andere Seite erreicht hatten, ließen sie sich ins Gras fallen und holten Luft.

»Lass uns von dem Lärm der Straße weggehen, damit wir in Ruhe nachdenken können«, sagte Thomas.

Das Heidegras war kurz: Es reichte Twit nur bis zum Bauch. Als er sich umsah, entdeckte er eine Anzahl seltsamer Flecken. Hier und dort wuchsen Büschel, die dunkler als der Rest und kreisrund waren – dunkle Ringe im Gras. Er wunderte sich darüber.

»Was sind das für komische Kreise, Thomas?«, fragte er.

»Ja, ich sehe sie auch – aber ich hab keine Ahnung. Ich war die meiste Zeit auf See – nicht auf Gras und so. Ich hab gedacht, du könntest mir sagen, was das ist, alter Kumpel.«

Twit näherte sich einem der dunklen Ringe. »Seltsam«, murmelte er. »Hier sind die Grashalme deutlich dunkler. Und sieh mal, in den Kreisen wachsen Pilze – nirgendwo sonst, bloß im Inneren der Grasringe.«

Hohe, krumme, weiße Pilze schossen aus den dunklen Ringen.

Thomas gefielen sie nicht. »Ich hab schon mal Pilze gegessen«, sagte er. »Sie haben gut geschmeckt, aber diese bleichen Dinger würde ich noch nicht mal mit einem Stock anrühren.«

Er betrachtete sie verächtlich.

Twit schnupperte vorsichtig an ihnen und verzog das Gesicht. »Nein, sie riechen nicht gut«, sagte er. »Sie müssen giftig sein.«

»Ich frag mich, was in der Erde ist, dass sie hier wachsen«, murmelte Thomas. »Welche Stoffe da wohl drin sind, die sie so krumm werden lassen?«

Twit starrte auf die Heide. Etwas hatte seine Aufmerksamkeit erregt. Es war ein kleiner Lichtpunkt.

»Es ist so still hier«, fuhr Thomas fort, »so leise und friedlich wie auf ruhiger See. Wo schaust du hin, Junge?«

Twit zeigte darauf. »Da drüben! Siehst du das flackernde Licht? Es ist ganz klein.«

»Ach ja«, sagte Thomas. »Wir wollen es uns näher ansehen. Aber wir müssen leise sein; irgendwas an diesem Ort macht meinen Schwanz ganz kribbelig. Ich kann noch nicht sagen, was es ist, aber das ist immer ein schlechtes Zeichen – das letzte Mal, als das passiert ist –« Er stockte, als hätte er schon zu viel gesagt. »Komm mit, Kumpel.«

Sie wateten durch das Gras auf das Licht zu. Wieder einmal war Twit froh, Thomas Triton bei sich zu haben. Vorsichtig liefen die beiden Mäuse um die dunklen Ringe aus Gras und Pilzen herum.

Das Rauschen der Straße trat in den Hintergrund, und die aggressiven Scheinwerfer wurden zu kleinen Punkten, die in hellen Lichtbändern in beiden Richtungen entlang zogen.

Als sie sich der Lichtquelle näherten, zog Thomas Twit zu Boden.

»Wir müssen vorsichtig sein«, flüsterte er. »Irgendwas stimmt mit dem Licht nicht.«

Morgan spuckte auf den Boden. Er war eine weite Strecke gelaufen und war so viel Bewegung nicht gewöhnt. Im Augenblick standen die Dinge gar nicht gut für ihn. Madame Akkikuyu hatte das Wohlwollen seines Herrn, und außer ihr auch noch ein paar andere, jüngere Ratten, die sich um seine Stellung rissen. Morgan war von Verrat umgeben; er konnte niemandem vertrauen. Und jetzt musste er auch noch einen Sack schleppen; er eignete sich zwar nicht für körperliche Arbeit, doch Jupiter hatte es befohlen und ihm Anweisungen gegeben, die verrückt klangen. Er war der Oberboss. Wenn Jupiter von ihm verlangt hätte, Schmuckbänder zu tragen, so hätte Morgan es bereitwillig getan, solange er der Oberleutnant blieb und Macht über die anderen ausüben konnte. Macht! Macht war für Morgan so süß wie Schokolade. Er konnte nie genug davon bekommen, und wenn er dafür vor den Augen im düsteren Portal zu Kreuze kriechen musste, dann würde er es eben tun.

Morgan hasste es, draußen zu sein. Wie alle Ratten wollte er instinktiv in das nächste dunkle, stinkende Loch kriechen. Aber Jupiter hatte befohlen: »Geh in die Heide!« Und jetzt war er hier. Er konnte es sich nicht leisten, die Majestät zu verdrießen. In letzter Zeit war er kurz davor gewesen: Zu viel war schief gelaufen. Und dann die Jungs in der Mine. Es war schwierig, sie bei Laune zu halten. Aufrührerische Reden wurden offen gehalten, und am Ende musste er, Morgan, dafür geradestehen. Seine Gedanken wanderten zu den letzten Worten, die Jupiter gesagt hatte, bevor er ihn aus den Kanälen wegschickte. »Ich werde dich dort treffen«, hatte er gesagt. Morgan fragte sich, ob das bedeutete, dass er seinen Herrn endlich einmal sehen würde. Er diente ihm schon seit vielen Jahren, ohne die beiden Köpfe jemals zu Gesicht bekommen zu haben. Er erlaubte sich ein kurzes, verschmitztes Lächeln, als er daran dachte, wie er diesen Job ergattert hatte. Damals war er noch jünger und seine Klauen kräftiger gewesen, aber trotzdem hatte Schwarzmaul sich bis zuletzt heftig gewehrt – es hatte länger als erwartet gedauert, bis er ihn erwürgt hatte.

»Ich sollte lieber vorsichtig sein.« Morgan schauderte bei der Vorstellung, irgendein Widersacher könnte ihm das gleiche Schicksal zuteil werden lassen. Kämpferisch leckte er sich die langen gelben Zähne.

Sein Orientierungssinn war richtig gewesen. Er musste mitten in die Heide gehen. Und diese Stelle hier war ziemlich genau in der Mitte. Morgan legte den Sack ab; er war zwar recht leicht, doch er konnte durch den Stoff einen runden Gegenstand spüren, der mehr als die anderen Sachen im Sack wog. Er hatte keine Ahnung, was alles drin war. Normalerweise hätte er den Inhalt gründlich durchsucht, doch so wie die Dinge momentan standen, wagte er es nicht.

»Geh in die Mitte der Heide und hole die Kristallkugel

aus dem Sack«, hatte Jupiter ihn angewiesen. Morgan machte den Sack auf und tastete den Inhalt ab. Schließlich fischte er das glatte, schwere, runde Ding heraus.

»Teufel noch mal«, fluchte er, »wofür braucht er diesen Müll?« Es war Madame Akkikuyus Kristallkugel. »Na ja, er wird es wohl wissen«, sagte er missmutig. Die Ratte versuchte, sich an den nächsten Befehl zu erinnern. Er sollte den größten Ring im Gras finden, den es gab, und die Kugel hineinlegen. Wie bescheuert!

Dennoch, wenn Jupiter persönlich herkam, wollte Morgan nicht dabei erwischt werden, wie er Zeit verschwendete. Er sah sich suchend um. Nein, noch war niemand da – es sei denn, er versteckte sich, beobachtete und testete ihn. Morgan bemühte sich, Jupiters Anordnungen genau zu befolgen. Er legte die Kristallkugel in einen großen, runden Ring. Die Pilze sahen verlockend aus und Morgan steckte sich ein paar davon ins Maul, doch sogar ihm, dem Allesfresser, schmeckten sie nicht. Angewidert streckte er seine belegte Zunge heraus und spuckte große, schleimige, braune Brocken aus. Er wischte sich mit dem Arm die Spucke vom Maul und ging in Gedanken die restlichen Anweisungen durch. Dann trat er aus dem Ring und sagte die Worte, die er auswendig gelernt hatte.

»Jupiter, allmächtiger Herr, tritt im Namen der Finsternis vor.« Er verbeugte sich, so wie es ihm gesagt worden war, und wartete darauf, dass die Kreatur mit den zwei Köpfen aus ihrem Versteck trat. Doch Morgan wurde enttäuscht. Aber bald darauf wurden alle seine Gedanken vertrieben; eine helle Flamme blendete ihn.

Madame Akkikuyus Kristallkugel brannte.

Morgan sah genauer hin. Dort in dem dunklen Ring

brannte die Glaskugel. Nein, das Feuer war *in* der Kugel. Die Flammen leckten an der Innenseite, doch das Glas wurde nicht schwarz und es stieg auch kein Rauch auf. Morgan starrte verdattert hin, und dann sah er plötzlich zwei kleine rote Punkte in den Flammen. Sie wurden immer größer und verwandelten sich in zwei schwimmende hellrote Feuerkreise, die noch viel greller flackerten als die Flammen. Morgan merkte, dass er in zwei feurige Augen blickte. Aus der Kristallkugel starrte Jupiter ihn an.

»Oh, Herr der Nacht«, murmelte er mit zitternden Knien und dann gaben seine Beine nach. Was für Zauberkräfte Jupiter doch besaß! Morgan hätte es sich nie träumen lassen, dass sie so stark waren.

Er verharrte in seiner Verbeugung.

»Mein Herr«, stieß er aus. »Könnt ihr mich hören?«

Die Antwort war ein hohles, spöttisches Lachen, das aus der Kugel kam.

Thomas und Twit waren leise am Boden entlang gekrochen, bis sie die Quelle des Lichts sehen konnten.

Twit unterdrückte einen Aufschrei, und sogar Thomas, der erfahrene Seefahrer, erschrak bei dem Anblick, der sich ihnen bot.

Die beiden Mäuse hockten am Rand eines Grasrings; das hohe Gras verbarg sie vor der Ratte, die vor ihnen stand. Es war Morgan, der Madame Akkikuyus Kristallkugel mittlerweile mit beiden Pfoten hoch über seinem Kopf hielt. Zwei grausame, brennende Augen schwebten im Inneren der Kugel.

Jupiters Stimme dröhnte aus den Flammen und Twit bebte vor Angst.

»Markiere den Ring, Morgan«, zischte die Stimme. »Der erste Teil muss heute Nacht ausgeführt werden.«

Die Ratte legte die Kugel zurück auf den Boden und eilte zu dem Sackbündel außerhalb des Grasrings.

»Lege die Sachen hinein«, befahl Jupiter. »Wenn der Ring komplett ist, darf er nicht mehr gestört werden.«

Morgan schleuderte das Bündel in die Kreismitte. Thomas spähte über die Grashalme. Die flackernde Flamme aus der Kristallkugel leckte am Sack, in dem die Ratte wühlte.

»Was soll ich zuerst herausholen, Großer Meister?«, fragte Morgan, der die Schnauze in den Sack gesteckt hatte.

»Die Knochen, Morgan – ich habe dir alles längst erklärt.«

Die Ratte holte vier Beinknochen heraus und hielt sie stolz in die Höhe.

Thomas bedeckte seine Augen: Es waren Mäuseknochen.

»Richtig«, zischte Jupiter; die Flammen in der Kugel beruhigten sich.

»Fahre mit dem eingekerbten Knochen um den Ring herum, suche die vier Himmelsrichtungen und richte den ersten Knochen nach Norden aus. Und mach keinen Fehler, wenn dir dein Fell lieb ist.«

Vorsichtig fuhr Morgan mit dem Knochen um den Grasring herum. »Ist das richtig so, Majestät?«

»Mach weiter.«

Twit rückte näher an Thomas heran. »Wie kann die Glaskugel sprechen und warum brennt sie?«, flüsterte er.

Thomas wirkte beunruhigt. »Das ist Jupiters Stimme,

die durch irgendeine Zauberkraft durch die Kugel spricht«, sagte er ernst.

Twit staunte und bebte zugleich vor Angst. Er hatte Jupiter, den größten Albtraum aller Mäuse, vor Augen. »Oh mein Gott!«, sagte er schaudernd.

Morgan hatte seine erste Aufgabe erfüllt. Er lächelte glücklich und klatschte in die Pfoten. Dann sah er die Kugel an und wartete auf weitere Anweisungen.

»Und jetzt die Kerze«, befahl Jupiter.

Wieder wühlte die Ratte im Sack und brachte eine kurze, dicke Kerze ans Licht. Sie war von stumpfer brauner Farbe und Morgan schnüffelte vorsichtig daran. »Hier ist sie ...«, fing er an. »Mhmm, sie riecht so gut, dass ich sie fressen könnte.« Er leckte sich gierig die Lippen.

»Wage es bloß nicht«, drohte die Stimme ohne Körper. »Ich habe lange gebraucht, die Substanz herauszufiltern, aus der die Kerze ist – das ist kein gewöhnliches Wachs.«

Wieder roch Morgan an ihr und ihm lief der Speichel an der Schnauze herunter. Der Geruch des Wachses erinnerte ihn an saftiges Schweinefett und knusprige Speckschwarte – was für ein Jammer, dass er es nicht hinunterschlingen durfte. Auch der Docht war seltsam: keine gewöhnliche Schnur, sondern mehr wie feines geflochtenes Haar in verschiedenen Farbtönen.

»Halte sie hoch, Morgan«, ordnete Jupiter an.

Die Ratte gehorchte und wartete.

Die feurigen Augen in der Kristallkugel wurden zu schmalen Schlitzen und die Stimme wurde leise – zu leise, um sie zu verstehen.

Plötzlich schoss das Feuer aus dem Glas in die Höhe

und züngelte um Morgan herum, der erschrocken die Augen zumachte und sich duckte. Die Flammen breiteten sich über seinem Kopf aus und zündeten die seltsame Kerze mit einem Funkenregen an.

»Sieh sie an«, sagte Jupiter. »Du musst sie in Richtung Norden stellen.«

Morgan brachte die tropfende Kerze an den Rand des Grasrings und stellte sie neben den eingekerbten Knochen. Von der Kerze stieg dichter, brauner, übel riechender Rauch auf.

Thomas und Twit, die ganz in der Nähe hockten, mussten zurückweichen, um nicht an dem Rauch zu ersticken.

»Wie das stinkt«, hustete Twit.

»Atme es nicht ein«, wies Thomas ihn hastig an. »Komm, wir stellen uns in den Gegenwind.«

»Und jetzt«, fuhr Jupiter fort, »geh zum Sack zurück und hol das Paket heraus.«

Wieder tat Morgan, wie ihm befohlen war. Es war ein schweres Paket, das in braunes Papier eingewickelt war und aus dem eine klebrige, ölige Flüssigkeit tropfte.

»Packe es vorsichtig aus.«

Stück für Stück riss Morgan das Packpapier weg. »Teufel noch mal!«, fluchte er. »Das stinkt ja schweinisch! Ich könnte kotzen!«

»Sei still!«, knurrte die Stimme. »Teile die Stücke in vier Teile und lege sie zu den Knochen.«

Twit und Thomas hörten Morgan leise vor sich hin schimpfen, während er seinem Herrn gehorchte.

»Was ist das?«, fragte die Feldmaus. »Ich kann nicht erkennen, was er in den Händen hält.«

»Es ist besser, wenn du es nicht weißt«, erwiderte Thomas betroffen. »Ich kann's selber kaum glauben. Es ist grauenhaft, das mit ansehen zu müssen.« Er senkte den Kopf.

»Da, Herr. Es ist geschehen«, sagte Morgan und wischte sich die Klauen am Bauch ab.

»Und nun den Rest.«

Die Ratte holte mehrere knorrige Wurzeln aus dem Sack.

»Wirf sie in die Kerzenflamme.«

Das tat Morgan. Die Wurzeln fingen Feuer und verschwanden in einer Wolke aus Funken.

»Und jetzt heb mich hoch, Morgan! Halte die Kugel wieder über deinen Kopf und mach dich bereit.«

Morgan packte die Kugel mit seinen scharfen Rattenklauen und hielt sie über seinen Kopf.

Das Feuer im Kugelinnern erleuchtete die Nacht, als die Augen sich weit öffneten.

»Mit Feuer rufe ich euch«, rief Jupiter.

Die Kerzenflamme flackerte plötzlich auf und eine dichte, dunkle Rauchwolke bildete sich über ihr.

»Mit Alraun umwerbe ich euch.«

Aus der Luft ertönte ein Schrei. Thomas zog Twit weg. »Komm, wir dürfen hier nicht bleiben. Ich muss dich zu deinen Freunden nach Deptford zurückbringen.«

»Aber das hier –«, stammelte Twit. Er begriff nicht, in welch großer Gefahr sie sich befanden.

»Schau nicht hin und halt dir die Ohren zu, wenn du jemals wieder ruhig schlafen willst, mein Junge. Wenn wir jetzt nicht schnellstens verschwinden, wird ein Fluch über uns fallen.« Thomas zerrte die Feldmaus weg, so schnell er konnte. »In Indien hab ich mal was Ähnliches gesehen, aber es war nicht so wirksam – und auch nicht so teuflisch.«

Die Mäuse rannten, so schnell ihre zitternden Beine sie tragen konnten, an den Rand der Heide. Nervös warf Twit einen Blick über die Schulter. Was hier geschah musste wirklich schrecklich sein, um den gleichmütigen Thomas so aus der Ruhe zu bringen. Ein Satz, den die Fledermäuse gesagt hatten, kam ihm in den Sinn: »Dank deiner Grünen Maus dafür, dass du mit einem einfachen Verstand gesegnet worden bist.«

Ja, jetzt dankte Twit der Grünen Maus dafür. Er war froh, dass er nicht verstand, was Jupiter Morgan aufgetragen hatte. Manchmal war es tatsächlich ein Segen, einen einfachen Verstand zu haben.

Thomas packte ihn fest an der Pfote und dann überquerten sie die beiden Straßen.

Im magischen Kreis sprach Jupiter seine letzte Beschwörungsformel aus.

»Und mit Knochen befehle ich euch«, rief er frohlockend.

Morgan unterdrückte sein Zittern und sah sich vorsichtig um. So etwas hatte sein Herr und Meister ihm noch nie aufgetragen. Er fragte sich, wohin das alles führen würde. Ach, wie hatte er Jupiters Kräfte unterschätzt – sie schienen täglich zu wachsen, oder hatte er bisher nicht seine ganze Macht gezeigt? Und wenn ja, warum nicht?

Es gab vieles, was Morgan nicht begreifen konnte. Zum Beispiel verstand er nicht, warum er in dieser windigen

Nacht nach Blackheath kommen musste – das alles hätte doch sicher auch in den Abwasserkanälen ausgeführt werden können? Das hätte den Jungs für eine Weile das Maul gestopft. Er erstarrte. Es war windig geworden. Vorhin hatte nur eine leichte Brise geweht, doch jetzt heulte der Wind! Es war richtig unnatürlich.

Die Kerzenflamme wurde hin und her geweht; der Wind setzte ihr mächtig zu, ohne sie jedoch auszublasen.

Hilfe, dachte die Ratte mit weit aufgerissenen Augen.

Der Rauch der Kerze wurde vom Wind weggetragen.

»Oh, Atem der finstersten Nacht«, setzte Jupiter erneut an. »Nimm die Gestalt, die ich geschaffen habe. Küsse die letzte Umarmung und tritt von deinem Thron im Nichts ab.«

Morgan wurde von der reißenden Windböe fast umgeworfen. Sie jagte aus dem schwarzen Himmel und wirbelte um den Grasring herum. Die Augen in der Kristallkugel über Morgans Kopf feuerten flackernde rote Lichtstrahlen ab und stiegen in großen Spiralen aus dem Glas.

So sehr Morgan es auch wollte, er schaffte es nicht, die Augen zu schließen. »Verdammt, was kommt als Nächstes?«, stammelte er verwirrt.

Plötzlich brannten die vier Haufen, die er im Kreis verteilt hatte, und sofort war er von Flammen umzingelt. Das Feuer war blasslila, mit roten Adern durchsetzt, die wie Blutbäche aussahen.

»Betretet den Ring nicht«, sprach Jupiter in den Wind. »Verzehrt euer Festmahl und beginnt mit eurem Auftrag.«

Der dichte Rauch kräuselte sich, dann wehte er über die Flammen und stieg hinauf in die Dunkelheit.

Morgans Stummelschwanz schwang hilflos hin und her. Er hörte Stimmen in der Luft. Sie schrien und pfiffen, doch es waren hohle, körperlose Geräusche.

Sie kamen aus dem Rauch und – was noch viel schlimmer war – sie riefen seinen Namen.

Die Kristallkugel immer noch in die Höhe haltend, duckte er sich. Er konnte Jupiters verrücktes Gelächter im Kugelinnern hören.

Gegen seinen Willen schaute Morgan weiterhin wie gebannt auf die Szene vor seinen Augen. Langsam konnte er Formen in dem sich ständig verändernden Rauch erkennen. Anfangs glaubte er, seine Fantasie würde ihm einen Streich spielen oder er sei übergeschnappt. Kleine verschwommene Gestalten flitzten durch die dunkle Rauchwolke. Die hohlen Stimmen wurden lauter, als sie Körper fanden, in denen sie sich festsetzen konnten. Bald darauf glich der Rauch sich ihren zuckenden Bewegungen an.

Morgan biss sich auf die Lippen, während er sich in Todesangst umsah. Der Lärm kam immer näher, doch jetzt war der Rauch verflogen und stattdessen flogen nur noch gedrungene, unförmige Kreaturen in dichten Schwaden über seinem Kopf, die in Jupiters Gelächter einstimmten.

Die Gestalten vollführten einen wilden Lufttanz um den Kreis herum. Sie drehten sich ausgelassen. Die lila Flammen wurden plötzlich gelb und sprangen noch höher. Die Geschöpfe schossen schreiend durch sie hindurch und tauchten gelb glühend wieder auf. Sie drehten sich immer schneller, bis Morgans Kopf schmerzte. Er wünschte, er wäre nie an diesen schrecklichen Ort gekommen.

»Genug«, schrie Jupiter von oben. Sofort war alles still und die Gestalten hingen verschwommen in der Luft und warteten seine Befehle ab.

»Macht euch an die Arbeit«, wies er sie an.

Ohne zu zögern, klappten sie ihre dunklen Mäuler auf, und es schien fast als wollten sie sich gegenseitig auffressen. Erschrocken stellte Morgan fest, dass er durch sie hindurchsehen konnte: Es waren ätherische, gespenstische Geschöpfe.

Doch bevor Morgan etwas sagen konnte, zerriss plötzlich ein schriller Schrei die Stille. Die Gestalten zuckten in der Luft und gleich darauf stürzten sie steil hinab, sanken auf den Boden und vergingen mit einem lauten Zischen wie tausend Schlangen.

In diesem Moment streckten sich die Flammen um den Kreis in die Höhe. Morgan befand sich in einer prasselnden Feuersäule. Nach einigen Augenblicken erlosch das Feuer ganz unerwartet. Die Knochen und die anderen Dinge waren verschwunden. Morgan sah sich suchend nach ihnen um, doch es war nichts von ihnen übrig geblieben. Er hatte das unangenehme Gefühl, dass sie verzehrt worden waren. Von dem Ritual, das gerade stattgefunden hatte, war keine Spur zurückgeblieben. Alles war still, nur eine leichte Brise bewegte sanft den Ohrring der Ratte.

»Ist es vorbei, mein Herr?«, fragte er vorsichtig.

»Ja«, sagte Jupiter. »Für den Augenblick kannst du in meine Kammer zurückkehren.«

»Habe ich alles gut ausgeführt, eure Hoheit?«

»Ausgezeichnet, Morgan – mein Vertrauter. Jetzt musst du zu mir zurückkommen.«

Morgan senkte die Kristallkugel. Die Flammen in ihrem Inneren erloschen und die brennenden Augen schlossen sich. Zurück blieb nur noch eine dunkle Glaskugel mit einer Spirale aus Farben in der Mitte.

Zitternd legte Morgan die Kugel in den Sack zurück und trat den Rückweg in die Abwasserkanäle an.

GEFÄHRLICHE GESELLSCHAFT

Audrey war ohnmächtig geworden, als der einäugige Jake und seine Jungs sie grob durch das Gitter gezogen hatten. Jake hatte sich ihren bewusstlosen Körper über die Schulter geworfen und dann waren die Ratten lautlos wieder in die Kanäle geschlüpft.

»Was ist mit dem Rest der Mäuschen da drinnen, Jake?«, fragte Fletch. »Wolln wir uns nich ein paar zum Frühstück fangen?«

»Das hier ist die Maus, die wir fangen wollten«, erwiderte der Anführer streng. »Ich werde es nicht riskieren, dass sie abhaut, während ihr euch einen Spaß daraus macht, den Mäusen das Fell über die Ohren zu ziehen.«

Fletch leckte sich die Zähne und sah ihn kurz an. »Okay, Jake – du weißt ja immer, was das Beste ist.« Nach einer Weile wandte Fletch sich an die anderen fünf Ratten und murmelte ihnen etwas zu. Einer von ihnen, ein besonders fieser Kerl mit zusammengekniffenen Augen, der »Schlitzaugen-Macky« genannt wurde, fing an laut zu meckern.

»Du hast gesagt, wir würden ein paar Mäuse kriegen, und jetzt nehmen wir bloß die Tussi hier mit. Das is nich okay. Wir sollten noch mal zurück und uns ein paar Mausis schnappen, vielleicht ein Stück pro Person.«

Jake drehte sich wütend um. »Pass auf, Macky«, zischte er. »Tu, was ich sage, sonst mach ich dich fertig!«

Macky verdrehte böse die Augen; sie blickten dabei in zwei verschiedene Richtungen. »Du bist der Boss«, sabberte er dann.

Jake ließ ihn los und sah die anderen an. Die Ratten zwinkerten mit den Augen. Fletchs Schnauze verzog sich zu einem leichten Grinsen.

»Hört alle gut zu«, knurrte Jake. »Keiner geht zurück und keiner rührt diese Maus an – kapiert?«

Die Ratten scharrten mit den Füßen und Macky betastete seinen Hals. Fletch verbeugte sich leicht vor Jake, um ihm zu zeigen, dass er ihn genau verstanden hatte. Dann starrte er Audrey, die sich noch immer nicht rührte, mit kalten Augen an und sagte: »Du wärst 'n gutes Kindermädchen, Jake.«

Das lockerte die Spannung, die unter den Ratten entstanden war, auf und Jake lachte; die anderen stimmten in das Gelächter ein. In diesem Augenblick kam Audrey wieder zur Besinnung. Über Jakes Schulter hängend wachte sie aus ihren tiefen Träumen auf und fand sich in einer Wirklichkeit wieder, die viel schlimmer war als jeder Albtraum. Ihre Augenlider flatterten. Sie hörte das Gelächter und dachte verwirrt, dass sie wohl immer noch träumte.

»Schau mal, Jake«, sagte Fletch und nickte in ihre Richtung. »Das Röckchen ist aufgewacht.«

»Wirklich?« Jake zog Audrey von seiner Schulter herunter und stellte sie auf ihre Füße.

Audreys Knie sackten ein und sie sank auf den Boden. Jake packte sie am Spitzenkragen und zerrte sie auf die Beine. Sie sah seine Augenklappe und erkannte in ihm eine der drei Ratten wieder, auf die Piccadilly und sie gestoßen waren, während die Ratten ihren Bruder Arthur, Oswald und Twit angegriffen hatten. Fast musste sie lächeln, als sie daran dachte, dass dies die Ratte war, der sie ins Ohr gebissen hatte.

»Du schmeckst ekelhaft«, sagte sie kalt.

Einen Augenblick lang war Jake verwirrt, dann erinnerte auch er sich an die Begegnung. »Ach, du warst das? Tu das bloß nie wieder, sonst beiß ich zurück.«

»Was habt ihr mit mir vor?«, fragte Audrey tapfer.

Jake grinste verächtlich. »Ich kann dir sagen, was die Jungs von dir wollen: dich zum Frühstück verspeisen.«

Sie sah über seine Schulter auf die sechs Ratten, die sie anstarrten. Der Anblick gefiel ihr gar nicht. Der schlitzäugige Macky verdrehte die Augen. Audrey schauderte bei seinem Blick und musterte die verwahrloste braune Ratte mit den Flecken auf der Schnauze; Fletch bleckte die Zähne.

»Wohin bringt ihr mich?«, fragte sie, fest entschlossen, keine Angst zu zeigen.

Jake strich sich über die Barthaare und kicherte. »Na, du bist aber mutig, was? Ein richtig hochnäsiges kleines Fräulein! Sagen wir mal so, meine Liebe: Du wirst zu jemandem gebracht, der ganz scharf darauf ist, dich zu sehen.«

Eine der Ratten lachte höhnisch. Audrey runzelte die Stirn; sie zerbrach sich den Kopf. Warum hatten die Ratten sich die Mühe gemacht, sie zu holen? Sie lebte noch, also mussten sie einen guten Grund haben. Sie fragte sich, wer hier unten in den Abwasserkanälen sie sehen wollte.

»Madame Akkikuyu?«, überlegte sie laut.

Jake lachte schallend. »Doch nicht die alte Schachtel! Was bringt dich auf die? Nein, es ist jemand ganz *Besonderes.*« Das letzte Wort sprach er geziert aus.

Wieder lachte eine der Ratten.

»So, jetzt sollten wir aber gehen.« Jake schubste die Maus mit seiner Klaue an. »Du kannst selbst laufen.« Er stieß sie vor sich her und die Truppe marschierte los.

Audrey stolperte vor Jake her; die Vorstellung, dass er gleich hinter ihr war, ließ sie sehr schnell gehen. Trotzdem kratzten die Krallen seiner langen Füße manchmal an ihren Fersen. Hinter Jake kam Fletch, gefolgt von dem schlitzäugigen Macky. Dahinter lief der »Saure Pete«. Pete hatte eine kahle Stelle auf seinem eierförmigen Kopf und einen ständig sauren Gesichtsausdruck, als würde er dauernd Zitronen essen.

Drei alte Ratten bildeten das Schlusslicht. Auf ihren Rücken trugen sie Säcke mit Proviant: getrocknetes Fleisch und ein paar Feldflaschen mit einem starken Schnaps, den Jake für seinen persönlichen Gebrauch organisiert hatte. Die drei Ratten hatten ihren jugendlichen Schwung und ihre rebellische Energie längst verloren. Resigniert beugten sie sich den Befehlen und ihren Lasten. Wenigstens bekamen sie Futter und sie waren vorübergehend von der Arbeit in den Minen erlöst.

Fletch drehte sich immer wieder um und redete flüsternd mit Macky und Pete; gelegentlich warf er einen hinterlistigen Blick auf Jake. Die beiden Ratten hörten ihm mit grimmigen, entschlossenen Mienen zu.

Langsam wurde Audrey müde. Der Rattenmarsch war zu viel für ihre kurzen Beinchen. Sie stolperte immer öfter und Jakes scharfe Klauen gruben sich in ihre Hacken. Er gab ihr immer wieder einen harten Schubs, bis sie nicht mehr weitergehen konnte. Sie drehte sich um und stellte sich breitbeinig auf den Steinvorsprung.

»Ich gehe keinen Schritt weiter, bevor ich nicht eine Weile ausgeruht habe«, sagte sie entschlossen. Das war zwar gewagt, doch sie war neugierig herauszufinden, was sie sich erlauben konnte – offensichtlich hatten die Ratten nicht vor, sie eigenhändig zu töten.

Jake war wütend. Er hob sie hoch und hielt sie über das Kanalwasser. Ihre Beine baumelten über dem steilen Abgrund. Weit unten hörte sie, wie das Wasser blubberte und strömte.

»Hör zu, kleines Fräulein«, knurrte er drohend. »Vielleicht kann ich dich nicht auf der Stelle umbringen, aber ich kann dir das Leben verdammt unangenehm machen – so dass du dir wünschst, ich hätte dich getötet.« Er schüttelte sie heftig.

Zum ersten Mal bekam Audrey es ernsthaft mit der Angst zu tun. Sie hatte sich zu weit vorgewagt. Jetzt konnte sie nur noch hoffen, eine Fluchtmöglichkeit zu finden, bevor die Ratten ihr Ziel erreicht hatten.

»Lass mich runter«, quiekte sie; ihre Stimme klang längst nicht mehr so selbstbewusst wie vorher. Jake schleuderte sie grob auf den Steinboden.

»Du musst noch 'ne Menge lernen, Kleine! So ein dummes Geschwätz lass ich mir von niemandem gefallen. Siehst du die Augenklappe? Willste wissen, wie ich das Auge verloren habe?«

Audrey sank gegen die Wand; sie schüttelte den Kopf und atmete schwer.

»Die war größer als du.«

Der schlitzäugige Macky schnaufte belustigt. »Jetzt hat die den Spitznamen Lieschen Holzfüßchen«, kicherte er heiser.

»Genau«, bestätigte Jake. »Durch mich hat sie eines ihrer Beinchen verloren – jetzt sieht es nicht mehr so hübsch aus, wenn sie rumhumpelt.« Audrey sah den Hass in seinen Augen aufflackern.

»Es tut mir Leid«, sagte sie.

»Komm schon, Jake«, drängte Fletch und wankte herbei. »Wir wolln sie abliefern und die Sache erledigen.«

Jake entspannte sich. »Steh auf«, befahl er. Audrey gehorchte und biss sich auf die Lippe, um die Beschimpfungen zu unterdrücken, die sie am liebsten geäußert hätte. Sie marschierten weiter. Bald teilte der Kanal sich in drei Tunnel. Die Rattentruppe lief geradeaus weiter, ohne den Weggabelungen, an denen sie vorbeikamen, Beachtung zu schenken.

Plötzlich stieß eine der alten Ratten, die ganz hinten lief, einen Schrei aus. Es gab ein kurzes Durcheinander. Die dünne, heisere Stimme der Ratte wurde von einem hohen, überraschten Schrei übertönt.

Piccadilly war die ganze Strecke von der Schlafkammer, in der er Oswald zurückgelassen hatte, gerannt, und als er um eine Ecke bog, stieß er mit der tatterigen, alten Ratte zusammen. Beiden stand das Erstaunen und der Schreck ins Gesicht geschrieben, bevor die graue Maus sich umdrehte und den Tunnel hinauf flüchtete. Piccadilly hatte Audrey an der Spitze der Rattenhorde nicht gesehen.

Doch Audrey hatte seine Stimme erkannt, und das machte ihr Mut. Sie spürte die allgemeine Verwirrung der Ratten, während Jake der Ratte, die Piccadilly hatte laufen lassen, Vorwürfe machte. Audrey erkannte ihre Fluchtchance und rannte los.

Doch sie war nicht schnell genug. Jake stürzte sich auf sie und packte sie am wehenden Haar. Er zerrte sie zu seinen Kameraden zurück.

»Das war der Graue«, sagte Fletch trocken.

»Tatsächlich?«, gab Jake bissig zurück. »Also haben die anderen Idioten ihn laufen lassen – ich frag mich bloß, was aus dem Weißen geworden ist.«

Das fragte Audrey sich auch.

»Was sollen wir machen?«, wollte Fletch wissen.

Schwankend wich Jake vor seinem stinkenden Atem zurück und schüttelte missmutig den Kopf. »Verdammter Mist!«, fluchte er.

»Hat seine Hoheit nicht beide kostbaren Mäuschen gefordert?«, fuhr Fletch fort. »Das Röckchen und den Grauen?« Er hustete künstlich. »Solln wir ihn jagen?«

»Ich kann die Tussi nicht mitzerren, sie ist zu langsam«, rief Jake und schüttelte Audrey an den Haaren.

»Es wär mir eine Ehre, sie zu bewachen, während ihr die andere fangt«, sagte Fletch sanft.

»Ha! Das glaub ich dir gern, Fletchy. Nein, ich werde sie bewachen und ich halte es für das Beste, wenn du bei mir bleibst.« Er warf einen raschen Blick auf die übrigen fünf Ratten. »Macky und Pete«, rief er. »Ihr bringt mir den Grauen – lebendig, okay?«

Frohlockend rannten die beiden Ratten in die Richtung, in die Piccadilly geflohen war.

»Bringt ihn hierher!«, schrie Jake. Dann zeigte er auf die drei Alten. »Hey, Opas: Macht eure Rucksäcke auf.

Wir werden so lange hier warten, bis die anderen wieder da sind.«

Die alten Ratten nahmen die Säcke vom Rücken und setzten sich. Als sie sich über die Beutel beugten, krachten ihre Knochen. Jake ließ Audreys Haare los.

»Ich bin schneller als du, also vergiss es«, warnte er sie eindringlich.

Audrey rieb sich den schmerzenden Kopf. Sie würde nicht mehr versuchen zu fliehen. Ihr Haarband hing lose und zerknittert herunter. Sie nahm es in die Pfoten und glättete es.

Als sie es sich wieder ins Haar band, beugte Jake sich vor und holte einen der Säcke heran. Er machte ihn auf, steckte die Schnauze hinein und rumorte darin herum.

Fletch wirkte gelangweilt. »Wie lange bleiben wir hier?«, fragte er. Er kickte einen Stein vom Vorsprung und lauschte, wie er ins Wasser platschte.

»Bis sie wiederkommen und ich sage, dass wir weitergehen können«, antwortete Jake, dessen Kopf immer noch im Sack steckte.

Träge setzte Fletch sich hin. »Es is kalt hier und es zieht mir schrecklich in die Ohren«, knurrte er und wickelte den Schwanz um seinen Körper.

Audrey spürte die Kälte auch, doch sie versuchte, nicht zu zittern. Hier unten in den Kanälen hielt sich der Winter länger als oben.

Jake hob den Kopf aus dem Sack; sein Maul triefte vor Fett. »In dem Sack da drüben ist Holz«, murmelte er und spuckte kleine Fleischstückchen aus. »Die restlichen Fackeln, die wir mitgebracht haben – mach ein Feuer damit.«

Eine der Ratten reichte Fletch den Sack. Die Alten waren froh, sich ausruhen zu können, und beobachteten Jake, während er sich das Maul voll stopfte. Sie merkten sich für später, wo die Reste seiner Mahlzeit hinfielen.

Fletch zog vier Holzstücke aus dem Sack. An einem Ende hingen Lappen, die in Fett getaucht worden waren. Außerdem nahm er zwei Steine und etwas Wolle heraus. Er rieb die Steine aneinander und wartete, bis die Funken sprühten und die Wolle Feuer fing.

Bald darauf brannte ein Feuer auf dem Steinvorsprung. Das Licht der Flammen fiel auf Audreys zarte Gesichtszüge, erleuchtete das Kastanienbraun ihres Fells und verlieh der Spitze an ihrem Kragen und Rock einen warmen Goldton. Jake unterbrach seine gierige Brotzeit und sein einzelnes Auge funkelte Audrey an.

Fletch rieb sich die Klauen und hielt sie über die Flammen. »Hast du auch was für uns da drin, Boss?«, fragte er höflich.

Jake warf ihm einen Knorpel zu und Fletch stürzte sich darauf. Er saugte, kaute, knabberte und schlabberte, bis nichts davon übrig war. Dann leckte er sich sorgfältig die Lippen.

Die drei alten Ratten sahen sich unglücklich an. Jake merkte es und schleuderte auch ihnen einen Brocken hin, den er selbst ungenießbar fand. Gierig stürzten sich die Alten darauf und stritten sich darum, daran lecken zu können – eigentlich bestand ihr Mahl weniger aus dem ärmlichen Klumpen als daraus, sich gegenseitig wegzubeißen.

»Gib mir den Sack«, befahl Jake Fletch. Der reichte ihm die übrig gebliebene Tasche, aus der Jake zwei große Feldflaschen holte. Er machte eine auf und kippte sich eine dicke braune Flüssigkeit in die Kehle. Dann rülpste er.

»Wo bleiben Pete und Macky so lange?«, wunderte er sich laut.

»Vielleicht lässt der Graue sich nich so leicht einfangen«, vermutete Fletch. »Das hat er schon mal gebracht.«

»Wehe, sie ziehen ihm das Fell über die Ohren, dann mach ich das Gleiche mit ihnen.« Das war keine leere Drohung: Jake hatte schon mehrere seiner Artgenossen um die Ecke gebracht. Er nahm noch einen langen Schluck aus der Flasche und warf sie dann Fletch zu, der sie dankbar glucksend leerte.

Die alten Ratten durften an der leeren Flasche schnüffeln und die Zunge hineinstecken, um die letzten Tropfen auszulecken.

Jake machte die andere Feldflasche auf und hielt sie Audrey hin. »Na, Fräulein, willste 'nen Schluck?«, fragte er. Sie schüttelte den Kopf. »Das Zeug wärmt dich auf – dadurch kriegste ein bisschen Feuer ins Blut.«

»Nein, danke.«

»Auch gut, dann bleibt mehr für mich übrig.« Er setzte sich die Flasche an die Lippen und trank. »Aah!«, seufzte er; sein nasses, schäumendes Maul glitzerte im Feuerschein. »Das tut gut!« Er kratzte sich am Bauch und betrachtete die Maus näher.

Audrey wich langsam aus dem Kreis der tanzenden Flammen zurück; die gefährliche Ratte machte ihr Angst. Jake klopfte mit seiner Klaue streng auf den Boden.

»Wage bloß nicht, dich zu verkrümeln«, sagte er. Er warf Fletch die Flasche zu und beugte sich vor; der rötliche Feuerschein flackerte in seinem Auge.

»Wo issen dein Dingeling?«, wollte er wissen. »Ich hab gedacht, ihr Quietschmäuse hättet alle eins.« Er berührte Audrey an der Stelle, an der das Mäusemedaillon hätte hängen sollen.

Angewidert zuckte sie zurück. »Ich hab meins verloren«, stammelte sie, »als ich dich gebissen habe.«

Jake grinste. »Ach, dann ist es das, was Skalpy gefunden hat. Er hütet es wie seinen Augapfel. Und was passiert jetzt?«

»Wie meinst du das?«

»Kriegst du 'n neues? Könnte auch so eins gebrauchen.«

»Nein, wir bekommen nur eins – und das war meins.« Sie wandte den Blick von Jake ab. Er machte sie nervös.

Jake rülpste wieder.

»Sag mir eins«, fragte er, »wen verehrt ihr Mäuse eigentlich? Unsere Majestät?«

Audrey hob stolz den Kopf und sah ihm fest in die Augen. »Wir verehren die Grüne Maus.«

Er kicherte verächtlich. »Eine grüne Maus? Ich hab schon einige grüne Mäuse gesehn – aber die könnte ich nie verehren.«

Audrey wandte sich von ihm ab. Es war sinnlos – die Ratten waren primitive Biester, die den Glauben an die Grüne Maus niemals verstehen würden.

Jake fragte sie mit sanfter Stimme: »Weißt du, wen ich verehre?«

»Ich glaube schon«, erwiderte sie.

»Wirklich?«

»Du verehrst Jupiter in seiner stinkenden Finsternis.«

Jake kniff die Augen zusammen. »Ja, wir verehren ihn. Er ist der Herr über alle.« In seinem Ton lag eine merkwürdige Bitterkeit. Fletch hatte die Feldflasche weggestellt und hörte aufmerksam zu.

Jake sah sich um und merkte, dass Fletch ihn lauernd ansah, bevor der andere den Blick senken konnte. »Wir sind ganz nah«, flüsterte er. Dann stand er auf und zerrte Audrey hoch. Mit der anderen Klaue nahm er eine brennende Fackel aus dem Feuer.

»Wir kommen gleich wieder«, sagte er zu Fletch. »Bleibt hier und wartet auf die anderen.«

Fletch biss grimmig die Zähne aufeinander; seine Augen funkelten kalt. Er gab den drei alten Ratten die Feldflasche. Jake bog um die Ecke, um die Piccadilly blindlings gerannt war, und zog Audrey grob hinter sich her. Er hatte zu viel getrunken und lief im Zickzack auf dem Steinvorsprung.

»Ich zeig dir, wie die Wirklichkeit bei uns hier unten aussieht«, murmelte er.

Es war feucht im Tunnel und an den Wänden wuchs Moos in blassgrünen Klumpen. Jake ging zu einem Moosklumpen und schob ihn beiseite. Er hielt die Fackel vor sich in die Höhe.

Hinter dem Moos lag ein Gang, der steil hinab führte. Er schubste Audrey durch die Öffnung und folgte ihr.

Die Maus kroch den Gang hinunter und wartete unten auf Jake. Sie fragte sich voller Verwirrung, wohin er sie wohl brachte und aus welchem Grund. Wieder umklammerte er ihre Pfote, und bei seiner Berührung sträubte sich ihr Fell.

»Es ist nicht mehr weit, Süße«, sagte er.

Hier unten sahen die Backsteine anders aus. Sie waren älter und größer als die in den Hauptkanälen.

An den Wänden tauchten Zeichen auf. Erst waren es sinnlose Kritzeleien, doch bald konnte sie im Lichtschein der Fackel Bilder erkennen: grobe Zeichnungen von Schlachten und Blutvergießen.

Sie betraten einen großen Raum.

Hier ließ Jake sie los und verbeugte sich vor etwas, das sie nicht sehen konnte.

»Oh, meine Herren, meine Lady«, sagte er feierlich. Dann wandte er sich zornig zu Audrey um. »Knie dich hin!«, befahl er donnernd. Sie sank in die Knie und Jake schwieg einen Augenblick.

»Ach ja«, seufzte er. »Es gibt unter uns immer noch ein paar, die sich daran erinnern können. Mein Alter war einer von ihnen – auch wenn er ein Nichtsnutz war. Er hat's mir erzählt, genau wie sein Vater es ihm erzählt hat.«

Audrey sah fragend zu ihm auf.

Jake schwenkte die Fackel in der Luft herum und schlenderte zu der anderen Wand des Raums.

Dort standen drei Altäre, bedeckt mit einer Schimmelschicht aus irgendwelchen alten Opfergeschenken. Darüber waren drei Figuren in primitiver Rattenkunst gezeichnet.

Jake stellte sich vor die erste. Die Zeichnung zeigte eine hockende kopflose Ratte. Zu ihren Füßen lagen viele verschiedene Köpfe.

»Bevor vor vielen Jahren seine Hoheit aufgetaucht ist«, sagte Jake mit den weit aufgerissenen Augen eines Fanatikers, »gab es diese drei Götter. Es waren keine lebendigen Götter wie er, sondern echte Götter. Die drei Rattengötter – heute von allen vergessen, außer von ein paar Gläubigen, so wie mir. Wir kommen manchmal her und verehren sie, so gut wir können. Solange Jupiter lebt, ist es zu gefährlich, weißt du. Klar tu ich alles, was er will, und zeige ihm meine Unterwürfigkeit, aber das ist bloß, um meinen Hals zu retten.«

»Wer ist das?«, fragte Audrey. »Warum hat er keinen Kopf?«

»Das ist Bauchan – der Künstler. Er setzt den Kopf auf, den er gerade will – er ist ein Meister der Verkleidung. Ein großer Lügner.« Jake ging zu dem zweiten Altar.

Darüber war eine weibliche Ratte mit einer Kette aus Zähnen und einem dritten Auge auf der Stirn abgebildet. Von ihren Ohren hingen Troddeln herunter.

»Das ist Mabb – die nächtliche Besucherin. Sie taucht in unseren Träumen auf und drängt uns in Kriege; sie ist eine ganz Düstere.« Jake lachte irre.

Er ging zu dem letzten Altar. Audrey hielt erschrocken den Atem an, als der Fackelschein das Bild beleuchtete. Das war bestimmt das Teuflischste, was sie je gesehen hatte: Es zeigte eine männliche Ratte mit großen Hörnern auf der Stirn und einer lockigen roten Mähne. Der Schwanz war gespalten und bei den Füßen lag ein Haufen blutiger Skelette.

»Lord Hobb«, hauchte Jake. »Der Kriegsgott.« Er drehte sich zu Audrey um. »Dies sind die wahren Götter der Ratten – was wir wollen, sind Schlachten und blutiges Gemetzel, nicht in elenden Minen herumwühlen.«

»Wer zwingt euch dazu?«

»Seine stinkende Hoheit. Ach, wie er alle mit seinen zwei Augenpaaren anfunkelt! Rot und gelb! Das ist nicht unser richtiger Herr. Es ist bloß, dass alle Angst vor ihm haben. Aber wie lang noch? Viele der Jungs sträuben sich gegen seine Drecksarbeit. Wir sind keine Arbeiter – wir wollen Blut an unseren Messern sehen.«

Audrey wich zurück. Sie musste von diesem grauenvollen Ort weg.

Jake stellte die Fackel auf Lord Hobbs Altar ab und näherte sich Audrey. Sein Auge funkelte bösartig.

Plötzlich ertönte eine Stimme hinter ihr.

»Ach, hier seid ihr!« Fletch spuckte auf den Boden. »Jake, du dreckiger Heide.«

»Raus!«, befahl Jake erbost.

»Nix raus«, sagte Fletch. »Seine allmächtige Hoheit – der Herr über alle – hat dir zwar diesen Auftrag gegeben, Jake«, sagte er und hielt inne, »aber mich hat er geschickt, um dich im Auge zu behalten! O ja, er weiß alles über dieses Drecksloch – er wollte bloß sicher sein, dass du es bist, der die anderen anführt. Die sind übrigens alle tot – dürfen ihm jetzt im Jenseits dienen.«

Jake sah ihn wutentbrannt an. Sein Gesicht war verzerrt und auf seiner Schnauze standen Schweißperlen.

»Jetzt sieh dir diesen Schwachsinn an«, zischte Fletch verächtlich. »Was für ein Haufen alter Schrott!«

Mit einem wilden Schrei und gefletschten Zähnen stürzte Jake sich auf die Ratte.

Fletch war darauf vorbereitet und wich Jake sauber aus, dann warf er sich auf ihn.

Sie knurrten und bissen sich. Sie rissen sich am Fell und kratzten sich blutig.

Audrey sprang weg. Langsam schob sie sich aus dem Tempel; sie behielt den bitteren Kampf zwischen den beiden Ratten im Auge und fragte sich, wer ihn wohl gewinnen würde.

Fletch packte Jake an der Kehle, doch Jake wand sich, schlug wild um sich und stieß den Gegner mit dem Schwanz weg. Fletch humpelte zu Lord Hobbs Altar und hob die brennende Fackel auf, die er drohend vor der einäugigen Ratte hin und her schwenkte.

»Das andere schlag ich dir auch noch aus«, stichelte er. »Dann bist du der Blinde Jake, der Dreck fressen muss und rumgeschubst wird. Und ich krieg Morgans Job.«

Sie strichen vorsichtig umeinander herum, und dann setzte Jake zum Sprung an.

Er stürzte sich auf Fletch; dem anderen fiel die Fackel aus den Klauen, als er gegen Bauchans Altar gedrängt wurde. Die Schatten der Flammen schossen in grotesk zuckenden Kampfbewegungen bis an die Decke.

Jake hatte Fletch mit dem Kopf an den Steinaltar gedrückt; die Ratte bekam keine Luft mehr. Während er um Atem rang, griff Jake nach der Fackel und stieß damit nach seinem Feind.

Audrey drehte sich um und flüchtete den Gang hinauf. Hinter ihr ertönte Jakes triumphierende Stimme: »Du hast deinen letzten Atemzug getan, Fletchy-Baby.«

Audrey kroch, so schnell sie konnte, den steilen Gang hinauf. Lose Steine holperten hinunter, als sie nach oben rannte. Am Eingang schob sie das nasse Moos beiseite und holte tief Luft; ihr Herz hämmerte laut in ihrer Brust. Sie war sich sicher, dass alle Ratten total durchgedreht waren.

»Hat Jake dich in die alte Höhle hinuntergeführt, Mäuschen?«

Die raue Stimme erschreckte Audrey furchtbar und sie schrie auf. Sie hatte nur noch daran gedacht, dem teuflischen Tempel zu entfliehen, und darüber alles andere vergessen. Als sie sich umwandte, sah sie den schlitzäugigen Macky, der sie gierig anglotzte.

»Is Fletchy auch da unten?«

Audrey schüttelte stumm den Kopf. Sie fragte sich, wie Macky wohl auf die Neuigkeit reagieren würde. »Fletch ist tot«, brachte sie schließlich heraus. »Jake hat ihn umgebracht ...«

Macky nickte. »Das hab ich mir schon gedacht. Also hab ich meine Wette mit Pete doch gewonnen – ich hab doch gewusst, dass Jake Sieger wird.« Er sah über ihre Schulter auf den Eingang hinter dem Moos. »Wir langweilen uns hier oben; wir sind schon richtig sauer. Der Graue ist uns entwischt – das verfluchte Wiesel.«

Audrey seufzte vor Erleichterung. Piccadilly war also in Sicherheit.

»Bäh, ihr haltet doch immer zusammen! Komm jetzt.« Er packte sie am Arm und zog sie den Tunnel entlang.

Das Feuer glomm nur noch. Die drei alten Ratten hatten die letzte Feldflasche leer getrunken. Eine von ihnen schlief fest, die anderen beiden kicherten albern. Der Saure Pete hockte vor der Glut und starrte missmutig in die glimmende Mitte.

Macky und Audrey gingen zu ihm. Macky trat die alten Ratten aus dem Weg.

»Die süße Kleine hier wird uns 'n bisschen Unterhaltung bieten«, sagte er lachend und schubste Audrey vor das Feuer.

»Sing uns was vor!«, forderte Pete.

»Ach, ich kann nicht«, sagte Audrey.

»Das ist keine Bitte«, brummte Macky.

Audrey erkannte den lauernden Blick der Ratten. Hastig versuchte sie, sich alle Lieder ins Gedächtnis zu rufen, die sie kannte. Ihr Kopf war leer. Ihr fiel nichts ein. Sie faltete die Pfoten vor der Brust und zerbrach sich verzweifelt den Kopf. Sie erinnerte sich daran, wie Meister Altschnauze laut an die Wände geklopft hatte, um die faulen Mäusekinder zu wecken. Als er sie unterrichtet hatte, hatte er ihnen ein Lied beigebracht, das ihr gefallen hatte. Er hatte es selbst komponiert. Es war ein trauriges Mäuselied, das von zwei jungen Mäusen erzählte, deren Familien sie seit ihrer Kindheit einander versprochen hatten. Der Mäusejunge liebte das Mädchen sehr, doch sie konnte seine Liebe nicht erwidern und rannte eines Tages mit einem gut aussehenden Fremden von zu Hause davon.

Audrey fing an zu singen. Ängstlich machte sie die Augen zu, um den Text besser erinnern zu können. Langsam wurde sie sicherer; ihre hohe Stimme ertönte klar und wunderschön und verzauberte den düsteren Ort.

Die beiden alten Ratten hörten mit ihren dummen Albereien auf und lauschten. Ihr schlafender Kumpel hatte zum ersten Mal in seinem traurigen Leben angenehme Träume. Der schlitzäugige Macky wiegte die Hüften und der Saure Pete verlor seine saure Miene und wirkte fast fröhlich.

Audrey sang weiter und die Ratten fingen an, im Takt mit den Füßen auf den Boden zu klopfen. Je länger sie sang, desto leichter wurde ihr ums Herz. Sie stellte sich vor, wieder wie früher hinter den Wandleisten zu sein, als ihr Vater noch da war und alle gemeinsam glücklich waren.

Macky fing an, schneller zu klopfen, und Pete machte es ihm nach. Der Takt wurde immer rasanter.

Audrey bemühte sich mitzuhalten. Ihr Glücksgefühl war verflogen. Mit weit aufgerissenen Augen versuchte sie verzweifelt, die Worte schneller herauszubringen.

Die Ratten fingen an, ungeschickt in die Pfoten zu klatschen. Tränen stiegen in Audrey hoch, während sie sich vergebens bemühte weiterzusingen.

Macky grinste und sprang auf. Er packte Audreys Pfoten und schwenkte sie im Kreis herum. Zuerst glaubte sie, er würde sie in das Kanalwasser werfen, doch dann wurde ihr mit einem Mal klar, dass das hässliche Biest mit ihr tanzte. Er bewegte sich mit schweren, plumpen Schritten im Rhythmus des Klatschens. Audrey musste sehr aufpassen, damit seine großen Füße nicht auf ihre zierlichen Pfötchen traten. Er schwenkte seinen Schwanz ungeschickt hinter sich und hüpfte auf und ab.

»Gib se mir mal«, rief der Saure Pete eifrig.

»Sorry, Pete – aber jetzt bin ich dran«, sagte eine Stimme aus der Dunkelheit.

Macky hörte auf zu tanzen.

Als Audrey aufschaute, setzte ihr Herz vor Schreck aus. Der einäugige Jake trat in den Kreis des Feuerscheins. Er wirkte wie ein Monster aus einem Albtraum. Er lächelte mit blutverschmiertem, triefendem Mund und ergriff Audreys Pfoten.

»Klatscht weiter«, sagte Jake zu Pete.

Die Ratten schlugen die Pfoten wieder im Takt aufeinander.

Jake schwenkte die Maus herum, wirbelte sie hin und her und tanzte dann mit ihr im Kreis herum.

»Schneller!«, brüllte er.

Audrey beugte den Kopf so weit zurück, wie sie konnte. Sie roch das warme Blut, das an der Ratte klebte. Auf seinem Fell waren dunkle, feuchte Flecken.

»Schneller!«

Jetzt drehten sie sich in einem Wahnsinnstempo. Audreys Füße berührten kaum noch den Boden. Sie wurde immer schneller herumgewirbelt und kämpfte mit der Übelkeit. In ihrem Kopf drehte sich alles, am liebsten hätte sie sich übergeben, doch Jake wurde immer noch schneller.

Er hielt ihre Pfoten fest umklammert, als sie mit ausgestreckten Armen abhob und fast wegflog. Wenn er sie jetzt losließ, würde sie an der Kanalwand zerschmettert.

Sie konnte nicht schreien – alles um sie herum war nur noch ein irrer Nebel aus Feuer und Blut.

»Lass sie in Ruhe!«

Jake blieb plötzlich stehen und Audrey rollte in eine Ecke, wo sie sich den Ellbogen an den Backsteinen aufschlug.

Jake drehte sich auf den Fersen um.

»Halt dich da raus, olle Schelle«, zischte er.

Madame Akkikuyu stieg über die alten Ratten und streifte sie dabei am Kopf.

»Ich hab gesagt, du sollst das Mäuschen in Ruhe lassen«, sagte sie gelassen.

»Keiner schreibt mir was vor, du alte Hexe. Geh lieber zu deinem Hausieren und Wahrsagen zurück – das ist alles, wofür du dich jetzt noch eignest.«

Akkikuyu sah ihn kalt an. »Der ach so beliebte Jake ist jetzt in Ungnade gefallen. Hau ab, solang du noch können.«

Jake hielt seine Klauen hoch und schwenkte sie vor

ihrer Schnauze. »Ich reiß dir die Gedärme raus, du Dreckschleuder!« Mit diesen Worten stürzte er sich auf sie.

Cool griff Madame Akkikuyu in ihre Tasche und schleuderte ihm etwas Pulver in das gesunde Auge. Jake heulte vor Schmerzen und fiel um; er konnte für einen Augenblick nichts mehr sehen.

»Komm zu mir, Mausi«, winkte Madame Akkikuyu Audrey zu sich. »Sieh mal, was ich bringen dir!« Sie hielt zwei kleine silberne Glöckchen hoch, dieselben Glöckchen, die sie Audrey bei ihrem ersten Treffen als Bezahlung abgenommen hatte.

Glücklich rannte Audrey zu der Wahrsagerin und nahm die Glöckchen entgegen.

»Bleibt nicht einfach hocken, Pete und Macky! Reißt die Hexe in Stücke.«

Die beiden Ratten, die bisher erstaunt zugesehen hatten, kamen vorsichtig näher.

»Ich glaube nicht, Jungs!«, sagte Madame Akkikuyu, als die Ratten sie nervös anstarrten. Wieder griff sie in ihre Tasche und holte diesmal eine Hand voll Kräuter heraus, die sie ins Feuer warf.

Das Feuer spuckte und knackte. Grelle weiße Sterne sprühten. Mit einem lauten Zischen schossen die Flammen plötzlich bis an die Decke und färbten sie schwarz.

Macky und Pete starrten ängstlich auf die lodernde Säule vor ihren Augen.

»Sie is eine richtige Hexe«, murmelte der Saure Pete.

»Ja, ich haben Jupiters Gunst«, gab Madame Akkikuyu stolz zu.

»Seht doch mal!« Macky zeigte auf die sprühende Feuersäule. In ihrer Mitte formten sich zwei Kreise, die heller glühten als die Flammen um sie herum.

»Gnade!«, schrie Pete. Die alten Ratten fielen kopfüber hin und steckten die Schnauzen in den Dreck.

Jupiters Augen tauchten vor ihnen auf.

»Hört her«, rief die tiefe, samtige Stimme aus den Flammen ihnen zu. »Akkikuyu wird die einfache Aufgabe, die ich euch aufgetragen hatte, jetzt zu Ende führen. Ihr habt versagt und mich schwer enttäuscht.« In der Stimme des Rattengotts schwang ein beängstigender Unterton mit.

»Es war nich unsere Schuld«, schluchzte Macky. »Es war Jake – der hat uns dran gehindert.«

Die feurigen Augen verengten sich. »Wo ist Jake?«, fragte Jupiter sanft.

Jake trat vor. Akkikuyus Zauber hatte ihn erschreckt, doch jetzt kehrte seine Selbstsicherheit zurück. Er wischte sich den letzten Rest des Pulvers aus dem brennenden Auge und schwankte an der Rattenhexe vorbei. Dann verbeugte er sich respektvoll.

»Oh, gnädiger Herr«, fing die einäugige Ratte an. »Durch ihre Unfähigkeit wurde ich aufgehalten – die Jungs hier sind nicht so kompetent, wie ich dachte. Sie tun mir Unrecht, wenn sie mir die Schuld zuschieben – es liegt nicht an mir.«

Pete und Macky widersprachen heftig.

»Ruhig«, beruhigte Jupiter sie. »Ich will hören, was Jake mir zu sagen hat. Also, Jake, mein Junge, es war also nicht deine Schuld. Vielleicht war Fletch schuld daran?«

»Genau – dieser dreckige Hund! Der war's.«

»Und wo ist er jetzt?«

»Ach, den musste ich fertig machen, oh Herr. Der war durch und durch verdorben.«

»Jake«, unterbrach Jupiter ihn. »Du vergisst, dass ich alles sehe, was in meinem Reich vorgeht. Du verehrst falsche Götter und nicht deinen wahren Meister. Du bist es, Jake, der mich verraten hat.«

Jake sank auf die Knie. »Nein, oh finstere Herrlichkeit – es war Fletch, nicht ich, der in den ollen Tempel gegangen ist. Ich bin ihm gefolgt – und deswegen hab ich ihn fertig gemacht. Ich hab's bloß für euch gemacht. Ich wusste, dass das, was er tat, euch nicht gefallen würde – ehrlich wahr.«

Das Feuer verfärbte sich rot und Jupiter raste vor Zorn. »Es reicht, Jake! Ich bin fertig mit dir – ich kann alles sehen und hören. Du bist verurteilt.« Die Augen warfen einen raschen Blick auf die übrigen Ratten, die mit offenen Mäulern zusahen. »Geht in die Minen und arbeitet dort, bis ihr tot umfallt.« Die Ratten flohen entsetzt; in ihrer Eile rannten sie einander um.

Jake schluckte schwer. Jetzt bekam er Angst. Er hatte Jupiters Macht unterschätzt. Schweigend wartete er auf sein weiteres Schicksal.

Jupiter fing leise an zu lachen und Jake lief ein Schauer über den Rücken.

»Na, Jake, was hab ich mir wohl für dich ausgedacht?«, kicherte der Rattengott boshaft.

»Werde ich euch aus dem Jenseits dienen?«

»Was sollte ich mit einem Rebellen wie dir schon anfangen, Jake? Nein, ich habe mir etwas viel Lustigeres ausgedacht.«

Ein Funke flog aus dem Feuer und landete auf Jakes

Schwanzspitze. Heulend trampelte die Ratte darauf herum, doch der Funke ließ sich nicht löschen. Er breitete sich aus und setzte sich in Jakes Schwanz fest. Ein hellgelber Ring aus Feuer glühte langsam auf und kroch immer weiter hinauf.

Jake blies und trat auf seinen Schwanz, doch das Feuer glomm weiter. Erschrocken sah er, dass an der Stelle, wo der glühende Feuerring gewesen war, nur noch Asche übrig blieb.

Die Asche, die sein Schwanzende gewesen war, fiel als grauer Staub auf den Boden. Der Feuerring wanderte weiter nach oben.

Audrey versteckte sich hinter Madame Akkikuyu. Sie verbarg das Gesicht in den Pfoten, doch der beißende Gestank verbrannten Fells kroch in ihre Nase.

Flehend wandte sich Jake an Madame Akkikuyu.

»Hilf mir. Du musst was dagegen tun«, bettelte er.

Akkikuyu wich zurück. »Ich hab dir Gelegenheit zu flüchten gegeben, Jakey – jetzt du zahlen für Spielchen, du hast gespielt.«

»Nein, nein!«, schrie Jake. Der rauchende Feuerring näherte sich bereits seinem Körper.

»Ich werde es löschen!«, brüllte er aufgebracht. »Ich werde euch entkommen und ins Wasser springen.« Er rannte um die Ecke, weg von den feurigen Augen.

Audrey sah ihm zwischen ihren Pfoten nach. Sie hoffte, dass er das Feuer rechtzeitig löschen könnte.

Ein plötzlicher Todesschrei hallte im Tunnel wider und verstummte abrupt. Jake hatte es nicht mehr geschafft. Audrey blieb keine Zeit für Mitgefühl. Jupiter wandte sich an Madame Akkikuyu.

»Ist das Mäusemädchen bei dir?«

»Ja, sie ist hier. Komm raus, Mäuslein!« Sie schob Audrey vor sich her.

Voller Entsetzen starrte die Maus auf die Augen, die im Feuer funkelten. Jetzt konnte sie nichts mehr retten.

»Wo ist sie, Akkikuyu?«, fragte Jupiter ungehalten.

»Aber, Herr, sie steht doch vor euch!«

»Du lügst.« Die Augen suchten Audrey, doch sie fanden sie nicht.

»Ich nix lügen – sie ist hier.«

»Sie ist von Schatten umhüllt: Mein Blick kann sie nicht durchdringen. Sie muss von irgendeinem Zauber geschützt sein.«

Akkikuyu gab Audrey einen klatschenden Schlag auf den Hinterkopf. »Hör auf mit komische Spielchen und lass dich sehen für hohen Boss.«

Audrey war verwirrt; sie wusste von keinem Zauber.

»Mäuschen nicht so einfach wie aussehen«, meinte Akkikuyu.

»Wo immer du steckst!«, zischte Jupiter, und Audrey war klar, dass er sie meinte, auch wenn er sie nicht sehen konnte. »Vergiss nicht, dass keine Macht an meine herankommt – ich habe lange genug gewartet und meine Kräfte sind mächtig gewachsen.« Die Augen blitzten und schossen immer noch suchend hin und her. Doch die Schatten, die Audrey verdeckten, waren zu dicht. »Akkikuyu, bring die Maus zu mir. Dies hier ist nur eine Verlängerung meiner selbst. Vor meiner wahren Persönlichkeit wird jeder ärmliche Zauber, mit dem sie sich umgibt, gebrochen und ihre Frechheit angemessen bestraft werden.«

»Ich gehorchen, Herr.« Akkikuyu verbeugte sich. »Ich nix machen Fehler, wenn abliefern Mausi.«

»Beeile dich.« Die Augen schlossen sich und das Feuer erlosch.

Madame Akkikuyu sah Audrey an. »Was für ein Zauberdings hast du genommen?«, fragte sie.

Audrey schüttelte den Kopf. »Keinen Zauber, ehrlich. Ich weiß nicht, was geschehen ist.«

»Hmm«, überlegte Akkikuyu. »Also, mein Mäuschen, es gibt nix, was dich vor Jupiter schützen kann. Der Rattengott kriegt dich. Traurig für so junges Dings wie du.« Sie kickte die glühenden Scheite in das Wasser unter ihnen. »Du kommen jetzt mit mir«, sagte sie zu Audrey. »O Mausilein, was warten dort bloß auf dich?«

Audrey wagte es nicht, daran zu denken. Bedrückt folgte sie der Wahrsagerin um die Ecke.

Vor ihnen lag eine lange Spur aus Asche.

Akkikuyu schlurfte respektlos hindurch. »Böses Bube, Jakey«, sagte sie kopfschüttelnd und lief durch eine graue Staubwolke.

Audrey hielt sich die Nase zu und bedeckte den Mund mit der Pfote; sie versuchte, nichts davon einzuatmen. So folgten sie der Aschespur bis an ihr plötzliches Ende. Auf dem letzten traurigen kleinen Haufen lag eine Augenklappe.

Madame Akkikuyu stieg über sie drüber und blieb stehen. Sie drehte sich um und hob sie auf. »Man kann nie wissen«, sagte sie, »können vielleicht noch brauchen!« Sie steckte die Augenklappe in ihre Tasche. »Komm, Mäuselchen«, sagte sie zu Audrey. »Nicht mehr weit.«

HEISSE MILCH MIT HONIG

Gwen Brown ließ sich mit hängendem Kopf auf einen Stuhl sinken. Stille Tränen tropften auf ihren Schoß. Arthur bemühte sich, seine Mutter zu trösten.

»Du hättest sie nicht allein lassen sollen«, sagte sie traurig.

»Ich weiß, Mutter, aber ich kann mich doch nicht dauernd um Audrey kümmern.«

Gwen hob den Kopf und schaute durch den Türrahmen in Arthurs und Audreys Schlafzimmer. Beim Anblick des unberührten Betts fing ihre Unterlippe an zu zittern. »Was ist bloß aus unserer Familie geworden?«, fragte sie und hielt seine Pfote fest. »Bist du sicher, dass sie durch das Gitter geschlüpft ist?«

»Sie kann nirgendwo anders hingegangen sein.«

Mrs Brown schniefte und rieb sich die geröteten Augen. »Es ist so schrecklich. Und du hast gesagt, Oswald und Piccadilly seien auch verschwunden?«

»Ja, und Twit«, fügte Arthur hinzu; seine dicken, runden Backen hingen traurig herunter.

»Was sollen wir bloß tun? Wie kann ich das Arabel Chitter beibringen?«, fragte Mrs Brown sich verzweifelt. »Sie wird am Boden zerstört sein. Oswald ist ein zartes Kind: Die feuchte Luft wird ihn krank machen.«

»Was sie denkt, ist mir egal«, sagte Arthur verächtlich.

»Die macht doch aus allem eine Tragödie – ich hoffe bloß, dass Oswald sich zu helfen weiß, wenn er in Schwierigkeiten gerät.«

»Ja – ach, das Ganze ist zu schrecklich! Der arme Oswald! Ich kann ihn mir in diesen grauenvollen dunklen Kanälen nicht vorstellen. Welcher Teufel hat ihn bloß geritten, da hinunterzusteigen? Aber wenigstens ist Piccadilly bei ihm. Und unsere arme Audrey ist ganz allein!« Sie unterdrückte einen erneuten Schluchzer.

Arthur kniete sich vor seine Mutter hin und sah ihr forschend in die Augen.

»Was sollen wir tun? Wenn du willst, kann ich ihnen nachgehen.«

Mrs Brown wollte davon nichts wissen. Sie hielt ihren Sohn fest. »Nein, Liebling«, sagte sie. »Du würdest dich auch noch verlaufen. Wenn Audrey die Möglichkeit hat, nach Hause zu kommen, wird sie das sicher tun. Wenn du blindlings hinterhergehst, hilft das auch keinem. Wir müssen auf die Grüne Maus vertrauen.«

Arthur bemühte sich, zuversichtlicher zu klingen, als er sich fühlte. »Wenn die Ratten sie erwischt haben, müssen sie sich in Acht nehmen«, scherzte er.

Mrs Brown verstrubbelte ihm mit den Pfoten die Haare auf dem Kopf. »Komm, Arthur«, sagte sie sanft. »Sicher bist du sehr müde. Du solltest jetzt ins Bett gehen. Du bist wirklich mutig. Wenn ich mir nur vorstelle, dass du zu den Fledermäusen gegangen bist! Geh jetzt schlafen; du brauchst Ruhe.«

»Was ist mit dir, Mutter?«

Sie bemühte sich zu lächeln. »Ach, ich geh auch bald schlafen. Ich kann meine Augen kaum noch aufhalten.«

Arthur küsste sie auf die Stirn und trottete widerstrebend in sein Zimmer. Er wusste, dass seine Mutter in dieser Nacht nicht schlafen würde. Audreys Verschwinden war eine erneute Last auf ihrem Herzen ... Arthur war sich sicher, dass sie an der Grenze dessen angelangt war, was sie ertragen konnte.

Er wollte sich nicht unter die Decke legen und setzte sich auf die Bettkante. Wenn er doch bloß irgendwie helfen könnte! Warum waren alle seine Freunde verschwunden und nicht zurückgekommen? Langsam bekam er das Gefühl, als wäre das Gitter lebendig geworden und würde einen nach dem anderen wegholen. Arthur hatte jetzt Angst vor dem Eisengitter. Er hatte immer gelacht, wenn die Älteren fantastische, unheimliche Geschichten über das Gitter und die geheimnisvolle Unterwelt, die darunter lag, erzählt hatten. Seine eigene Erfahrung im Keller mit Twit reichte, um ihm zu zeigen, dass an den Geschichten etwas Wahres dran war.

Er fragte sich ernsthaft, ob das Gitter auf irgendeine mysteriöse Weise lebte. Hatte Jupiter ihm vielleicht Leben und einen Verstand eingehaucht? Arthur war sich nicht sicher. Noch vor ein paar Tagen hätte er über so eine Vorstellung gelacht, doch jetzt tat er es nicht mehr.

Er blinzelte und schüttelte schläfrig den Kopf. Er gähnte herzhaft und lag bald darauf leise schnarchend auf seinem Bett.

Gwen Brown beschäftigte sich in der Küche; sie wusch und trocknete das Geschirr ab und räumte dann die längst aufgeräumte Küche noch einmal auf. Als sie nichts mehr zu tun fand, setzte sie sich hin und versuchte, wach zu bleiben.

Ein Klopfen an den Wandleisten ließ sie aufschrecken. Sie war trotz allem eingedöst. Sie ging hinüber zum Mäuseloch, doch dann blieb sie zögernd stehen, bevor sie den Vorhang zurückzog. Draußen konnten schreckliche Neuigkeiten auf sie warten. Hieß es nicht immer, dass schlechte Nachrichten auf den Flügeln der Nacht daherritten? Mrs Brown holte tief Luft und zog den Vorhang zurück.

Draußen stand Twit und neben ihm Thomas Triton, der ein Schwert in der Hand hielt. Sie waren von Blackheath zurückgekommen und hatten einen Abstecher auf die *Cutty Sark* gemacht, wo die Schiffsmaus ihre alte Waffe geholt hatte.

»Entschuldigen Sie die Störung, Mrs Brown«, sagte Twit hastig, »aber wir müssen Arthur sprechen.«

»Hallo, Twit«, war alles, was Gwen herausbrachte. Sie sah fragend auf den Fremden mit der Wollmütze und dem Tuch um den Hals.

»Ach, tut mir Leid«, stammelte Twit. »Entschuldigen Sie meine schlechten Manieren. Das ist Thomas Triton – er ist eine Schiffsmaus.«

Thomas verbeugte sich und nahm die Mütze vom Kopf. Sein weißes Haar wellte sich wie eine stürmische See. »Ma'am«, sagte er ernst, »der Junge und ich würden gern mit Ihrem Sohn sprechen – natürlich nur, wenn es Ihnen nichts ausmacht.«

»Es macht mir was aus«, erwiderte Mrs Brown, die ihre Überraschung überwunden hatte. »Twit, wo warst du? Nein, es tut mir Leid, aber Arthur ist schon zu Bett gegangen und ich will ihn nicht mehr stören.«

»Ich bedaure, das zu hören, Ma'am«, sagte Thomas

und verbeugte sich wieder. »Wenn ich eben unhöflich geklungen habe, dann bitte ich um Vergebung, aber ich habe heute Nacht ein paar sehr beunruhigende Dinge gesehen und es behagt mir gar nicht, wie ein Bettler vor Ihrer Tür zu stehen.«

»Oh!« Es war Mrs Brown peinlich, dass sie die beiden nicht hereingebeten hatte. »Bitte tretet ein«, sagte sie hastig. »Es tut mir Leid – ich habe so viele Sorgen, dass ich nicht mehr ich selber bin.«

Sie ließ die Mäuse Platz nehmen und fing an, etwas Milch mit Honig warm zu machen. »Ich bin wirklich für jede Neuigkeit dankbar«, sagte sie und reichte jedem der beiden eine dampfende Schale.

Thomas schnüffelte an der Milch und dachte im Stillen, dass sie ihn sicher nicht so aufwärmen würde wie ein anständiger Becher Rum.

»Also«, sagte Mrs Brown, als sie sich dazusetzte, »ich habe nicht die Absicht, Arthur aufzuwecken, bevor ihr mir nicht gesagt habt, was ihr von ihm wollt. Und dich, Twit, frage ich noch einmal: Wo warst du – und hast du Audrey gesehen?«

»Verzeihen Sie, Ma'am«, mischte Thomas sich höflich ein. »Der junge Mann und ich haben in dieser entsetzlichen Nacht einige sehr merkwürdige Dinge erlebt, und nichts davon scheint irgendeinen Sinn zu ergeben. Wir haben gedacht, Ihr Arthur könnte vielleicht etwas Licht in die Dunkelheit bringen.«

»Warum ausgerechnet Arthur, Mr Triton?«

»Weil die Fledermäuse mit ihm gesprochen haben, und weil das, was sie ihm gesagt haben, etwas zu bedeuten hat, gnädige Frau. Der Junge hier hat nicht ganz mitgekriegt, was sie gesagt haben, deshalb dachte ich, Arthur könnte uns wörtlich sagen, was die Fledermäuse ihm erzählt haben. Dann können wir vielleicht etwas damit anfangen.« Er sah sie freundlich an; seine Augen zwinkerten unter seinen schneeweißen Augenbrauen.

»Nein, bitte verzeihen Sie, Mr Triton, aber mein Sohn ist total erschöpft. Er muss sich ausruhen und leider habe ich wichtigere Sorgen als die Rätsel der Fledermäuse. Wissen Sie, meine Tochter ist verschwunden.« Sorgenvoll rang sie die Pfoten.

»Pardon, aber ... gnädige Frau, ist Ihnen der Gedanke noch nicht gekommen, dass unsere beiden Probleme zusammenhängen? Sie haben dieselbe Wurzel; ein dunkles, giftiges Geschwür, das ausgerottet werden muss, bevor es noch mehr Schaden anrichtet. Wir haben beide ein Problem, das nicht warten kann.« Er runzelte die Stirn und Mrs Brown erschrak, als sie sah, wie ernst er wirkte.

»Unterschätzen Sie die Dringlichkeit dieser Sache nicht, Ma'am«, fuhr er fort. »Mein Instinkt irrt sich nie. Ich habe ihm früher keine Beachtung geschenkt und es bitter bereut.« Seine Stimme klang grimmig und düster. »Wenn heute Nacht nicht gehandelt wird, wird etwas Schreckliches passieren und wir alle werden es bitter bereuen.« Thomas sah sie mit so festem Blick an, dass sie ihm ihre Hilfe nicht länger verweigern konnte.

Was für eine merkwürdige Maus, dachte sie. Sie spürte, dass sie ihm vertrauen konnte. Aber was konnte bloß so wichtig sein?

»Twit«, sagte sie und wandte sich an die Feldmaus, »geh bitte Arthur wecken, sei so gut.«

Twit eilte vom Tisch weg und rannte in Arthurs Zimmer.

Arthur lag auf der Seite; seine Schnauze ruhte auf seinem Arm. Sein Schwanz hing von der Bettkante herunter und zuckte im Schlaf.

Twit stieß ihn sanft an. »Arthur!«, flüsterte er. »Wach auf!« Er schüttelte seinen schlafenden Freund etwas stärker.

Arthur wand sich langsam im Bett, gähnte und murmelte: »Geh weg!«

»Komm bitte, Arthur. Ich bin's, Twit.«

»Mhm?« Arthur machte vorsichtig ein Auge auf und wartete, bis es sich an die Dunkelheit gewöhnt hatte. »Hallo, Twit«, murmelte er. »Wo warst du? Ich hab dich gesucht.«

»Ich bin hier«, sagte die Feldmaus, nicht davon überzeugt, dass Arthur wirklich wach war.

»Das stimmt.« Arthur gähnte wieder und drehte sich auf die andere Seite, weg von dem Twit aus seinem Traum.

Ärgerlich verschränkte Twit die Arme. »Ach, Arthur, steh endlich auf.«

Die dicke Maus auf dem Bett schnarchte weiter.

Mit einem verschmitzten Grinsen zwickte Twit seinen Freund hart in die Hinterbacke.

Arthur quietschte und setzte sich kerzengerade auf.

»Wer war das? Was ist los? Wo bist du?« Er fuchtelte mit den Fäusten in der Luft herum.

»Steh auf, Arthur«, sagte Twit lachend. »Jemand will mit dir reden.«

Arthur starrte ihn mit offenem Mund an.

»Twit!«, stieß er aus. »Wo kommst du her? Wo warst du? Als ich vom Dachboden zurückkam, hab ich dich überall gesucht.«

»Ich glaube, du hast nicht hoch genug geschaut«, sagte Twit grinsend.

»Ist Audrey auch wieder da?«

»Nein – weder sie noch Oswald noch Piccadilly.«

»Also, wo zur Hölle hast du gesteckt?«

»Ach«, erwiderte Twit geheimnisvoll mit leuchtenden Augen, »ich hab Leute besucht.«

Arthur rieb sich die Augen und kratzte sich am Kopf. »Was genau hast du getrieben, hm?«

Twit kicherte, packte Arthurs Pfote und zerrte ihn aus dem Bett. »Komm und schau, wen ich mitgebracht habe.«

Arthur stand auf und reckte sich. Twit eilte aus dem Zimmer und Arthur folgte ihm verwirrt.

Thomas Triton leerte gerade seine Schale Milch mit Honig und wischte sich die drahtigen Barthaare ab. Arthur starrte verwundert auf die Schiffsmaus.

»Arthur, Liebling«, fing Mrs Brown an, »das hier ist ein Freund von Twit: Thomas Triton.«

»Schiffsmaus«, ergänzte Twit.

»Wie geht's, wie steht's, mein Junge?«, fragte Thomas mit dröhnender Stimme; seine Augen funkelten unter den buschigen weißen Augenbrauen.

»Sehr gut, danke, Sir«, erwiderte Arthur und sah die stämmige Maus unsicher an.

»Ja, das sehe ich«, sagte Thomas grinsend und warf einen Blick auf Arthurs dicken Bauch. »Also, setz dich, Junge – ich fress dich nicht.«

Arthur sah seine Mutter fragend an. Mrs Brown nickte ermutigend. Er schlurfte an den Tisch und setzte sich.

Thomas beugte den Kopf vor und starrte Arthur eine Weile an. »Also, Kumpel, ich habe gehört, du bist zu den Fledermäusen gegangen.«

Arthur nickte. »Das stimmt.«

»Ich würde zu gern wissen, was sie zu dir gesagt haben. Ich habe in dieser Nacht eine Menge schrecklicher Dinge gesehen und es wird Zeit, dass ich ein paar Antworten darauf finde. In meinem ollen Kopf schwirren so viele Fragen herum, dass mir schon ganz schwindlig ist.«

Arthur versuchte, sich an alles zu erinnern, was die Fledermäuse ihm gesagt hatten. »Ich hab eigentlich nicht verstanden, was sie meinten«, sagte er. »Es waren lauter alberne Rätsel und wirres Zeug.«

»Versuche einfach dein Bestes, Liebling.« Mrs Brown drückte rasch seine Pfote.

Thomas lehnte sich, so weit er konnte, auf seinem Stuhl zurück. »Lass dir Zeit, Junge«, sagte er sanft, »aber erinnere dich bitte genau an ihre Worte.«

Arthur machte die Augen zu und konzentrierte sich. Er dachte an die Fledermäuse hoch oben auf den kaputten Dachbalken und an die verwirrenden Worte, die sie gesagt hatten.

»Es drehte sich alles um Audrey«, stammelte er. »Sie haben sie immer wieder erwähnt – aber nicht beim Namen, sondern sie umschrieben: ›Sie ist die Maus, die ihr Medaillon verloren hat‹ – lauter so Zeug.«

»Das ist deine Schwester?«

Arthur nickte. »Sie sagten, dass sie Puppen gemacht hätte und dass sie Silber tragen würde.«

»Die Glöckchen, die ich ihr gegeben haben, waren aus Silber«, quiekte Twit.

»Aber sie hat noch nie eine Puppe gemacht«, widersprach Arthur. »Seht ihr, es ergibt überhaupt keinen Sinn.«

»Nein, nein«, sagte Thomas. »Das ist alles unwichtiges Zeug. Haben die Fledermäuse Jupiter erwähnt?«

Als er den Namen offen aussprach, zuckte Mrs Brown erschrocken zusammen. Arthur zerbrach sich den Kopf.

»Sie haben von einem Feind gesprochen, der unten lebt. Damit haben sie wohl ihn gemeint?«

»Und was haben sie über ihn gesagt, Junge?«

»Dass ich mich vor ihm in Acht nehmen sollte, aber dass Audrey ganz besonders vorsichtig sein sollte. Dass sie sich in ernster Gefahr befände: Dass ›Dreifaches das Leben bedroht‹, haben sie gesagt.« Arthur kramte in seinem Gedächtnis nach. »Wie wird er besiegt? Durch ›tiefes Wasser, wütendes Feuer und den ungewissen Weg.‹ Was kann das bedeuten?«

Thomas runzelte die Stirn. »Feuer und Wasser, was für eine nette Art zu sterben – sollen wir Jupiter rösten und seine Leiche ins Meer werfen?« Er trommelte mit den Fingern auf die Tischplatte. »Warum habe ich das dumme Gefühl, dass es jetzt an der Zeit ist zu handeln?« Er stand auf und lief ungeduldig hin und her; während er überlegte, klatschte er immer wieder in die Pfoten.

Arthur sah seine Mutter an. Mrs Brown zuckte die Schultern. Twit wollte gerade etwas sagen, als Mrs Chitter jammernd und klagend hereinplatzte.

»Ach, Gwen! Mein Oswald ist noch nicht zurückgekommen. Hast du ihn vielleicht gesehen? Arthur, du musst doch wissen, wo er ist!« Dann entdeckte sie Twit und quiekte vorwurfsvoll: »Was machst du hier? Du solltest längst im Bett sein! Wo ist mein Oswald? Was hast du mit deinem Cousin gemacht?«

»Ma'am!« Eine strenge, fremde Stimme unterbrach Mrs Chitter mitten in ihrem Gejammer. Sie hatte Thomas Triton nicht bemerkt, als sie hereingestürzt war. Nun musterte sie den Fremden; ihr Blick wanderte rasch zu Mrs Brown und sie hob missbilligend die Augenbrauen.

»Oh, es tut mir Leid, wenn ich störe.«

Mrs Brown seufzte. »Setz dich, Arabel«, sagte sie sanft.

Mrs Chitter setzte sich. Mit gespitzten Lippen betrachtete sie die fremde Maus.

»Das ist Thomas Triton – ein Freund von Twit.«

»Das überrascht mich gar nicht!«

»Madam.« Thomas verbeugte sich steif vor ihr, doch Mrs Chitter wandte sich ab und griff wieder Twit an.

»Wo steckt Oswald? Du weißt es und willst es mir nicht sagen. Nach allem, was ich für dich getan habe, nachdem ich dich in meinem eigenen Haus aufgenommen habe, trotz der Schande, die deine Mutter mir angetan hat! Und das ist der Dank dafür!«

Twit starrte sie mit offenem Mund an. Seine Tante war zu aufgebracht, um klar zu denken.

»MADAM!«, donnerte Thomas; er schlug so heftig mit der Faust auf den Tisch, dass die Schüsseln wackelten. Auch Mrs Chitter zuckte zusammen.

Sie wandte sich an die Schiffsmaus und wollte ihm die Meinung geigen, doch Thomas hielt abwehrend die Pfote hoch. »Es reicht jetzt. Ich lasse nicht zu, dass Sie wie ein dummes Huhn gackern, während es viel wichtigere Dinge zu besprechen gibt.«

Mrs Chitter war empört, doch Arthur lächelte verstohlen.

»Verzeihen Sie, Madam, wenn ich ein wenig grob klinge«, lenkte Thomas ein, »aber uns läuft die Zeit davon. Ich glaube, Ihr Sohn ist unten in den Abwasserkanälen.«

Mrs Chitter keuchte vor Schreck.

»Er ist sehr mutig und, wie wir hoffen, in Sicherheit – zumindest für den Augenblick. Die Tochter dieser werten Dame hier ist auch in den Kanälen. Vielleicht haben die beiden sich dort unten getroffen.«

Ausnahmsweise hatte es Mrs Chitter die Sprache verschlagen. Sie hätte Oswald nie unten in den Abwasserkanälen vermutet. Jetzt, da sie so plötzlich damit konfrontiert wurde, fehlten ihr die Worte. Sie dachte an ihr armes Kind in der Dunkelheit, in jener Schreckenswelt hinter dem Gitter, und ihre Augen füllten sich mit Tränen.

»Oh nein«, stieß sie aus und fing an zu weinen.

Gwen legte den Arm um die schluchzende Maus und tätschelte ihren Kopf.

»Ganz ruhig«, tröstete sie. »Beruhige dich, Arabel.«

Thomas räusperte sich. Mrs Chitters Benehmen verwunderte ihn und rief ihm einen der Gründe ins Gedächtnis, weshalb er überhaupt zur See gegangen war. Er hatte schon immer seine Schwierigkeiten mit hysterischen Damen gehabt. Nun stand er auf und sagte brüsk: »Arthur, wie viele Mäuse gibt es hier, die bereit wären, mit mir in die Kanäle zu gehen?«

Arthur überlegte einen Augenblick lang, doch die Frage wurde von Mrs Chitter beantwortet.

»Keine einzige, Sie Idiot. Niemand hier ist so verrückt, wie Sie es anscheinend sind. Hier gibt es noch nicht einmal eine Maus, die bereit ist, durch das Gitter zu schlüpfen.«

Thomas warf ihr einen kühlen Blick zu. »Und dennoch ist Ihr Sohn durch eben dieses Gitter geschlüpft. Ich frage mich, wo er seine Verrücktheit herhat?«

Mrs Chitter stammelte, doch ihr fiel keine Antwort ein.

»Ich fürchte, sie hat Recht«, sagte Mrs Brown traurig. »Wir haben alle zu viel Angst, um uns in die Nähe des Gitters zu wagen. Als wir noch klein waren, hat man uns eingehämmert, wie gefährlich es ist, überhaupt in den Keller zu gehen. Wissen Sie, dort unten gibt es böse Kräfte, Zauber, welche die Sinne verwirren. Man verliert den Kopf und bevor man sich versieht, irrt man in den Kanälen umher.«

»Und dann erwischen einen die Ratten «, fügte Mrs Chitter hinzu.

Thomas zuckte mit den schneeweißen Barthaaren. »Es muss doch jemanden geben, der mit mir mitkommt«, seufzte er und klopfte nachdrücklich mit seinem Schwert auf den Boden.

»Ich komm mit«, zwitscherte Twit fröhlich. »Das Gitter macht mir zwar Angst, aber ich bin bereit, wieder in die Kanäle zu steigen.« Er respektierte und vertraute Thomas mittlerweile so sehr, dass er ihm überallhin gefolgt wäre.

»Ich wusste, dass ich auf dich zählen kann, Kumpel«, lachte Thomas und schlug der Feldmaus herzlich auf den Rücken.

Arthur warf einen raschen Blick auf seine Mutter. Mrs Brown sah ihn ängstlich an, doch bevor er etwas sagen konnte, wirbelte ein grauer Sturm ins Zimmer.

»Stopp! Stopp!«, schrie Piccadilly keuchend.

Die Stadtmaus war um ihr Leben gerannt. Sie war dem

schlitzäugigen Macky und dem Sauren Pete entwischt und hinauf zum Gitter gelaufen. Piccadilly war hastig durch das rostige Gitter geschlüpft und durch den Keller gehuscht. Und schließlich war er die Stufen hinaufgehüpft und hinter die Wandleisten gestürzt.

Die anderen Mäuse waren überrascht, doch sie warteten, bis er wieder Luft holen konnte. Mrs Brown wärmte noch etwas Milch mit Honig auf, die er dankbar austrank.

»Es geht um Oswald«, brachte er schließlich keuchend heraus.

Mrs Chitter stützte sich auf die Tischkante, stand auf und setzte sich wieder hin.

Gwen bat die Stadtmaus, Platz zu nehmen. »Was ist mit Oswald?«

»Er ist gefangen – ach, es kann nicht funktionieren, sicher kriegen sie raus, dass er eine Maus ist, und dann –«

»Langsam, langsam, mein Junge«, unterbrach Thomas ihn. »Wer hat Oswald und was wird nicht funktionieren?«

Piccadilly versuchte, alles zu erklären. »Die Ratten haben ihn!«

Mrs Chitter fing an zu jammern. »Ach, mein Baby – mein armer Liebling, von Ratten gefressen!«

Thomas warf ihr einen genervten Blick zu.

Piccadilly schüttelte den Kopf. »Nein, sie haben ihm nicht das Fell abgezogen – jedenfalls nicht, bis ich abgehauen bin.«

Thomas kniff die Augen zusammen. »Das ist aber merkwürdig. Gewöhnlich fressen Ratten uns gern – sie mögen nichts lieber als eine zarte, junge Maus.«

Piccadilly hatte Schwierigkeiten, Mrs Chitters Gejammer zu übertönen. »Aber das ist es doch gerade! Die Ratten wissen nicht, dass er eine Maus ist – sie halten ihn für eine junge Ratte und haben ihn in die große Mine mitgenommen, damit er dort beim Graben helfen soll. Es kann nicht funktionieren; früher oder später finden sie es raus. Und was macht er dann?« Piccadilly wandte sich besorgt erst an Thomas und dann an Arthur.

»Na, das ist aber starker Tobak«, sagte Thomas. »Es würde mich interessieren, was Oswald da unten in den Minen herausgefunden hat. Bist du bereit, wieder runterzugehen?«

Mit ernster, schwankender Stimme sagte Piccadilly langsam: »Wenn wir damit Oswald helfen können, gehe ich wieder runter.«

»Vielleicht können wir damit noch mehreren helfen«, überlegte Thomas finster.

Mrs Chitter, die dem Gespräch nicht wirklich zugehört hatte, stieß plötzlich aus: »Ach, rettet mein Baby!« Sie trommelte mit ihren Pfoten auf Thomas' Brust und warf ihren silbernen Kopf zurück. »Ach, mein Oswald! Rettet meinen Oswald!«

Die Schiffsmaus befreite sich aus der Umklammerung der aufgeregten Maus und reichte sie an Mrs Brown weiter.

Twit schüttelte den Kopf. Es war manchmal schwer zu glauben, dass seine Mutter und Mrs Chitter tatsächlich Schwestern waren. Er sah Thomas erwartungsvoll an. Die Schiffsmaus schmiedete einen Plan. Twit spürte, dass Thomas entschlossen war zu handeln.

Der Seefahrer packte mit einer Pfote sein Schwert und legte die andere Pfote auf Piccadillys Schulter. Er sah die Stadtmaus ernst an. »Du bist ein tapferer Junge. Du hast schon 'ne Menge Schlechtes gesehen, wofür du noch zu jung bist, und trotzdem willst du noch mal runter in die Kanäle gehen. Ein letztes Mal, um einen Freund zu retten. Wir werden Oswald finden – oder ihn rächen, und die junge Deern auch.«

»Die junge Deern?« Piccadilly verstand nicht, wen er damit meinte. Er sah die anderen an. Plötzlich merkte er, dass Audrey nicht dabei war. »Willst du damit sagen, Audrey ist da unten?«

Mrs Brown nickte.

Twit sprang auf. »Wann gehen wir los, Thomas?«, fragte er aufgeregt.

»Sofort, Kumpel. Wenn du immer noch mitkommen willst, solltest du etwas finden, womit du dich verteidigen kannst.«

Arthur wandte sich an seine Mutter. »Ich kann nicht hier bleiben«, sagte er leise. »Nicht, während alle meine Freunde in so großer Gefahr sind – bitte versteh das, Mutter.«

Für einen Augenblick trafen sich ihre Blicke und Arthur fragte sich, was sie wohl dachte. Und dann machte sie eine kaum merkliche Kopfbewegung. Er hatte ihre Erlaubnis. Danach wandte Mrs Brown sich auf den Fersen um und rannte in ihr eigenes, kleines Zimmer.

Thomas schaute ihr hinterher. »Deine Mutter ist eine besondere Maus«, sagte er zu Arthur. »Aber jetzt müssen wir aufbrechen – wir dürfen keine Zeit verlieren. Sucht euch jeder eine Waffe und kommt mir nach.«

Arthur suchte, bis er zwei dicke Stöcke gefunden hatte. Er gab Piccadilly einen und schlug sich mit dem anderen prüfend auf die Pfote.

»Okay, dann lasst uns verschwinden.« Thomas schwang sein Schwert und ging in den Flur.

»Einen Augenblick«, ertönte eine Stimme hinter der ernsten kleinen Truppe.

Sie drehten sich um. Mrs Brown stand vor ihnen. Sämtliche Traurigkeit war wie weggewischt – sie wirkte wie eine Statue aus hartem, kaltem Marmor. In ihren Augen flackerte keine Wärme. Sie war so hart und entschlossen wie ein Soldat, der in den Krieg zieht. In ihren rosa Pfoten hielt sie einen Degen, und um ihren Hals hing neben ihrem eigenen Mäusemedaillon das von Albert.

Thomas fing an zu protestieren, doch Mrs Brown hörte nicht auf ihn. »Meine ganze Familie ist weg, Mr Triton. Wenn Arthur jetzt auch noch da hinuntergeht, habe ich niemanden mehr. Ich bin fest entschlossen mitzukommen, und davon kann mich keiner abhalten, auch Sie nicht.«

Der Seefahrer merkte, dass er sie nicht umstimmen konnte, und gab nach, doch er brummte den ganzen Weg in den Keller ungehalten vor sich hin.

Mrs Chitter beobachtete, wie die Truppe hinter der Kellertür verschwand. Sie war noch nie auch nur in die Nähe der Tür gekommen und wunderte sich, wie die anderen durch diese unheimliche Öffnung hindurchgehen konnten. Selbst jetzt, da das Leben ihres Sohns auf dem Spiel stand, konnte sie sich nicht durchringen mitzugehen. Nicht, dass sie sich deswegen geschämt hätte; sie wusste, dass sie feige war. Sie hatte nicht den Löwenmut einer Mutter, die sich den größten Gefahren stellt, um ihre Kinder zu schützen. Vielleicht bedauerte sie dies, doch sie bemühte sich, es nicht zu zeigen. Wie konnte sie sich auch ändern?

Ganz allein, sogar ohne die kalte Gesellschaft des Mondscheins, saß Mrs Chitter vor den Wandleisten und wartete. Eine dicke stumme Träne rann ihr die Wange hinunter. Sie ließ den Kopf hängen und betete.

SCHWARZER LOHN

Finn gab Oswald einen alten, verbogenen Löffel. »Da, Whitey, nimm den zum Graben«, sagte er.

Sie waren in die Rattenmine marschiert. Die gesamte Schicht war durch eine kleine Tür in einer Wand getreten. Die Tür war hinter ihnen zugeschlossen worden. Der Minenschlauch war sehr lang und gewunden und stieg leicht an. An den Wänden hingen brennende Fackeln, deren Flammen gelblich züngelten. Überall gab es Anzeichen, dass hier hart gearbeitet wurde: selbst gemachte Schaufeln, scharfe Glasscherben, Säcke voller Erde. Offenbar hatte es Einstürze gegeben, denn die Decke wurde an mehreren Stellen von rauen Balken abgestützt.

Die Luft war schal und es roch nach ranzigem Schweiß und Blut. Voller Schrecken entdeckte Oswald mehrere Körper im Schutt. Es waren alte, ausgemergelte Ratten – zu mager, um noch für irgendwas gebraucht zu werden. Sie wurden getreten, wenn sie den anderen im Weg waren, und ihre Schnauzen lagen im Dreck. Dem Albino taten sie sehr Leid, doch er bemühte sich, wie eine Ratte zu wirken und keine Gefühle zu zeigen.

Finn rieb sich die Klauen und spuckte auf seine Pfotenflächen. »Immer diese Plackerei«, sagte er verdrossen, »und ich hab nich mal so viel Kraft wie 'ne verdammte Schmeißfliege.«

Oswald wich den bösartigen Blicken der anderen Ratten aus, die an ihm vorbeistrichen. Er hörte, wie ein paar von ihnen höhnisch kicherten.

»Was haste denn da aufgetrieben, Finn?«, fragte einer belustigt.

»Halt die Klappe!«, gab Finn zurück.

»Was soll das sein? Ein Stück Kreide?«

Oswald blinzelte mit den Augen, doch er schwieg.

»Das is ja der wandelnde Tod.« Die Ratten lachten den Albino aus und ihre Bemerkungen verletzten ihn zutiefst.

»Hey, Sensibelchen!«

»Tollen Schal haste da.«

»Was für'n Milchbubi!«

Oswald biss die Zähne aufeinander, doch jede einzelne Beleidigung und Kränkung saß.

»Quasimodo.«

»Rotauge.«

»Hör nich auf die! Das sind elende Mistkerle«, sagte Finn. »Nee, pass lieber auf, dass der da nich auf dich aufmerksam wird.«

Eine riesengroße Ratte war vorbeigelaufen. Sie war muskulös und ihr Fell war glatt und dunkelbraun. Oswald schaute dem Fremden ins Gesicht und keuchte vor Schreck.

»Sein Mund –«, stammelte er.

»Psst«, machte Finn hastig. »Tu so, als würdest du irgendwas arbeiten, bevor er dich sieht.«

Der Fremde ging weiter. Seine mächtigen Klauen waren lang und scharf und sein dicker, kräftiger Schwanz wand sich. Doch sein Gesicht –

Er hatte ein grauenhaftes Dauergrinsen, das all seine gefährlichen Zähne zeigte.

»Das is Smiley, aber lass ihn bloß nich hören, dass du ihn so nennst. Er is einer unserer besten Ausgräber – gebraucht seine bloßen Klauen. Deshalb gräbt er vorne an der Spitze der Mine.«

»Aber was ist mit seinem Maul passiert?«, fragte Oswald entsetzt.

Finns Mundwinkel zuckten. »Als er noch jung war, hat er Morgan mal angelogen, deswegen hat der alte Macker ihm die Lippen eingeschlagen. Ich wette, jetzt bereut er es, wo Smiley so groß und stark geworden ist. Er schenkt Morgan kaum einen Blick, wenn er an ihm vorbeigeht. Du solltest sehn, wie der Idiot aus Cornwall dann zittert. Nein, halt dich lieber raus, Whitey-Kumpel, damit du keine Schwierigkeiten kriegst.«

Oswald starrte auf Smileys breiten Rücken. Die Welt der Ratten war ein Albtraum aus heimtückischen Gemeinheiten. Oswald konnte kaum glauben, dass er mittendrin gefangen war. Er fragte sich, wie lange seine Verkleidung unbemerkt bleiben würde. Wie viele Stunden oder Tage konnte er so tun, als sei er eine Ratte?

Der Gong dröhnte und hallte durch die Mine.

»Fang an zu graben, Kumpel«, sagte Finn und warf sich einen Sack über die magere Schulter. »Ich bring die frisch ausgegrabene Erde weg. Bis später. Halt den Kopf gesenkt.« Dann ging er weg.

Oswald attackierte den Boden mit dem Löffel, doch der machte keinen Kratzer. Die Erde war hart und steinig. Er stieß den Löffel in die Erde und schlug auf sie ein, doch sie gab nicht nach. Die Maus sah sich um. Alle anderen arbeiteten hart, stießen ihre Werkzeuge in den Boden und gruben die Erde aus. Dabei fingen sie an, das langsame Arbeitslied zu singen. Es klang so düster, dass Oswald mehrere Minuten wie gebannt den traurigen Worten lauschte. Während ihre Rücken sich krümmten und ihre Arme sich abrackerten, floss der Gesang wie ein vergifteter Strom aus ihren Herzen.

Mit vor Anstrengung verzerrten Gesichtern lockerten sie Steine und schnitten verzweigte Wurzelknoten weg.

Oswald sah Smiley an der Spitze der Mine knien; er riss mit bloßen Klauen große Erdklumpen aus dem Boden. Die Ratte war wie eine Arbeitsmaschine: Nichts konnte ihr in den Weg kommen, und sie grub sogar große Klumpen von Backstein heraus und schleuderte sie wie Kieselsteine weg.

Unter den vielen schwitzenden Ratten entdeckte Oswald Skalpy, der mit seinem Schälmesser tief in der Erde grub. Oswald befühlte die Stelle am Kopf, wo er Audreys Medaillon unter dem Schal spüren konnte, und hoffte, es würde nicht herausfallen. Er betete, dass Skalpy ihn nicht erkennen würde. Er wollte nicht wie Spikes enden.

»Arbeite schneller, Junge!«, sagte Finn, der wieder zu ihm gekommen war. Jetzt war der Sack auf seinem Rücken voll und er schwankte unter dem Gewicht. »Wenn du so trödelst, kriegste die Peitsche zu spüren.«

»Wohin bringst du die ganze Erde?«, fragte Oswald.

»Wir schmeißen sie ins Wasser – am Anfang der Mine gibt's noch einen Eingang. Der hat keine Tür wie der, durch den wir hergekommen sind, aber man kann trotzdem nicht raus. Dort is bloß ein schmaler Steinvorsprung und drum herum strömt das Wasser. Da is irgendwas, was einen ganz schnell umdrehn lässt. Ein paar der Jungs haben es mal versucht – jetzt versucht es keiner mehr. Und da leeren wir das Zeug hin – direkt ins Wasser. Na ja, schließlich kann man's nich essen, stimmt's?« Oswald war sicher, dass Finn aus Erfahrung sprach. Die Ratte drehte sich um und trottete den Tunnel entlang.

Oswald wandte sich wieder seinem Löffel zu und dachte an den Wassereingang. Er fragte sich, was es dort wohl so Schreckliches gab, das alle Ratten abschreckte. Er hackte auf der Erde herum. Ein kleiner Stein bewegte sich ein bisschen und so widmete er ihm seine volle Aufmerksamkeit.

Die Spitze des Löffelgriffs bohrte sich in seine weichen Pfoten, bis sie bluteten und sich Blasen bildeten, doch schließlich bewegte sich der Stein. Er sprang aus der Erde und traf Oswald an der Nase. Stöhnend rieb der Albino seine Schnauze. Seine arme Nase hatte in letzter Zeit viel mitmachen müssen.

Es dauerte eine Weile, bis Finn zurückkehrte. Er kam mit dem leerem Sack angetrottet. »Gut so, Whitey«, sagte er. »Bloß nich schlappmachen.«

Oswald wurde aus Finn nicht schlau. Konnte er ihm vertrauen? Es schien, als würde Finn ihm helfen – aber aus welchem Grund? Oswald hatte noch keine Ratte gesehen, die einer anderen half, es sei denn, etwas sprang dabei für sie heraus. Vielleicht war er einfach zu misstrauisch und war der einzigen freundlichen Ratte weit und breit begegnet. Doch das bezweifelte er. Finn hatte irgendwas Unheimliches an sich – in seiner Stimme schwang ein hässlicher Unterton mit, der Oswald schaudern ließ und ihm eine Gänsehaut verursachte. Nein, er wurde aus Finn einfach nicht schlau.

Er stieß den Löffel in den Boden.

Die Minuten dehnten sich. Der Gesang ging endlos weiter – Stunden vergingen und die Melodie war immer noch dieselbe. Oswald wusste den Text bald auswendig, doch er sang nicht mit. Er war entsetzt darüber, wie die Ratten den Tod in höchsten Tönen lobten und begeistert darüber sangen – über Mord, Gewalt und Qualen. Sie sangen über alle möglichen barbarischen Grausamkeiten. Oswald war bald sehr erschöpft, doch das Arbeitstempo ließ nicht nach.

Smiley grub immer noch pausenlos an der Spitze des Tunnels. Oswald konnte nicht umhin, seine Ausdauer zu bewundern. Er selbst hatte es geschafft, einen kleinen Haufen Erde auszugraben, und betrachtete ihn voller Stolz. Doch die anderen zeigten keine Anzeichen von Erschöpfung. Die Erde, die sie aufwarfen, wurde in Säcke und Dosen geschaufelt und von den älteren Ratten wie Finn weggetragen.

»Das is schon ein hübscher kleiner Haufen, Whitey-Kumpel«, sagte Finn. »Aber streng dich noch ein bisschen mehr an – das reicht noch nich. Morgan wird bald hier sein, um nachzusehen, wie's läuft. Bis dann musst du noch mehr ausgegraben haben.«

Finn wollte gerade mit einem weiteren vollen Sack weggehen, als Oswald ihm die Frage stellte, die ihn schon die ganze Zeit beschäftigte.

»Wonach graben wir eigentlich?«

Finn kicherte grimmig. »Haste die Gerüchte nich mitgekriegt, Whitey? Nee, wohl nich. Die einen sagen dies, die anderen das. Ich glaube, der olle Jupiter is hinter einem Schatz her. Muss echt was wert sein, weil er so viel dransetzt, ihn zu finden. Wir buddeln schon seit Jahren, auch wenn es heißt, jetzt dauert es nich mehr lang, bis wir ihn finden. Wird auch langsam Zeit – wir haben schon genug Probleme mit dieser alten Mine gehabt; Deckeneinstürze und so'n Zeug. Sie is sicher schon mindestens eine Meile lang. Hoffentlich lohnt es sich.«

Finn zog ab.

Oswald spürte seine Pfoten. Sie waren voller Schwielen und Blasen und der Dreck hatte sich darin festgesetzt und brannte. Er hatte das Gefühl, niemals mehr hier herauszukommen. Alle schienen ständig an ihrem Platz zu bleiben, und wenn er anfing herumzulaufen, würde er sicher angehalten werden. Er fragte sich, wann die nächste Schicht wohl begann und ihre endlich aufhörte. Mittlerweile war er sehr hungrig geworden – sein Magen brummte und knurrte. Außerdem setzte ihm die späte Stunde zu. Draußen musste es schon wieder hell sein. Er hatte seit der vergangenen Nacht nicht mehr geschlafen und unter seinen rosa Augen waren große, dunkle Ringe. Der Staub blies ihm ins Gesicht und setzte sich in seinem Fell fest. Er klebte an seiner Haut und der Albino fühlte sich dreckig und struppig. Es war ihm ein Rätsel, wie die Ratten all das ertragen konnten.

Mehrmals hörte er, wie Skalpy seinen Kumpels etwas zuflüsterte. Anscheinend murrte er über die harte Arbeit und beschwerte sich darüber, dass er nicht frei war, herumzuwandern und zu töten.

Erschöpft grub Oswald weiter, angetrieben von der Angst, Morgan könnte herkommen und sich ansehen, was er bisher geleistet hatte. Er dachte an die abgezogenen Mäusefelle, die Piccadilly und er in Morgans geheimer Speisekammer gefunden hatten.

»Das reicht ja noch nich mal, um dich selber darin zu begraben«, bemerkte Finn, der hinter ihm stand. »Das bringt's nich, glaub mir. Ich hab gesehn, dass Morgan näher kommt – und er hat keine gute Laune.« Finn zwinkerte ihm zu und ging wieder an die Spitze der Mine.

Oswald stocherte wie wild in der Erde herum; er hatte Angst vor dem, was Morgan sagen würde. Vielleicht würde er als Maus entlarvt und auf der Stelle verspeist werden. Er hatte noch keine großen Fortschritte gemacht, als Finn mit einem großen Sack zurückkam.

»Es läuft wohl nich so gut, was, Kumpel?« Die Ratte schüttelte den Kopf über Oswalds ärmliche Leistung. »Er macht dich kalt, und das gleich am ersten Tag – aber das is dem egal. Solltest die Mengen sehn, die Smiley ausbuddelt! Wir schaffen das Zeug zu sechst weg und kommen trotzdem kaum nach.« Ein listiges Zucken lief über Finns Gesicht. »Ich sag dir was, Whitey. Wo es doch dein erster Arbeitstag is und weil ich ein butterweiches Herz hab, werde ich dir helfen.«

Er nahm den Sack vom Rücken und schüttete den Inhalt auf Oswalds kleinen Erdhaufen.

»Da, jetzt sieht es nach was aus, Whitey. Siehste, ich hab dir doch gesagt, dass wir Kumpels werden.«

»Danke«, sagte Oswald.

»Ach, vergiss es, Junge – aber wenn du uns später bei ein paar Ladungen behilflich sein könntest, wäre ich sehr dankbar.«

»Natürlich.«

»So, jetzt sind wir echte Freunde.« Doch Oswald gefiel das Lächeln der alten Ratte nicht. »Da kommt Stummelschwanz. Mach's gut, bis später.«

Finn lief wieder nach vorn zu Smiley.

Morgan näherte sich knurrend und brüllend. »Hört auf zu pennen, ihr faulen Säcke!«, schrie er. »Ihr sollt den Boden nicht sanft kitzeln. Ein bisschen Dampf!«

Die Ratten wischten sich die Mäuler ab und flüsterten hinter verborgenen Pfoten.

»Kommt schon, ihr elenden Schlappschwänze! Lasst mich richtige Arbeit sehen. Seine Hoheit will, dass ihr bald mit dem Graben fertig werdet.«

»Das wolln wir auch!«, rief eine anonyme Stimme.

Mit zusammengekniffenen Augen spähte Morgan in die Richtung, aus der die Stimme kam. Skalpy setzte eine Unschuldsmiene auf.

»Ich hab gesagt, seine Hoheit will mit dem Graben fertig werden, damit er sich auf größere Dinge konzentrieren kann – an denen wir teilhaben werden. Wir werden eine hohe Belohnung bekommen, Jungs. Es ist nicht mehr weit. Die Arbeiten sind fast abgeschlossen.«

Alle hatten das schon mal gehört. Es beeindruckte niemanden mehr. Die Ratten blickten gelangweilt. Morgan schnalzte nüchtern mit der Zunge. »Also, ich will sehen, wie euch der Schweiß von der Stirn rinnt!«

Die gescheckte Ratte klopfte heftig mit dem Schwanzstummel auf den Boden. Es wurde von Tag zu Tag schwieriger, die Jungs zu überzeugen. Sie waren erschöpft und hatten die Arbeit satt. Aber was konnte Morgan dagegen tun? Wenn Jupiter ihnen persönliche Befehle erteilen oder ihnen auch nur einen Bruchteil seiner gewaltigen Macht zeigen würde, würde es Morgan eine Menge Ärger ersparen. Die Jungs hörten nicht mehr auf ihn – sie hörten auf solche Deppen wie den einäugigen Jake oder Skalpy.

Sie wollten Spaß, und Morgan fürchtete, dass sie in jedem Augenblick anfangen könnten zu rebellieren. Sie mussten zufrieden gestellt oder unter Kontrolle gehalten werden. Er seufzte. Wären sie doch bloß in Blackheath gewesen und hätten das Ereignis des letzten Abends miterlebt, dann würden sie es nicht wagen, so offen heraus zu reden. Er wandte sich um und sah Oswald, der sich mit dem Löffel abmühte. Morgan watschelte auf ihn zu.

»Bist du neu hier?«

Er betrachtete den Erdhaufen neben der Maus. »Nicht schlecht – und das gleich am ersten Tag. Wir könnten mehr von deiner Sorte gebrauchen«, sagte er so laut, dass Skalpy ihn hören konnte. »Auch wenn es seltsam ist«, fuhr er leiser fort, »dass der Erdhaufen viel größer ist als das Loch, das du gegraben hast.«

Oswald sank das Herz. Dies hatte er nicht bedacht.

»Ach, Mr Morgan, Sir«, begrüßte Finn, der herbeigeeilt war, ihn hastig. »Macht Whitey sich nicht gut? Sie hätten mal den Haufen harter Steinklumpen sehen sollen, der vorhin hier lag. Skalpy war sich zu gut, ihn wegzubringen, aber Whitey hier hat ihn im Handumdrehen weggeschafft.«

Morgan sah Finn zweifelnd an, dann sagte er langsam zu Oswald: »Pass auf, Weißer. Finn ist ein altes Schlitzohr. Überleg dir, warum er so kumpelhaft zu dir ist.«

Darüber zerbrach Oswald sich schon die ganze Zeit den Kopf.

Als Morgan weitergegangen war, spuckte Finn auf den Boden. »Der hält sich nich mehr lange. Es wird Zeit, dass Jupiter 'nen neuen Helfer kriegt. Er hat schon viele gehabt und wird noch viel mehr haben.« Er grinste Oswald an. »Muss weitermachen – hab noch 'ne Ladung. Aber du vergisst doch nicht unsre Abmachung, was, Whitey? Eine Pfote wäscht die andere: Hilfst du mir später bei meinen Ladungen?«

Oswald nickte unsicher.

Während in der Welt draußen die Sterne verschwanden und ein grauer Morgen dämmerte, ging die Arbeit unter der Erde weiter.

Oswalds Glieder schmerzten: Er hatte noch nie in seinem Leben gearbeitet und seine Mutter hatte immer aufgepasst, dass er sich bloß nicht überanstrengen würde. Nun tat ihm der Kopf weh und der Schweiß tropfte aus seinem Schal.

Sogar Smiley war langsamer geworden. Seine kräftigen Arme hoben sich jetzt weniger häufig und er brauchte länger für dieselbe Menge Erde. Sicher würde bald Schichtwechsel sein.

Skalpy beugte sich über einen Erdhaufen und gähnte laut. »Die Arbeit stinkt«, fluchte er. »Soll diese verdammte Mine doch verrecken!« Mehrere andere Ratten pflichteten ihm bei. Sie warfen ihre Werkzeuge weg und unterhielten sich verdrossen. Sie wollten wissen, wofür sie eigentlich in der Mine gruben und was sie dafür bekommen würden.

Oswald lauschte ihrem Murren, doch er tat so, als würde er weiterarbeiten.

»Immer dieselben Fragen«, sagte Finn plötzlich hinter ihm. Oswald gefiel die Angewohnheit der Ratte, sich heimlich anzuschleichen, gar nicht. »Alle wollen aus dieser Mine was rausholen. Sie erwarten zu viel. Nee, wir können von Glück reden, wenn wir hier unten mal 'nen

Wurm oder einen Käfer finden, und von denen gibt's auch nich viele.« Er beobachtete eine Weile Skalpys Truppe, wobei seine kleinen runden Augen hin und her flitzten. »Jetzt quatschen sie bis zum Schichtende. Ein nutzloser Haufen. Während ich mir mit diesem prallen Sack Erde schier das Rückgrat breche.« Finn setzte eine schmerzhafte Miene auf und ließ den Sack zu Boden fallen.

»Es bringt nichts; ich kann ihn keinen Schritt weitertragen!« Listig sah er Oswald an. »Tu mir doch jetzt den Gefallen, Whitey-Kumpel. Trag die Ladung für mich – bloß dieses eine Mal.«

Vorsichtig hob Oswald den schweren Sack auf. Als er ihn sich über die Schulter warf, verlor er beinahe sein Gleichgewicht.

Finn sah ihm zu und so etwas wie ein triumphierendes Lächeln breitete sich auf seinem Gesicht aus.

»So ist's recht, Whitey! Du und ich – wir sind jetzt alte Kumpels. Hier entlang.«

Die Ratte lief die Mine entlang und Oswald folgte langsam.

Der Albino stolperte mühsam an den grabenden, wühlenden Ratten vorbei; die Last auf seinem Rücken machte ihm schrecklich zu schaffen. Finn sprang vor ihm herum, drängte ihn weiter, ermutigte ihn aufgeregt. Er war so eifrig bei der Sache, dass er immer schneller lief und Oswald zwang, mit ihm Schritt zu halten. Schließlich begann Finn schon fast zu rennen.

Oswald spürte, dass er es nicht mehr lange aushalten konnte. Er lief, so schnell er konnte, doch seine Beine zitterten und sein Rücken brach unter der Last des Sacks fast zusammen.

»Wird's dir zu viel, Whitey?«, fragte die Ratte und rieb sich hinterlistig das Ohr. »Gut, dass ich bei dir bin! Ich kenne 'ne Abkürzung. Bloß noch um die Ecke da vorne. Das is halb so weit.«

Sie bogen um eine Ecke und Oswald sah einen schmalen Gang, der vom Haupttunnel abführte. Er war leer und dunkel. Das behagte ihm gar nicht. Der Weiße schüttelte den Kopf.

»Nein«, keuchte er, misstrauisch geworden. »Ich glaube, ich schaffe es auch so.«

Finn lachte. »Mach keine Witze, Whitey. Du siehst ganz geschafft aus. Dein Schal is viel zu warm für deinen Kopf. Warte, ich nehm ihn dir ab.«

Oswald hustete voller Panik. Die anderen Ratten im Tunnel beobachteten sie und ohne seinen Schal würde ihn jeder sofort als Maus entlarven.

»Nein ... ich geh ja mit dir da durch«, stammelte er hastig.

Finn grinste breit. »Hab ich mir doch gedacht. Hier entlang – es is nich weit.« Er betrat den engen Gang und Oswald kam hinter ihm her.

Es war dunkel. An den Wänden brannten keine Fackeln und die Luft war kalt und stickig.

Finns Stimme hallte durch den Gang; er schien weit voraus zu sein.

»Komm schon, Whitey.«

Oswald schluckte schwer. Er fühlte sich wie eine kleine Fliege, die in das Herz eines Spinnennetzes flog. Nervös und mit klopfendem Herzen stolperte er weiter.

Plötzlich rannte er gegen eine harte Wand – der Gang war eine Sackgasse.

Wo war Finn? Warum hatte er ihn von den anderen weggelotst? Oswald drehte den Rücken zur Wand und sah zwei blasse Lichtpunkte vor sich auftauchen. Es waren Finns Augen, die vor Heißhunger leuchteten. Die schlaue alte Ratte war in eine Nische zurückgewichen und hatte abgewartet, bis Oswald an ihm vorbei in die dunkle Falle getappt war.

»Ach, Whitey! Ich war so geduldig mit dir. Ja, Finn is nich so bescheuert, wie er tut. Sobald ich aufgewacht bin, hab ich deine süßen kleinen Mauseöhrchen gesehn. Mir is das Wasser im Mund zusammengelaufen, echt wahr. Mmm, knusprige Mauseohren – köstlich! Aber die Meute da draußen hätte dich geschnappt und der arme Finn hätte nichts abgekriegt; deswegen hab ich gewartet und gewartet.«

Oswald schrie vor Todesangst. Die beiden blassen Punkte kamen immer näher. Finn war schlau: Er hatte seine Beute weg von den anderen an einen Ort gelockt, wo keiner den Weißen hören konnte, und ihn gleichzeitig so kraftlos gemacht, dass er kaum Widerstand leisten konnte.

Kaltes Metall blitzte, als Finn sein Messer herauszog. Die Klinge glitzerte wie ein Eiszapfen, als er sie in den Klauen hin und her warf und sein Opfer damit neckte.

»Ach, verschone mich! Rette mich!«, quietschte Oswald und bedeckte sein Gesicht mit seinen Händen.

»Aber ich hab dich doch gerettet, Whitey – für mich!« Die Ratte lachte grässlich. »Ich werde dich nich gleich ganz auffressen. Man will ja schließlich nich gierig sein. Nee, ich werde die Reste hier lassen und dich immer dann besuchen, wenn ich was naschen will.«

Verzweifelt sank Oswald auf den Boden.

Plötzlich bebte die Erde und der Gang zitterte.

»Noch so'n verdammter Deckeneinbruch«, sagte Finn. »Aber jetzt werden sie wie die Ameisen da drin herumrennen. Das gibt mir Zeit für ein gemütliches Frühstück. Aber erst muss ich dir das Fell abziehn ...«

Die Lichtpunkte verengten sich und Finn stürzte sich mit erhobenem Messer auf den Albino, bereit, ihn niederzustechen. Oswald wich ihm aus und Finn fluchte heftig. »Zum Teufel mit dir«, sagte er und zückte das Messer erneut. Doch der Albino duckte sich und die Klinge kratzte funkensprühend an der Wand entlang.

Finn fuchtelte mit der freien Klaue herum, um Oswald zu erwischen und festzuhalten.

Oswald zappelte hin und her und versuchte, sich an der Ratte vorbeizuzwängen und ihr zu entwischen. Doch Finn war zu schnell für ihn.

»Jetzt hab ich dich!« Eine Klaue packte den Weißen fest an der Kehle und drückte ihn gegen die Wand. »Hör auf zu zappeln.«

Die scharfen Krallen gruben sich tief in Oswalds Hals, doch er hatte zu viel Angst, um den Schmerz zu spüren. In Todesangst trat er Finn gegen das Schienbein, packte den Arm mit dem Messer und biss fest hinein.

»Aaauuuu!«, schrie die Ratte überrascht; das Messer fiel scheppernd auf den Boden, wo es sich mit der Klinge nach oben zwischen zwei Steinen festsetzte.

»Du verdammter Wurm – ich drück dir die Luft ab!« Blind vor Wut fuchtelte Finn mit seinen Klauen; dabei stieß er wilde Flüche aus und klappte die Kiefer aufeinander.

Oswald stolperte über den Sack voller Erde und stürzte zu Boden. Finn sprang auf ihn drauf und verpasste ihm drei lange Kratzer mit den Krallen. Heulend stieß Oswald der Ratte mit dem Ellbogen in den Bauch. Die Luft pfiff durch Finns Zähne; er keuchte vor Schmerz und richtete sich wankend auf. Oswald ergriff die Gelegenheit, um ihm einen heftigen Stoß zu versetzen. Finn schwankte und stolperte nach hinten. Er landete auf der Messerklinge, die nach oben gerichtet war und schrie auf, als das Messer seine Rippen durchbohrte. Einen Augenblick lang wand er sich vor Schmerzen, dann verstummte er. Oswald hatte ihn getötet.

Der Mäuserich war entsetzt. Das hatte er nicht beabsichtigt. Jetzt wollte er nichts wie weg. Er rannte den Gang entlang und ließ Finn in einer dunklen Blutlache zurück, die immer größer wurde.

Oswald kehrte aus der Dunkelheit des schmalen Gangs in den Minentunnel zurück. Überall herrschte Verwirrung und Lärm. Ratten liefen mit Fackeln hin und her. Die Decke war genau an der Stelle eingestürzt, an der Oswald gegraben hatte. Entsetzt stellte er fest, dass Finn ihm wahrscheinlich das Leben gerettet hatte, weil er ihn rechtzeitig weggelockt hatte.

»Zwanzig hat es erwischt!«, sagte eine Ratte.

»Ich bleib jedenfalls nicht hier und warte, bis der Rest auch noch einstürzt.«

»Ich auch nicht.«

»Das Buddeln isses einfach nicht wert. Jeder von uns kann der Nächste sein!«

Der Ruf wurde von allen Ratten in der Mine aufgegriffen. Sie waren fest entschlossen, nicht mehr zu arbeiten.

Oswald kroch den Tunnel entlang. Er wusste, dass ihn in all der Verwirrung niemand beachten würde. Er beschloss, zu der Öffnung zu schleichen, wo die Erde ins Wasser abgeladen wurde. Der Eingang, durch den er hereingekommen war, war immer noch verschlossen. Außerdem befand er sich zu nahe an den Rattenquartieren. Falls er schwimmen musste, schaffte er es sicher ans andere Ufer. Dass die Ratten sich vor irgendetwas fürchteten, das hinter der Öffnung lag, hatte er vergessen ...

Die Ratten hinter ihm erhoben ihre Stimmen und fingen an, hinter ihm den Tunnel entlang zu marschieren. Oswald eilte voraus, so schnell er konnte, um nicht von ihnen eingeholt zu werden.

Der Weiße rannte, so schnell seine Beine ihn trugen, doch die Mine dehnte sich in die Länge. Er bog um eine Ecke und stieß mit Morgan zusammen.

Oswald stürzte nach hinten. Das Gesicht der Ratte aus Cornwall wirkte grimmig und einschüchternd. Wütend sah Morgan auf Oswald herab. »Steh auf, Milchbubi!«, zischte er und trat ihn verächtlich. Dann schaute er an der Maus vorbei auf das Tunnelende, wo das Flackern der Fackeln näher rückte. »Ach, gibt es jetzt einen Aufstand? Ist es das, was in euren Holzköpfen vorgeht? Aus und vorbei! Gleich werdet ihr den Biss seiner Hoheit spüren – er ist darauf vorbereitet.«

Oswald bemerkte, dass Morgan einen Sack trug, in dem sich ein merkwürdiger runder Gegenstand abzeichnete. Die Ratte tätschelte ihn nachdenklich. Der Albino stand auf und wich zurück.

»Zurück mit dir«, fuhr Morgan ihn an, »wenn du deine Haut retten willst!«

Oswald hastete den Minentunnel zurück. Morgan hatte etwas Schreckliches an sich. Er schien sich mit einem Schatten teuflischer Macht einzuhüllen, der ihn größer als je zuvor wirken ließ.

Oswald war zwischen hundert wütenden Rebellen und dem bösen Diener Jupiters eingeschlossen. Dennoch zog er es vor, sich den aufgebrachten Ratten zu stellen, die mit hochgehaltenen Fackeln und zornigen Gesichtern auf ihn zumarschierten.

»Wen haben wir hier?«, riefen sie, als sie Oswald auf sich zustolpern sahen.

»Ach, das ist das Weichei.«

»Wo willst du hin, Bleichgesicht?«

Oswald zeigte auf den Tunnel. »Morgan kommt!«, stieß er hervor.

»Ach, tatsächlich?«

»Da haben wir aber Glück, Jungs!«

»Der olle Gefleckte kommt uns besuchen – wie zuvorkommend von ihm.«

»Den reißen wir in Stücke.«

»Wir beißen ihm den Kopf ab.«

Der Riese Smiley war unter ihnen und grinste noch breiter als sonst.

»Den machen wir fertig – die ganzen Jahre hat er uns unterdrückt und wir haben's geschluckt. Es reicht! Jetzt is er dran!«

Die Ratten verstummten und blieben erwartungsvoll stehen. Oswald zwängte sich an ihnen vorbei; sie hatten ihn für den Augenblick vergessen.

Morgan bog um die Ecke und ging auf die schweigende Menge zu.

»Na, Jungs – wollt ihr nicht mehr arbeiten? Ihr könnt noch nicht Feierabend machen, es ist immer noch eure Schicht.« Während er redete, ging er auf und ab und sah jeden Einzelnen drohend an.

Oswald spürte, dass Morgan keine Angst hatte. Die Maus versteckte sich hinter den anderen; er wollte von Morgans bösen, stechenden Augen, die hin und her blickten, nicht gesehen werden.

»Wir sind fertig mit der Arbeit«, sagte jemand mit ernster, fester Stimme.

»Ach, wirklich? Also, Jungs, wenn ihr wisst, was gut für euch ist, dann tut ihr, was ich sage. Sonst kriegt ihr große Schwierigkeiten.«

Die Ratten kicherten heiser; sie hielten das für die lächerlichste und unsinnigste Drohung, die sie je gehört hatten.

Doch Morgan verzog keine Miene. Er blieb ruhig stehen und wartete ab, bis das Gelächter verstummte. Eine Ratte nach der anderen wurde wieder ernst. Sogar Smiley hörte auf zu lachen. Dies war eine ungewohnte Situation. Morgan hatte noch nie Mut gezeigt – oder Dummheit. Sie fragten sich, warum er so gelassen blieb. Als alle still waren, redete Morgan so leise weiter, dass sie die Ohren spitzen mussten, um ihn zu verstehen. Er hatte ihre ganze Aufmerksamkeit.

»Wie könnt ihr es wagen, mir zu drohen«, zischte er wütend. »Entfernt die Gedanken an einen Aufstand aus euren verfaulten Hirnen und verbeugt euch vor dem schwarzen Prinzen der Albträume. Fleht ihn um Vergebung an! Ich bin seine rechte Hand und sein Diener. Er ist der Herr über alle – glaubt ihr wirklich, er würde sich untätig im düsteren Portal verstecken und nicht mitkriegen, was hier vorgeht? Seine Augen sind überall – sie sehen und wissen alles.«

Verunsichert scharrten die Ratten mit den Füßen. Morgan drängte sich wie ein Hoher Priester, der zum heidnischen Volk spricht, an ihnen vorbei.

»Passt auf, was ihr denkt!«, fuhr er fort. »Denn Jupiter wird eure Gedanken lesen, und dann werdet ihr auf die andere Seite seines Altars geschickt, um ihm von dort aus zu dienen.«

Ein leises Murmeln entstand. Er hatte die Ratten schon fast überzeugt.

»Geht an eure Plätze zurück und fühlt euch geehrt, dass eure Arbeit seinem noch größeren Ruhm dient.«

»Verflucht sei die stinkende Arbeit!«, rief eine aufmüpfige Stimme.

Morgan blickte auf die Menge. Skalpy näherte sich. Er sah sehr mitgenommen aus: Sein Körper war voller blauer Flecken und er hatte Schnittwunden im Gesicht, sein Schwanz war an drei Stellen gebrochen und hing leblos herunter. Die Ratten drehten sich um, damit sie hörten, was er zu sagen hatte.

»Wir ersticken und verrecken bei Deckeneinstürzen – und wofür?«, spuckte er verbittert aus. »Wir arbeiten, bis uns das Rückgrat bricht – wofür?« Er stieß seine Fäuste in die Luft und ein paar der Ratten murmelten ihm etwas zu. »Ich sag euch, wofür«, fuhr Skalpy fort, »für eine fette Missgeburt, die in der Kammer sitzt und sich über uns in die Barthaare lacht. Die Arbeit stopft uns das Maul – sie hält uns davon ab, zu viele Fragen zu stellen, wie zum Beispiel: ›Wer ist Jupiter eigentlich?‹ und ›Warum zeigt er sich nie?‹ Ich sag euch, warum: Weil er ein Betrüger ist, ein alter Nichtsnutz, der im gemachten Nest sitzt.«

Die Menge nickte und fing wieder an zu murren; bald darauf fuchtelten alle wütend mit den Fäusten.

Oswald wagte es nicht, sich zu rühren. Er kauerte sich hin und fragte sich, wie lange der Streit noch dauern würde, bevor er ausartete. Skalpy schien im Augenblick die Oberhand zu haben, doch Oswald hatte das Gefühl, dass Morgan noch eine Überraschung parat hatte.

Die gescheckte Ratte funkelte die Menge erbost an. »Ihr Idioten«, schrie Morgan. »Ihr habt keine Ahnung, wie mächtig Jupiter ist!« Er zeigte auf Skalpy. »Aber du bist der größte Dummkopf von allen.« Morgan steckte den Arm in seinen Sack und holte Madame Akkikuyus Kristallkugel heraus.

Das Raunen, das durch den Anblick der Kugel hervorgerufen wurde, verstummte, als Flammen im Inneren aufflackerten und zwei rote Feueraugen aufblitzten.

Jupiters Stimme dröhnte über ihren erstaunten Köpfen.

»ICH BIN EUER HERR.«

Die Ratten fielen vor Angst auf die Knie. Sie hatten seinen Zorn und seine Macht noch nie richtig miterlebt. Oswald zitterte und sank ebenfalls auf die Knie; Todesangst ergriff ihn.

»Ich bin euer Herr!«, rief Jupiter wieder. »Ich war bisher großzügig und nachsichtig mit euch, aber jetzt habt ihr mich verärgert. Eigentlich sollte ich euch allen einen schrecklichen Schlag verpassen.«

Morgan hielt die brennende Kristallkugel, deren greller Lichtschein blendete, hoch über seinen Kopf.

»Ohne mich müsstet ihr wieder den Schleim von den Wänden lecken, wie ihr es getan habt, als ich euch fand. Ich habe euch mit dem Durst auf Mord und Blut gesegnet – und trotzdem wollt ihr euch gegen mich erheben.« Jupiter lachte. »Ich weiß, wer eure Anführer sind. Hütet euch vor meiner Rache!«

Skalpy sah sich nervös um. In seinen wildesten Vorstellungen hätte er nie vermutet, dass Jupiter so mächtig sein könnte.

Ein weißer Feuerkreis bildete sich plötzlich um die Kugel und schoss gleich darauf als tödlicher Strom in die Menge.

Skalpy schrie, während das weiße Inferno ihn packte. Die Ratten um ihn herum wichen voller Panik zurück.

Skalpy wand sich und fuchtelte in Todesangst mit den Armen. Seine Schreie erfüllten die Mine und hallten noch wider, als er schon tot war. Das Feuer war auf einen Schlag verschwunden und ein Rattenskelett brach auf dem Boden zusammen. Das Schälmesser fiel auf die verkohlten Knochen und zermalmte sie.

Die Menge keuchte vor Entsetzen.

»Und jetzt befehle ich euch, an die Arbeit zurückzukehren, bevor ich meinen Ärger noch weiter kundtun muss. Entzündet ja nicht die Flammen meines Zorns!«

Geschlossen sprangen die Ratten auf ihre Füße und eilten an ihre Arbeitsplätze zurück.

Morgan kicherte. Jetzt hatte er die Macht, die er schon immer angestrebt hatte. Jetzt würde es niemand mehr wagen, seine Stellung anzufechten. Zum ersten Mal in seinem grässlichen Leben fühlte Morgan sich sicher und gelassen.

Die Ratten arbeiteten zügig. Der Deckeneinsturz wurde rasch repariert und die toten Ratten auf die Seite geschafft. Smiley buddelte mit neuem Schwung an der Minenspitze; die Erde spritzte um ihn herum auf.

Oswald nahm seinen Löffel in die Pfote und grub schnell weiter. Er konnte kaum glauben, was er gerade mit eigenen Augen gesehen hatte, und dachte fieberhaft nach. Sicher konnte niemand Jupiter besiegen.

Morgan blieb auf seinem höher gelegenen Beobachtungsplatz und sah prüfend auf die Arbeiter. Er hielt die Kristallkugel immer noch in den Klauen und die Augen im Inneren des Glases brannten weiterhin hell.

»Glaubt nicht, dass eure Arbeit ohne Lohn bleibt«, donnerte Jupiters Stimme. »Am Ende werdet ihr alle bezahlt werden. Sobald der Tunnel fertig ist, sollt ihr euch für alle Ewigkeit an dem Schatz erfreuen können, der unter Blackheath liegt.« Er kicherte. »Morgan, bringe mich zu meinem Altar zurück. Wenn es wieder Schwierigkeiten gibt, werde ich sie mit dem größten Vergnügen aus dem Weg räumen.«

Die Glaskugel wurde dunkel, als das Feuer darin erlosch. Morgan sprang von dem Backstein herunter und ging durch den Minentunnel. Er genoss es, als die Ratten ihn ehrfürchtig grüßten und sich vor ihm verbeugten, während er an ihnen vorbeilief. Endlich hatte er seinen Lebenstraum erfüllt und genoss das Glücksgefühl, welches das erreichte Ziel mit sich brachte.

Oswald war besorgt – er hatte Jupiters Worte über den Schatz gehört und sie machten ihm Sorgen, auch wenn er nicht wusste, warum. Nachdenklich grub er weiter. Irgendwo nagte ein unbestimmter Zweifel an ihm und wollte einfach nicht verschwinden. Er kratzte sich verwundert den Kopf.

Smiley wühlte sich durch die Erde; seine großen Klauen gruben riesige Erdklumpen aus. Dann riss eine seiner Krallen ab und flog weg. Fluchend untersuchte er den rauen Erdboden vor sich. Er sammelte ein paar Steine ein und wischte etwas Erde weg. Hastig zog er seine Klauen zurück. »Au, wie dasch brennt«, sagte er und sah prüfend seine Klauen an. Sie wurden rot und schmerzten.

»Die Erde brennt!«, rief er.

Mehrere Ratten kamen herbei und betrachteten seine Brandwunden; dann starrten sie auf die Spitze der Mine.

»Riecht komisch«, sagte eine der Ratten und schnüffelte.

»Iiiih, das brennt in der Nase«, stieß eine andere aus, nachdem sie tief eingeatmet hatte, und rieb sich die Schnauze.

»Holt Werkzeuge und seht nach, was los ist«, schlug Smiley vor.

Oswald beobachtete alles und zerbrach sich den Kopf. Er wusste, irgendwo in seinem Hirn war die Antwort, wenn er sie nur finden könnte. Etwas in der Erde, das brannte ...

Er versuchte, sich wieder in seine Kindheit zurückzuversetzen, als Meister Altschnauze vor ihm und dem Rest der Mäuseklasse stand. Er hatte ihnen etwas Schreckliches erzählt, das vor vielen, vielen Jahren passiert war. Etwas, das mit Blackheath zu tun hatte – aber was?

Oswald biss sich auf die Zunge und zwang sich, sich daran zu erinnern.

In der Zwischenzeit hatten die Ratten mit ihren Löffeln

etwas Erde weggekratzt und einen großen weißen Steinbrocken bloßgelegt. Es war der größte, den sie bisher ausgegraben hatten.

»Hebt ihn raus«, riefen sie und stießen ihre Löffel darunter.

Irgendwas an dem Stein war seltsam. Er war kreisrund und hatte merkwürdige geriffelte Linien.

»Ausheben!«, schrien die Ratten. Wieder stießen sie die Löffel in die Erde. Nichts rührte sich.

»Noch mal!« Der Stein bewegte sich leicht.

Und dann fiel es Oswald auf einmal wieder ein. Blackheath – natürlich! Vor langer, langer Zeit hatte es dort eine schreckliche Pest gegeben: den schwarzen Tod. Die Leichen der Toten waren unter Blackheath vergraben und mit widerlichem, brennendem, ungelöschtem Kalk bedeckt worden. Der Kalk war es, der Smileys Pfoten verbrannte.

»Stopp, stopp!«, rief Oswald den Ratten zu. »Ihr wisst nicht, was das ist – wir werden alle sterben – hört auf!«

»Halt's Maul, Bleichgesicht. Hebt ihn raus«, schrien die Ratten. Mit einem letzten Ruck gab der Stein nach; die Erde fiel ab und der große, weiße Brocken rollte hinaus.

Es war ein grinsender menschlicher Schädel.

Ein lautes Rumpeln erschütterte die Mine, als das Totengesicht wegrollte und weitere Totenköpfe und bleiche Knochen freigab. Mit der aufgewühlten Erde stieg eine feine gelbe Staubwolke auf.

Kräuselnd breitete sie sich durch die leeren Augenhöhlen und Zahnlücken der Schädel aus und der Nebel formte sich zu gespenstischen Luftgebilden.

Jupiter hatte die Pest mit seiner schwarzen Magie auferstehen lassen, und nun erfüllte die Staubwolke die

Mine mit todbringender Luft. Oswald quiekte vor Schreck, drehte sich um und floh.

Schwer keuchend rannte er die Mine entlang.

Smiley starrte verwirrt auf die Knochen. Der erste Totenkopf blieb wackelnd auf einem Stein liegen und sah aus, als würde er nachdenklich nicken. Dann erblickte Smiley den Staub und die grauenhaften Gesichter, die sich darin bildeten. Er riss die Augen weit auf, als der Nebel um seine Beine wallte. Zwei Raucharme streckten sich aus dem bleichen Gespenstermeer und durchsichtige Finger legten sich auf sein Gesicht. Smiley stieß einen Schrei aus und versuchte, die Kreatur wegzustoßen, doch seine Klauen bekamen nur Rauch zu fassen. Das Gespenst schraubte sich immer höher und Smiley starrte in schwammige Augen voller Heißhunger. Er konnte sich nicht wehren. Der schwarze Tod überwältigte ihn und riss ihn zu Boden; der Widersacher kroch in seine Mundhöhle. Smileys mächtiger Schwanz zuckte noch einmal, dann starb er. Sein Schwanzende stieß gegen den Totenkopf und schleuderte ihn die Mine hinunter.

Oswald rannte um sein Leben, während alle Ratten verwirrt in den oberen Teil der Mine starrten. Sie sahen einen unheimlichen Nebel, der langsam am Boden entlang kroch, sich ausbreitete, sich weiterfraß und sich in allen Ecken und Nischen festsetzte.

Als der Nebel sie erreichte, versuchten sie, ihm auszuweichen, doch er klebte an ihnen fest und ließ sich nicht abschütteln. Dann blieb ihnen die Luft weg, sie fingen an zu keuchen und zu husten und stürzten schließlich mit schwarzen, geschwollenen Gesichtern zu Boden. Der Nebel kroch über ihre Körper.

Der Totenschädel rollte krachend über den Boden, prallte an den Wänden ab und walzte die Ratten platt, die zitternd in seinem Weg standen.

Oswald hörte hinter sich das Rumoren und warf einen angstvollen Blick über seine Schulter. Er sah, wie der Totenkopf näher kam und wie sich sein grauenhaftes Gesicht beim Rollen drehte. Die Zähne splitterten und brachen ab, als sie auf den Boden prallten. Als er unter den Fackeln vorbeirollte, ließ das flackernde Licht ihn boshaft blinzeln.

Oswald versuchte, noch schneller zu rennen. Der heimtückische Staub war dicht hinter ihm und die Pestgestalten erhoben sich wie Schaumkronen auf den Meereswellen. Er hörte das Keuchen und die verzweifelten erstickten Schreie der Ratten, als der schwarze Tod sie einholte. Dies war der ewige Lohn, den Jupiter ihnen versprochen hatte.

Der andere Eingang zur Mine tauchte vor dem Mäuserich auf, und bei diesem Anblick schöpfte er Hoffnung. Er war sehr erschöpft und seine Kräfte waren fast am Ende. Nur das dröhnende Kullern des Totenkopfs, von dem er verfolgt wurde, ließ ihn weiterrennen. Dumpf erkannte er im Vorbeilaufen den schmalen Gang wieder, in den Finn ihn gelockt hatte. Der gelbe Nebel strömte hinein und bedeckte den Körper der toten Ratte.

Mit einem lauten Krachen prallte der Totenschädel an einem Stein ab und streifte beim Herunterfallen Oswalds Schwanz. Der Albino erhöhte seine Geschwindigkeit.

Der Ausgang lag vor ihm. Mit einem letzten Sprung stürzte Oswald aus der Mine. Er landete ungeschickt auf den Füßen und versuchte, sein Gleichgewicht zu halten.

Jetzt befand er sich auf einem schmalen Steinvorsprung. Unter ihm floss die dicke Abwasserbrühe. Er wandte sein Gesicht dem Schädel zu, der zu lachen schien, während er auf die Maus zujagte. Ein dumpfes Dröhnen erschütterte den Vorsprung.

Plötzlich versperrte der Totenkopf die einzige Öffnung der Mine. Nicht der geringste Spalt war zu sehen. Der dämonische Nebel konnte nicht hindurchstömen. Oswald atmete erleichtert auf und zog den Kopf ein. Er war in Sicherheit.

Dann schaute er hoch und erstarrte. An der gegenüberliegenden Wand der großen Kammer war das düstere Portal von Jupiters Altar.

DAS DÜSTERE PORTAL

Ein heißer Schwefelwind fing an, durch die Abwasserkanäle von Deptford zu blasen. Er strömte durch längst vergessene Passagen, wehte durch die Tunnel und beutelte das Unkraut, das von den Wänden herunterhing.

Audrey hastete hinter Madame Akkikuyu her. Die warme, trockene Luft erschwerte das Atmen. »Es ist so heiß«, sagte sie keuchend. Ihr Haarband war feucht und hing ihr schlaff in den Nacken. Als sie die Wand neben sich berührte, wich sie erschrocken zurück. »Die Steine sind ja glühend heiß!«, stieß sie aus. »Was ist los?«

Madame Akkikuyu drehte sich nicht um. »Er wird immer mächtiger, Mäuselchen«, sagte sie wissend. »Er streckt seine Feuerklauen aus – der Prinz bereiten sich vor.«

Audrey hatte Angst. Ihre Pfotenflächen waren verschwitzt und sie kaute nervös auf ihrem Spitzenkragen herum. Welches Schicksal stand ihr bevor? Jupiter selbst wartete auf sie, und im Vergleich zu ihm fühlte sie sich ganz klein. Es schien keinen Ausweg zu geben. Sie konnte nicht fliehen; irgendetwas lenkte ihre zierlichen Füßchen direkt zu ihm. Es war, als sei diese Begegnung schon vor langer Zeit beschlossen, schon vor ihrer Geburt entschieden worden. Und nun führte sie nur noch ihren Teil aus.

Jetzt wurde auch der Steinvorsprung heiß. Audrey musste hüpfen, um ihre Sohlen nicht zu verbrennen, und die Silberglöckchen an ihrem Schwanz klingelten wie verrückt. Madame Akkikuyu schien die steigende Temperatur nicht zu stören. Audrey sah auf die großen Füße der Ratte und bemerkte, dass ihre Fußsohlen rau und lederhäutig waren. Es würde lange dauern, bis die Hitze durch sie hindurchdringen konnte.

Als sie sich der Altarkammer näherten, wurde es noch stickiger. Die Geschichten, dass Jupiter Feuer spuckte, mussten wahr sein, dachte Audrey. Sicher spie er Flammen wie ein teuflischer Drache.

Sogar das Kanalwasser hatte angefangen zu dampfen; der Dampf stieg kräuselnd in die heiße Luft und sammelte sich an der Tunneldecke. Er setzte sich zischend zwischen den Backsteinen fest und befeuchtete das Moos an den Wänden. Schließlich lockerte sogar Madame Akkikuyu ihren Schal und wischte sich damit den Schweiß vom Gesicht ab.

»Is wie als Akkikuyu ganz klein war«, sagte sie. »Und jetzt, Mäuschen, wir sind gleich da.«

Die Wahrsagerin ging durch einen engen Torbogen; Audrey folgte ihr und fand sich in einem winzigen Vorraum wieder. Er war dreckig und stank fürchterlich. Ein alter Strohhaufen in einer Ecke verkündete, dass jemand hier manchmal übernachtete. Madame Akkikuyus Kristallkugel lag wie ein Zauberei im Stroh versteckt.

»Meister Stummelschwanz schlaft hier«, sagte Akkikuyu. »Der alte Gescheckte muss immer nahe bei dem Hohen bleiben. Aber wie lange noch? Das fragen Akkikuyu sich.«

Die Wahrsagerin ging zu ihrer Kugel und ließ sie in einer ihrer Taschen verschwinden. Dann richtete sie sich zu ihrer vollen Höhe auf und streckte wichtigtuerisch die Brust heraus.

»Ich habe das Vertrauen seiner Majestät. Er lernt mich dunkle Geheimnisse und ich liefern dich an ihn, also ist Deal gehalten. Ich bin schwarzes Zauber wert.« Sie lächelte kurz in glücklicher Erwartung der dunklen Mächte, die ihr bald zuteil werden würden. Dann riss sie sich von ihren Träumen los und schaute auf Audrey herab; in ihrem Blick lag etwas, das an echtes Mitleid grenzte.

»Ach, armes hübsches Mausi«, seufzte sie traurig und blinkte mit den kohlschwarzen Augen. »Warum mixt du dich in Dings ein, die für dich zu groß sind?«

Audrey betrachtete die Ratte, die ihr auf einmal ganz verändert schien. Vorsichtig sagte sie: »Sie könnten mich laufen lassen. Noch ist es nicht zu spät.«

Madame Akkikuyu schüttelte betrübt den Kopf. »Ach nein, mein Mausilein, es ist zu spät. Wege führen nur in Einbahnstraße – umdrehen nix erlaubt, niemals.« Die Ratte starrte vor sich hin. »Akkikuyu können niemals umdrehen – nein«, flüsterte sie leise. »Wege sind gemacht und man muss sie gehen. Akkikuyu wissen das. Akkikuyu viele Dings im Leben gemacht, viele schlechte Dingsbums. Rückweg ist für mich verschlossen. Was passieren soll, passieren: Man kann nicht immer selber entscheiden, was man machen. Mach das Beste aus dem, was du hast.«

Vorsichtig warf Audrey ein: »Oder das Schlimmste.«

»Sei nicht vorlaut«, schnappte die Ratte bissig, die von den großen glänzenden Augen der kleinen Maus ganz nervös wurde. »Du weißt nicht viel von Akkikuyu, du

Mäusekind in gemütliche Loch mit liebe Mamma. Was weißt du über Rattenleben? Wir sind nicht wie ihr Mäuschen, wir sind anders.«

Audrey schüttelte den Kopf. »Ich glaube nicht, dass Sie so anders sind.«

Unruhig wich die Wahrsagerin zurück. »Akkikuyu gibt's nur einmal – keiner wie sie. Du kleines Mäuslein nicht weißt, was in ihrem Kopf vorläuft.« Sie zögerte; ihre Gedanken waren weit in der Vergangenheit und durchlebten alte Erfahrungen. Ihre ersten zaghaften Liebesversuche und der Spott und die Verachtung, die darauf folgten, hatten sie wie Peitschenhiebe verletzt und ihr Herz verschlossen.

»Was würden Sie tun, wenn Sie ein Heim hätten, in das Sie sich zurückziehen könnten, ein Zuhause – Geborgenheit?«, fuhr Audrey fort.

Akkikuyu hielt inne und überlegte. Es war schon lange her, seit sie sich solche Dinge vorgestellt hatte. Sie hatten auf sie immer wie ein Luxus gewirkt, der unerreichbar war. Doch jetzt sprach die Maus all ihre alten, vergessenen Träume an, und es fühlte sich herrlich an. Waren sie immer noch unerreichbar? Konnte sie nicht einfach all ihre bösen Taten bereuen und ihren falschen Ehrgeiz abwerfen? Die Samenkörner eines neuen Lebens gruben sich tief im Herzen der Ratte ein. Wenn sie nur einen sicheren, friedlichen Ort finden könnte! Langsam nickte sie, als die Vorstellung in ihrem Kopf wie ein Licht inmitten der bösen, alten Schatten aufleuchtete.

»Mäuselchen«, sagte sie hastig. »Du und ich – wir rennen weg. Lassen dunkles Ort zurück, verstecken uns und sind glücklich in Sommersonne.« Aufgeregt ergriff sie

Audreys Pfote und lächelte nervös. Ihr Herz fühlte sich leichter an und viele Jahre der Mühsal und des Unglücks fielen von ihren Schultern ab. Plötzlich sah Akkikuyu wieder jung aus. Ja, sie würde all dies hinter sich lassen; ihre schlimme Vergangenheit würde nur noch eine verschwommene Erinnerung sein, ersetzt durch Freude. Es würde Leute geben, die ihr vergeben konnten. Sie würde Freunde haben – jemanden, dem sie ihre Sorgen und Ängste anvertrauen konnte, jemanden, dem sie ihre Zweifel beichten konnte, jemanden, mit dem sie Glücksmomente teilen konnte. Madame Akkikuyu hatte noch nie Freunde gehabt. Als sie jung war, gab es zwar viele Verehrer, die sich darum rissen, mit ihr auszugehen, doch keiner war länger als einen Abend am Flussufer geblieben. Ein Freund war etwas, wonach sie sich wirklich sehnte. Sie spürte, dass die dunklen Mächte kein Ersatz waren. Dieser Moment war ihre einzige Chance, sich zu entscheiden.

Ein Schatten fiel auf sie.

In dem schmalen Torbogen stand Morgan und rieb sich die Klauen. Madame Akkikuyu erstarrte und die Hoffnung in ihren Augen erlosch.

»Na, haste sie gefunden, alte Hexe?«, zischte Morgan und starrte Audrey an. »Und was soll an der so besonders sein? Von hier aus sieht sie nichts sagend aus.«

Madame Akkikuyu ließ die Schultern hängen. Mit einem Mal wirkte sie älter und müder als je zuvor. Sie wusste, dass sie nun nie mehr umdrehen konnte. Krächzend sagte sie: »Das ist Spezialmausi. Lass die Klauen von ihr weg.«

Unglücklich sah sie Audrey an. »Schönes Traum, mein Mäuslein. Aber du musst sehn, Wege drehen nicht um.

Auch wenn Akkikuyu ihren Weg hasst, muss sie ihn gehn, wo er immer hinführt. Und ich müssen dich jetzt abliefern.«

»Mach schon, Hexe!«, knurrte Morgan und schubste sie aus dem Vorraum. »Seine Herrlichkeit wartet und hat schlechte Laune: Die Mine ist eingestürzt und irgendwas stimmt nicht.«

Die Wahrsagerin warf ihm einen vernichtenden Blick zu und führte Audrey langsam in Jupiters Altarkammer.

»Bäh!«, stieß die Ratte aus Cornwall verächtlich aus. »Die spinnt.«

Oswald kroch unter ein paar Säcke, die an der angrenzenden Wand lagen. Der Vorsprung, auf dem er zitternd hockte, befand sich weit unter dem Altar. Er hatte zu viel Angst, um sich aus seinem Versteck zu wagen, auch wenn er vor Erschöpfung und Hitze fast ohnmächtig wurde. Durch ein Loch in einem der Säcke konnte er Jupiters Altar deutlich sehen. Die Kerzen brannten beständig, doch hinter ihren blassen Flammen war alles dunkel. Oswald fragte sich, ob der Herr der Ratten wusste, dass er hier war. Seit der Totenkopf den Mineneingang versperrt hatte, war nichts geschehen – aber Jupiter wusste doch sicherlich davon?

Aus dem Augenwinkel sah er, dass sich etwas bewegte. Der Weiße hielt vor Schreck den Atem an: Es war Audrey, begleitet von einer hässlichen weiblichen Ratte. Was machte sie auf der Altarstufe?

Ohne nachzudenken stand Oswald auf, warf die Säcke ab, unter denen er sich versteckt hatte, und rief Audrey etwas zu.

Madame Akkikuyu drängte Audrey weiter. »Bete, dass es schnell vorbei ist, Mäuschen«, flüsterte sie.

Die Steine des Altars glühten und das Wasser unter ihnen blubberte und kochte.

Audrey war in Gedanken bei dem düsteren Portal. Eine solche Finsternis hätte sie sich niemals träumen lassen. Die schrecklichsten Abgründe der Nacht verbargen sich in dieser pechschwarzen Leere.

Von unten ertönte eine leise Stimme, die ihr irgendwie bekannt vorkam. Doch sie war bereits so im Bann der magischen Kräfte, die Jupiter um sein Lager gesponnen hatte, dass sie nicht antworten konnte.

Madame Akkikuyu trat in das weiche, warme Wachs, das von den Kerzen tropfte, und wie betäubt tat Audrey es ihr nach.

Zusammen standen sie vor dem schwarzen Torbogen und starrten in die bedrohliche Dunkelheit.

»Eure höchsthohe Majestät«, rief die Wahrsagerin, »ich liefern wie versprochen.«

Ein Rumpeln erklang hinter dem Altar, als Jupiter sich näherte. In der Ferne glommen zwei schwache rote Punkte auf, die immer größer wurden.

Audrey fühlte sich schwach und schwindlig. Sie stolperte nach hinten und wäre über die Kante gefallen, wenn Madame Akkikuyus Arm sie nicht gepackt hätte.

»Hab Dank, Akkikuyu.« Jupiters weiche, tiefe Stimme dröhnte aus der Dunkelheit. »So, so, das ist also die Maus, die meine große Schöpfung zerstören und mich zertrampeln wollte«, sagte er mit einem kalten Lachen.

»So haben ich es in der Kristallkugel gesehen.« Die Wahrsagerin verbeugte sich tief.

»Jetzt sehe ich dich endlich ganz klar und deutlich, Maus«, sagte die Stimme provozierend. »Hier im Herzen meines Reichs müssen sich alle Zauber meiner Macht unterwerfen. Wie konnte ein so unbedeutendes Geschöpf wie du es wagen, mich herauszufordern?« Die Stimme zitterte vor Wut.

Trotzig warf Audrey den Kopf zurück. Sie würde Jupiter nicht die Befriedigung geben, sich vor ihm zu beugen.

»Ich heiße Audrey Brown«, rief sie stolz, »und ich weiß nichts von Zaubern oder schwarzer Magie: Ich stelle mich in den Schutz der Grünen Maus! Was immer Ihr mir antun wollt – ich weiß, dass sie mich aufnehmen wird.«

Jupiter lachte. »Akkikuyu, lass uns allein und sorge dafür, dass wir nicht gestört werden. Ich werde dich holen lassen, wenn ich Miss Brown an die Grüne Maus abgeliefert habe.«

Wieder verbeugte sich die Wahrsagerin und warf einen raschen Blick auf Audrey. Dann senkte sie schuldbewusst die Augen und eilte in den Vorraum zurück.

Nun stand Audrey allein vor dem Herrn der Ratten.

»Du hast mich irritiert, Miss Brown – du und der weiße Idiot, der meine Pläne verhindern will. Ich werde mich bald um ihn kümmern. Komm herauf und diene mir auf dieser Seite der Kerzen.«

»Niemals!«

»Aber das musst du«, murmelte Jupiter. »Mein Wille ist auch dein Wille. Ich befehle dir hinaufzuklettern.«

Fassungslos sah Audrey zu, wie ihre Füße sich wie von allein bewegten. Sie näherte sich dem Portal und Jupiter kicherte leise in sich hinein.

Oswald war vor lauter Rufen ganz heiser. Jetzt hielt er sich die Augen zu und sank schluchzend in die Knie. Er wusste, dass Audrey verloren war und dass er nichts tun konnte, um sie zu retten. Jupiters grauenhaftes zynisches Gelächter erfüllte die Kammer. Oswald weinte bitterlich.

»Oswald!«, flüsterte eine leise Stimme in seiner Nähe.

»Oswald!«, wiederholte die Stimme, doch diesmal schien sie aus großer Entfernung zu kommen.

In ängstlicher Erwartung, dass dies wieder irgendein Trick von Jupiter war, spähte die weiße Maus durch die Pfoten.

Mitten im aufsteigenden Dampf und der flimmernden Hitze sah sie eine undeutliche Gestalt, die in blassem, wässerigem Grün schimmerte. Ganz schwach konnte Oswald die Umrisse der Grünen Maus erkennen.

Plötzlich verschwamm die Vision und wäre beinahe erloschen. Im Zentrum von Jupiters Reich war die Macht der Grünen Maus nur schwach.

»Das Mäusemedaillon, Oswald«, rief die gespenstische Gestalt. »Sie braucht es jetzt!«

Eine zischende Dampfwolke hüllte die Gestalt ein und das grüne Licht verschwand. Die Grüne Maus war aus der Kammer verbannt worden.

Schnell nahm Oswald den Schal vom Kopf. Er wirbelte das Mäusemedaillon wie eine Steinschleuder mehrmals durch die Luft und schleuderte es dann quer durch die Altarkammer.

Im Flug glitzerte und glänzte es und drehte sich wie ein Rad aus goldenem Feuer. Mit einem lauten »Pling« fiel das Medaillon klappernd direkt hinter Audrey auf den Steinvorsprung.

Sofort hörten ihre Füße auf zu laufen und sie schüttelte den bösen Zauber ab.

»Nein!«, rief sie in die Dunkelheit. »Du musst schon herkommen und mich holen, du zweiköpfiges Monster.«

Jupiter schrie wütend und frustriert auf. »Wie kannst du es wagen! Ich bin Jupiter! Der düstere Herr über alle. Ich bin der Mächtige, der Böse, der Vater des Mordens. Und wer bist du? Eine unwichtige Maus – meiner Verachtung nicht wert. Ich werde wahrhaftig zu dir hinuntersteigen. Ich werde dich mit Freude in Stücke reißen.« Die Kraft in seiner Stimme erschütterte die ganze Kammer wie ein Erdbeben; der Mörtel bröckelte ab, während er donnernd ausstieß: »Hüte dich vor seiner Majestät Jupiter und stirb!«

Schwankend wich Audrey zurück, als der teuflische Dämon sich zum allerersten Mal aufmachte, seine Unterkunft zu verlassen. Sie schrie vor Angst.

Oswald hockte unten auf seiner Steinkante und beobachtete, wie die großen, langen Krallen allmählich in der Dunkelheit sichtbar wurden. Als Nächstes tauchte eine riesengroße Pfote auf, die mit stumpfem rotbraunem Fell überzogen war.

Ein gehörnter Schatten fiel auf Audrey, als Jupiter seinen gigantischen Kopf durch das Portal steckte. Oswald machte den Mund auf und stieß einen lautlosen Schrei der Panik aus.

Jupiter kroch hinaus.

Als das Kerzenlicht auf das Ungeheuer fiel, fand Oswald seine Stimme wieder und ein Heuler der Angst hallte durch die Kammer.

Alle Gerüchte, alle Legenden und alle Horrorgeschichten

waren falsch. Doch die Wahrheit des finsteren Gottes war noch viel schlimmer. Jupiter hatte nicht zwei Köpfe – sein einziger, riesiger Kopf war schrecklich genug.

Die allerhöchste satanische Majestät war ein dicker, fetter Kater!

Er war so riesengroß und aufgedunsen, dass er sich kaum durch das Portal zwängen konnte. Sein widerliches Gesicht war mit ekeligen Warzen übersät, und überall sprossen Eiterpusteln aus seinem rotbraunen Fell. Eine fette dunkelrote Nase prangte mitten auf seinem Gesicht und unter seinem offenen Maul hingen schwere Fettrollen. Schwerfällig zog er seinen krummen Rücken durch den Torbogen.

Audrey trat, so weit es ging, zurück; sie stand an der äußersten Kante des Altars und ruderte heftig mit den Armen, um das Gleichgewicht nicht zu verlieren. Dabei berührten ihre Füße plötzlich etwas Kaltes. Sie senkte den Blick und vor ihr lag ihr glänzendes Mäusemedaillon. Mit einem raschen Pfotengriff hob sie es auf und drückte es fest an sich.

Jupiters eiserne Klauen gruben sich in die Steine, während er sich schwerfällig vorwärts bewegte.

»Ja«, prahlte er. »All diese Jahre, die ganze Zeit über habe ich mich vor meinen Untertanen versteckt. Stell dir das vor: eine Katze, die von Ratten als Gott verehrt wird!«

Audrey hielt sich die Pfoten vors Gesicht, um sich vor dem Gestank, der aus seinem ekelhaften Maul kam, zu schützen. Und dann senkte Jupiter den Kopf.

Die kleine Maus sah ein rotes Glühen, als sein offenes Maul sich ihr näherte. Instinktiv riss sie die Arme hoch, an denen das Mäusemedaillon hing.

Der Katzenschutz funkelte und blitzte und erfüllte die Altarkammer mit gleißendem Licht.

Schwankend wich Jupiter zurück. Das grüne Licht brannte in seinen Augen und blendete ihn. Er schüttelte den riesigen Kopf und fauchte. Seine Klauen schossen vor und er stürzte sich auf Audrey.

In diesem Augenblick kam ein kleiner pelziger Blitz aus dem Nichts angeflogen und näherte sich der Maus auf dem Altar. Er schoss hinab und riss Audrey aus Jupiters Reichweite hinauf in die Luft. Fest in Orfeos Krallen stieg sie immer höher; das Medaillon glänzte immer noch in ihren Händen.

Jupiter zwängte sich ganz aus dem Portal und umklammerte die schmale Steinkante. Er legte das Gesicht in Falten und atmete tief ein. Dann stieß er plötzlich einen Feuerstrom aus. Zumindest dieses eine Gerücht war wahr: Das Ungeheuer spuckte Feuer.

Orfeo tauchte ab, um vor den Flammen in Deckung zu gehen, doch er versengte sich ein Ohr.

»Ach, der olle Meister Eiterbeutel!«, schrie er. »Dieses Mal hat es nicht geklappt – versuch es noch einmal.«

Audrey starrte das gewaltige Biest an, das plump auf dem Altar hockte. Und dann sah sie noch etwas anderes. Eine kleine Gestalt mit einem Schwert in der Pfote schritt entschlossen auf das aufgeschwemmte Monster zu.

Ein weiterer Feuerstrahl versengte die Wand, während Orfeo sich mit kreisenden Bewegungen in die Höhe rettete. Dann fauchte Jupiter wütend, als ihn etwas in die Seite stach: Thomas Triton war wütend in die Altarkammer gestürmt. Piccadilly hatte den kleinen Tunnel wiedergefunden, den er mit Albert Brown entdeckt hatte.

Entschlossen waren sie ihn entlang marschiert und hatten die schreckliche Szene beobachtet, die vor ihren Augen ablief. Nun stach und schlug Thomas mit seinem kleinen scharfen Schwert auf die fette Katze ein. Jupiters Fleisch war zäh und zu üppig, um von den Schwertstichen ernsthaft verwundet zu werden, aber sie machten ihn trotzdem zornig.

Der wütend zuckende Schwanz des massigen Ungeheuers kam dem Seefahrer gefährlich nahe.

Gwen Brown rannte aus dem Tunnel, zückte ihren Degen und stieß ihn tief in die Katze hinein.

»Geh zurück!«, wies Thomas sie an. Arthur zerrte seine Mutter auf der Steinkante zurück. Er brauchte Piccadillys Hilfe, um sie festzuhalten.

Flügelrauschen ließ sie zusammenzucken, als Eldritch hinter ihnen landete. Er lächelte Twit kurz zu, streifte ihn und flog in die Kammer. Dann schlug er Jupiter seine Flügel ins Gesicht und rief Thomas, der verzweifelt versuchte, dem dicken rotbraunen Schwanz auszuweichen.

»Hallo, Seefahrer«, rief Eldritch. »Halte die Pfote hoch!« Er machte einen Sturzflug und griff nach Thomas. Dann flogen sie in die Höhe und kreisten über Jupiters Kopf, während die Schiffsmaus mit dem Schwert geschickt auf die wütende Katze einstach.

In der Zwischenzeit flatterte Orfeo mit Audrey hinunter und lud sie ab. Sie rannte in die Arme ihrer Mutter.

Morgan und Madame Akkikuyu traten aus dem Vorraum; sie waren neugierig, was der Lärm zu bedeuten hatte.

Die Wahrsagerin stieß einen spitzen Schrei aus, als sie die monströse Katze auf dem Altar entdeckte. Das war also der mächtige Herr: All ihre Hoffnungen und ihre Zukunft lagen in den Klauen einer Katze! Sie fing an zu zittern und wirres Zeug zu reden.

Auch Morgan war ganz durcheinander. Er rannte zu der riesigen Kreatur und starrte sie an; seine stechenden Augen zwinkerten überrascht.

»Mein Herr!«, rief er. »Seid Ihr das, oh Düsterer?« Die Ratte aus Cornwall fühlte sich belogen und betrogen. Jupiters Antwort kam sofort. Sein Schwanz fiel wie ein Baumstamm auf Morgan. Aufheulend klammerte sich die Ratte an die Steinkante, doch die rotbraune Masse warf sie um und sandte sie über den Rand. Hilferufend stürzte Morgan in den Abgrund, bis er ins Wasser eintauchte und vom Strom in die Tiefe gesogen wurde.

Das war zu viel für Madame Akkikuyu. Sie konnte das Ausmaß des Grauens vor ihren Augen nicht mehr ertragen und schnappte über. Sie verstummte und rannte mit wild fuchtelnden Armen aus der Kammer.

Twit lief auf die Steinkante und feuerte Thomas an, während Eldritch vor Jupiters grausamem Gesicht hin und her flatterte. Thomas stach in eine der pulsierenden Eiterbeulen und ein giftiger, dicker, gelber Strom spritzte heraus.

»Na, wie fühlt sich das an, Miezekatze?«, spottete er.

Blind vor Wut stürzte Jupiter sich auf ihn, doch der Kater verlor das Gleichgewicht und zappelte auf der Kante des Altars. Sein schwerer Bauch hing über den Rand und zog ihn mit sich nach unten. Dann rutschte er von der Steinkante.

Twit jubelte noch lauter und Eldritch flog hinunter.

»Das wär's auch für ihn«, sagte die Feldmaus.

»Freu dich nicht zu früh«, warnte Thomas und spähte über die Kante. »Seht ihn euch an.«

Jupiter hatte im Fallen die dicken Arme ausgebreitet und seine kräftigen Klauen krallten sich in der Wand fest. Während er hinunterstürzte, kratzten sie an der Wand entlang, bis sie die Kette eines Schleusentors zu fassen bekamen.

Einen Augenblick lang hing er dort vor Schreck gelähmt und stumm. Doch allmählich kehrten seine Kräfte zurück und er klammerte sich noch fester an die Kette. Dann kletterte er mit einem triumphierenden Grinsen wieder nach oben.

Seine Klauen gruben sich in die Backsteine ein, während er die Wand hinaufkroch. Die Kette schepperte, als er sich mit seinem ganzen Gewicht darauf stellte. Ganz langsam bewegte sie sich durch die verrosteten Metallschlaufen und das Schleusentor öffnete sich Stück für Stück, Zentimeter um Zentimeter.

Als das Tor sperrangelweit offen stand, strömte das Wasser in die Kammer.

Die Mäuse auf dem Altar starrten auf Jupiter hinab.

»Er klettert wieder hinauf!«, rief Mrs Brown.

Twit griff sich die Stöcke, die Piccadilly und Arthur dabeihatten, und schleuderte sie auf den Kater. Sie prallten von Jupiter ab. Lachend holte der Kater tief Luft.

»Weicht zurück!«, warnte Audrey, als ein dicker Feuerstrom zu ihnen hinaufschoss. Die Flammen fuhren über die Altarsteine und färbten sie schwarz. Die Mäuse kauerten hinter den Kerzen neben dem Portal.

Auf einmal stieg eine klägliche Stimme zu ihnen hinauf und übertönte das tosende Wasser.

»Seht mal«, rief Twit und zeigte hinunter auf die angrenzende Wand. »Da unten ist Oswald! Er wird ertrinken, wenn wir ihm nicht helfen!«

Die Wasserhöhe stieg rasch an. Bald stand Oswald das Wasser bis zum Hals.

»Er kann nicht schwimmen«, sagte Piccadilly besorgt.

Orfeo schwang sich in die Luft und in dem Augenblick, als das Wasser in Oswalds Ohren eindrang, flatterte die Fledermaus zu ihm hinunter.

»Heb die Arme hoch, Bleichgesicht«, rief er.

Oswald gehorchte und wurde tropfnass auf den Altar geflogen.

Doch da tauchten am Rand des Altars zwei rotbraune Ohren auf und Jupiters großer Kopf wurde sichtbar. Er lachte über die kleinen Kreaturen, die es gewagt hatten, sich ihm zu widersetzen. Vor allem über das Mäusemädchen: Selbst jetzt noch sah sie ihn herausfordernd an und schenkte der Gefahr, die sie umgab, keinerlei Beachtung. Rauchschwaden krochen aus Jupiters Maul und dann spuckte er Flammen auf die Mäuse, die auf dem Altar standen.

Audrey stellte sich mutig dem schrecklichen Katzengott. »Du jagst mir keine Angst mehr ein«, sagte sie kalt. »Bevor ich sterbe, verfluche ich dich mit all meiner Kraft und all meinem Glauben an die Grüne Maus. Du bist eine Schande für die Natur. Mögest du an meinen Knochen ersticken!«

Jupiter grinste sie höhnisch an und ein tiefes Rumpeln stieg aus seiner Kehle auf, als er zu schnurren anfing. Mit seiner rosa Zunge leckte er sich die Mundwinkel.

Audrey spürte den heißen Rauch aus seinem Maul auf

ihrem Gesicht: Flüchtig dachte sie an den Schmerz, zwischen seinen Zähnen zermalmt zu werden. Mit letzter Anstrengung schrie sie: »Das ist für meinen Vater!«, und schleuderte das Mäusemedaillon auf das Biest.

Einen Augenblick lang drehte das Medaillon sich glitzernd in der Luft. Dann schlug es mit einer grünen Feuerexplosion auf dem hässlichen Riesenkopf auf. Smaragdgrüne Sternchen flirrten in der Luft herum und blendeten alle. Die Kammer wurde in ein Türkisgrün getaucht, als das Feuer von Jupiters Fell Besitz ergriff. Der Kater jaulte vor Schmerz.

Die grünen Flammen leckten an seinem riesigen Gesicht und er schüttelte den Kopf, um sie zu löschen. Er riss seine dicken Beine in die Höhe und fiel dann ganz langsam nach hinten.

Er stürzte mit einem mächtigen Gebrüll hinunter und fiel immer tiefer, diesmal zu weit von der Wand entfernt, um sich an irgendetwas festzukrallen. Er zappelte in der leeren Luft und dann schlug er mit einem lauten Knall auf dem Wasser auf. Eine riesige Fontäne schoss hinauf bis an die Decke.

»Seht nur!«, sagte Piccadilly.

Jupiter war noch nicht am Ende. Er zappelte im gurgelnden Wasser; das grüne Feuer krönte seinen ungeheuerlichen Kopf. Wellen klatschten an die Altarkante und hätten Audrey fast weggeschwemmt. Piccadilly packte sie und zog sie weg, bevor das Wasser über ihnen zusammenschlug.

Jupiter kämpfte sich langsam zum Rand vor.

»Er schafft es«, schrie Piccadilly, den Lärm übertönend.

»Lasst es nicht zu«, rief Mrs Brown verzweifelt und umklammerte Alberts Mäusemedaillon.

Jupiter streckte seine mächtigen Arme aus dem Wasser und griff nach der Wand.

»Ihr könnt mich nicht besiegen«, kreischte er.

Doch in der Tiefe des Wassers rührte sich nun etwas. Rund um das wild paddelnde Ungeheuer leuchteten schwache blaue Lichter auf. Sie flimmerten unter den Wellen und wurden immer heller.

Audrey rieb sich die Augen. »Was ist das?«, fragte sie, doch als sie sich zu den anderen umwandte, merkte sie, dass keiner der anderen die Lichter sehen konnte.

»Nein!«, schrie Jupiter plötzlich. »Das kann nicht sein!« Er versank langsam immer tiefer.

Wie verzaubert starrte Audrey auf das Schauspiel, das sich ihr dort unten bot. Gespenstische blaue Ärmchen streckten sich aus der Tiefe empor und kleine Pfoten klammerten sich an dem rotbraunen Fell fest. Jede einzelne Maus, die Jupiter jemals gequält und verspeist hatte, war aus dem Jenseits zurückgekehrt, um ihn zu holen. Mit der Stärke des Todes zogen sie ihn hinab.

Auf seinem Gesicht spiegelten sich Staunen und Panik und er schlug mit seinem riesigen Schwanz wild um sich. Kläglich miauend gurgelte und hustete er, als das Wasser in sein Maul floss.

»Er geht unter«, sagte Piccadilly hoffnungsvoll.

»Er ertrinkt, er ertrinkt«, rief Arthur.

Twit tanzte ausgelassen um Thomas herum. Oswald nieste und seufzte; ihm war klar, dass er wochenlang mit einer schrecklichen Erkältung im Bett liegen würde. Niedergeschlagen wrang er seinen Schal aus.

Die Augen auf die Mäuse gerichtet, die auf seinem Altar standen, verlor Jupiter den Kampf mit den Gespenstern seiner früheren Opfer. Er versank und die Wellen schlugen über seinem Kopf zusammen. Als seine riesige Lunge sich mit Wasser füllte, stiegen große Blasen an die Oberfläche und zerbarsten. Es war ein grauenhafter Anblick, doch Audrey konnte die Augen nicht abwenden. Sie musste ganz sicher sein, dass Jupiter tot war.

Bald darauf hörte das Wasser auf zu blubbern. Jupiter lebte nicht mehr. Sein gewichtiger Körper sank langsam hinunter auf den Grund.

Thomas legte eine Pfote auf Twits Schulter.

»Er ist in die ewigen Jagdgründe eingegangen! Die Welt ist ohne ihn besser dran; ein böser, schwarzer Fleck ist von ihr entfernt worden.«

Arthur und Piccadilly schüttelten sich die Pfoten und lachten; sie waren glücklich, dass die Gefahr vorbei war. Mrs Brown umarmte Audrey fest.

Orfeo und Eldritch ließen sich graziös auf der Altarkante nieder.

»Das Biest ist in der Tiefe ertrunken«, sagte Eldritch.

»Wie seine Untertanen und seine teuflischen Pläne. Die Pest wird die Mine nie mehr verlassen«, fügte Orfeo hinzu.

»Eine saubere Leistung, Seefahrer«, gratulierte Eldritch, doch dabei tauschte er einen seltsamen Blick mit seinem Bruder aus.

»Komm mit nach Hause«, sagte Mrs Brown zärtlich zu ihrer Tochter.

»Ja, wir müssen raus aus diesem fauligen Loch«, stimmte Thomas zu. »Hinaus ans Tageslicht.«

»Draußen sprießen schon die Knospen«, zwitscherte Twit, der sich nach dem Land sehnte.

Nur Audrey starrte hinunter auf das dunkle Wasser, das sich inzwischen beruhigt hatte. Sie sah einen Fleck, der blau schimmernd an die Oberfläche stieg, und hielt den Atem an, als das Licht Form annahm. Unter den sanften Wellen lächelte die Gestalt von Albert Brown sie an. Tausend Worte wurden in diesem Blick zwischen Vater und Tochter ausgetauscht. Dann, als würde ihn jemand rufen, senkte das schimmernde Gespenst die Augen und verschwand.

»Oh, Mutter«, stieß Audrey aus und klammerte sich an Mrs Browns Arm fest.

»Liebling, was ist los?«, fragte Mrs Brown gütig.

Audrey schaute über die Kante und schloss die Augen. Tränen strömten ihr über das Gesicht. Dann sah sie in die sanften, braunen Augen ihrer Mutter und schluchzte mit rauer Stimme: »Vater ist ... tot.«

»Ich weiß, Liebling, ich weiß«, seufzte Mrs Brown, erleichtert, dass ihre Tochter endlich die Wahrheit akzeptierte. Liebevoll hielt sie ihre Tochter fest. Audreys Schluchzen erschütterte beide Körper.

Thomas legte den Arm um Oswalds Schulter. Der Albino war sehr schwach und erschöpft.

»Ich weiß, was dich wieder aufwärmen wird«, sagte die Schiffsmaus lachend und zwinkerte Twit zu. Die Feldmaus kicherte bei dem Gedanken, was Mrs Chitter dazu wohl sagen würde. Piccadilly schloss sich den Freunden an und gemeinsam verließen die Mäuse die Kammer des Schreckens.

Arthur holte seine Schwester ein.

»Puh, was für eine grässliche Woche, und du hast dein Mäusemedaillon immer noch nicht zurück. Algy wird es nicht glauben können.«

Audrey seufzte und warf einen Blick zurück in die Altarkammer. Ihre Augen brannten, doch sie konnte Eldritch und Orfeo erkennen, die nebeneinander kauerten und sie seltsam anstarrten. Jetzt zog es Audrey nur noch nach Hause zurück.

»Tschüss und vielen Dank auch«, sagte Twit und winkte den Fledermäusen zu.

Orfeo steckte seinen fuchsartigen Kopf in die Flügel.

»Bis zum Sommer ...«, sagte er düster.

Mit einer Coverillustration, einem Vorsatzpapier und 14 Vignetten von Michael Ruppel, Wuppertal.

KOSMOS Postfach 10 60 11
D-70049 Stuttgart
TELEFON +49 (0)711-2191-0
FAX +49 (0)711-2191-422
WEB www.kosmos.de
E-MAIL info@kosmos.de

Titel der englischen Originalausgabe:
The Deptford Mice 1: The Dark Portal

First published in the UK in 1989 by Macdonald Young Books, now part of Hodder Children's Books

Dieses Buch folgt den Regeln der neuen deutschen Rechtschreibung.

Die Deutsche Bibliothek – CIP-Einheitsaufnahme:
Ein Titelsatz für diese Publikation ist bei der Deutschen Bibliothek erhältlich.

ISBN 3-440-08857-X
Redaktion: Cordula Gerndt
Gesamtherstellung: Buch & Konzept, München
Layout und Satz: Buch & Konzept, Annegret Wehland, München
Reproduktion: Buch & Konzept, München
Druck und Bindung: FINIDR, s.r.o., Český Těšín
Printed in Czech Republic